DE

MENSENGENEZER

BOEKEN VAN KOEN PEETERS

Fijne motoriek (poëzie, 2006)
Grote Europese roman (roman, 2007)
De bloemen (roman, 2009)
Duizend heuvels (roman, 2012)
Miavoye. Op bedevaart naar Paul van Ostaijen (samen met Pascal Verbeken, Koen Broucke en Peter Holvoet-Hanssen, 2014)

Koen Peeters

De mensengenezer

Roman

2017
DE BEZIGE BIJ
AMSTERDAM

De auteur ontving voor het schrijven van dit boek een reisbeurs van het Vlaams Fonds voor de Letteren.

Eerste druk april 2017
Tweede druk september 2017
Derde druk november 2017
Vierde druk november 2017
Vijfde druk december 2017
Omslagontwerp Dooreman
Omslagbeeld Stephan Vanfleteren
Foto auteur Koen Broos
Vormgeving binnenwerk Aard Bakker, Amsterdam
Druk Bariet Ten Brink, Meppel
ISBN 978 90 234 5236 2
NUR 301

debezigebij.nl

Inhoud

Carabouya, carabouya.
Alleman moet leven,
wit en zwart, carabouya!

DEEL 1

DE WESTHOEK

1

Het wezen, er bestaat misschien zoiets als het wezen van de Westhoek. Misschien is het een geest, een daimon, een genius, die niet bestaat als lichaam maar toch sluipt en heerst in het West-Vlaamse landschap. Altijd opnieuw lijkt deze geest te verschijnen: in de huizen, de dorpen en langs de wegen. Het is alsof die geest de hele tijd opstijgt en neerdaalt in het vlakke landschap. Op ijle wijze. Misschien gebeurt de beweging via zonnestralen, lijsters en leeuweriken, of als een haast onhoorbare tamtam, of via een andere stofwisseling of circulatie. Men kan hem horen hijgen tussen de woorden die de mensen zeggen, in het corpus van zinnen en verhalen die men elkaar vertelt.

Als deze geest een verschijningsvorm heeft, dan zit hij waarschijnlijk daarin: in de verhalen.

Ook zijn er mensen die de geest kunnen waarnemen in de dikke mist die in de Westhoek hangt. Als een deken van as. Als gescheurde flarden van oude gordijnen. In mistslierten over de akkers onder de herfstmaan.

De geest.

Deze geest, de genius, de daimon of hoe moeten we hem noemen?

Wat is een daimon eigenlijk? Hoe noemen we de kracht die iemand verrukt of rusteloos op pad stuurt, over de grenzen van generaties, continenten of zelfs beschavingen heen?

In alles wat in de Westhoek wordt gezegd klinkt die galm. Het is een klein gonzend geroffel, alleen opgemerkt door een gevoelige observator. Misschien wordt het ritme, de resonantie via de sporen van hazen in de aarde gelegd. Hazenprenten.

Dat zou een mooie theorie zijn: dat oude geschiedenissen per hazenpoot neerdalen en weer opstijgen in al wat groeit. Veelsoortig, onuitroeibaar, elk jaar opnieuw. Deze verhalen verliezen zichzelf in bloemblaadjes. Zachte rode, bloedrode bloemblaadjes. Ik bedoel klaprozen.

In Flanders fields the poppies blow
Between the crosses, row on row,
That mark our place; and in the sky
The larks, still bravely singing, fly
Scarce heard amid the guns below.

'Of in korenbloemen, dat zou ook kunnen,' zei nonkel Marcel knorrig, wrijvend met de hand over zijn voorhoofd. De ogen trillend gesloten. '*Larks*, wat waren dat ook weer, jongen?'

'Dat zijn leeuweriken, nonkel.'

'En *amid*, wat betekent dat, Remi?' vroeg nonkel Marcel.

'Tussen, nonkel. Het gedicht zegt: de leeuweriken zingen dapper, zij vliegen, maar niemand kan hen horen tussen het lawaai van de wapens. In de klas hebben wij dat gedicht vanbuiten geleerd.'

'Vanbuiten?'

'Ja, want wij hebben in de klas nog geen Engels geleerd.'

'Dus daarover ging dat gedicht,' zei nonkel Marcel, zijn bezwete voorhoofd deppend met zijn zakdoek. 'Daarover gaat het altijd. Overal zijn geheimen en opdrachten, droevige geheugensporen. Niemand is de eigenaar ervan, daarom blijven ze hangen tussen de mensen. Weet je waarom?'

Ik wist het niet.

'In onze streek is te veel gebeurd.'

Hij wees in de verte naar de drie heuvels op een rij: de Kemmelberg, de Rodeberg, de Zwarteberg. Voor de rest was het landschap plat. Een strakgetrokken laken. Soms leken de schuren boven de graanvelden te zweven; bij de minste hitte zinderde de lucht. Elektriciteitsdraden huppelden op stelten naar de boerderijen en overal waren de boeren aan het werk, ook in de felle regen of wanneer een striemende wind uit de zee opstak.

Nonkel Marcel zei: 'Onze streek is verdoemd. De geest schroeit iedereen met miltvuur.'

'Welke geest, nonkel? Wat is miltvuur? Waarom verdoemd?'

'De geest is onzichtbaar, maar hij is samengesteld uit de overblijfselen van lichamen. Uit zijn weggeschoten gezicht kijkt de geest ons aan. Zijn verhalen ratelen als een ekster, ze kwetteren. Ze fluiten als een afgeschoten granaat.'

Ik zweeg.

'Remi?'

'Ja nonkel?'

'Miltvuur is de naam van een soldatenziekte.'

Ik keek tegen het zonlicht in naar mijn oom. Waarom sprak hij zo, met die donkere frons op het voorhoofd?

'Er is niets aan te doen.' Hij snoot zijn neus, vouwde traag de zakdoek dicht. 'Remi, er is niets aan te doen,' herhaalde mijn oom sussend. 'We geven het door omdat we familie zijn', en hij somde namen op van mannen en vrouwen. Kwaad slingerde hij die in mijn gezicht.

Door hem spreekt nu weer de geest, dacht ik.

Het waren de namen van familieleden. Sommige van hen lagen onder een zerk, anderen leefden nog. Mijn nonkel Marcel, met zijn kleine elegante snor, stak zijn brede borst vooruit, richtte zijn ongenaakbare blik wat hoger. Hij wreef langdurig in zijn handen. 'Als wij boeren het land bewerken, neemt de geest van ons bezit. Hij is een onzichtbare reus die ons uitput. Als wij zweten, stinkt ons zweet naar hem.'

'Een geest in ons zweet? Hoe kan dat dan?' vroeg ik.

'De geest geeft ons hartkloppingen, en ook een maagkwaal. Als ik sterf aan kanker, komt dat door hem.'

Een geest? Een reus? Dat is onmogelijk, dacht ik.

Nonkel Marcel zou trouwens niet sterven aan kanker maar aan een longontsteking.

Een

Een geest, een genius, een daimon? Wat de oude professor daarmee bedoelde? De opsomming leek wel een dichtregel, een vers uit een klassiek gedicht, een poëtisch lijstje van drie verschillende mythische wezens.

De professor knikte aanmoedigend.

De geest, de genius, de daimon: ik begreep dit enigszins als het gevoel dat ook mij telkens in de Westhoek overviel. De professor, die ik meteen met zijn voornaam Remi mocht aanspreken, verhaalde soms van een reus die zich verschool in de mist, een monster dat bestond uit lichaamsresten van dode soldaten.

Opnieuw knikte Remi alsof ik net iets had gezegd, maar dat was niet zo. Hij vertelde me over de gesprekken die hij als tienjarige jongen voerde met zijn oom.

Pas na een tijd begon ik het helder te zien.

De oude professor keek me aan met superieure blik. De wekelijkse bezoeken aan hem maakten me nerveus. Op mijn vragen over bepaalde moeilijke fases in zijn leven kreeg ik antwoorden als: 'Het was eentonig, niet per se vervelend.'

Of ook: 'Het was zo gewoon dat het niet vernederend was.'

2

Telkens als mijn nonkel Marcel begon over de geest kon ik niet slapen. Mijn kamer baadde in het warme, grijze licht van de volle maan. Een verre hond blafte drie keer schor. Naast het huis smeulde het vuur van aardappelloof nog na; ik rook de aardse geuren ervan tot in mijn bed.

Buiten wapperden de beddenlakens, aangeblazen door de nachtwind. De geest. In het wasgoed fluistert de geest, dacht ik.

De adem van dode soldaten, had nonkel Marcel het genoemd.

Misschien had mijn oom gelijk. Misschien bestond er zoiets. Het was die vreemde mist. Als je 's avonds langs de akkers liep, stond er ineens een onwaarschijnlijke toren van dansende muggen boven je hoofd. Dondervliegjes die je plots aanvielen. Zwermen van spreeuwen en flikflakkende kieviten die nerveuze tekeningen maakten in de lucht.

Wat zeggen die tekens?

Hoe noem je de tekens als ze zo schimmig of koppig verschijnen? Spoken?

Misschien hoor je de geest ook spreken in doodsklokken in de verte.

Als de braambessen rijp waren zaten die vol zwart bloed, geloofde ik. Alleen al door die zwarte gedachte durfde ik geen braambessen meer te eten. Als het hard waaide over de velden, altijd vanuit het westen, dan dacht ik ook aan de geest.

Bang reed ik op mijn fiets langs de beschuttende meidoornhagen.

Onze hoeve lag afgelegen, in het gehucht Den Abeele. Vier-

honderd meter verwijderd van de openbare weg. De meest nabije buren woonden een halve kilometer verderop. Achter onze boerderij lag op tweehonderd meter de landsgrens met Frankrijk. Je kon het aflezen aan de kleur van de daken: de blauwgrijze dakpannen waren Frans, de rode Belgisch. Het was er eenzaam, ook al werd in het grensgebied ijverig gesmokkeld op de landweggetjes. Smokkelen was in deze streek een sport, een eerbare bijverdienste voor de knechten op de boerderijen.

'Smokkelaars? Ik weet van die mensen geen verkeerde zaken,' zei mijn vader.

Iedereen was een beetje corrupt, wist hij. Onopvallend beschermden boeren als hij de kleine smokkelaars. De douaniers dronken zich dood aan traktaties en fooien.

Smokkelaars droegen brede blauwe jassen, met daarin grote binnenzakken genaaid; ze propten die vol met witte bonen, tabak en flessen. Telkens schrok ik me rot als in de schemering een smokkelaar opdook met zijn tassen van lijnwaad op buik en rug. Soms verschenen er vier of vijf tegelijk op ons erf. Ze verdwenen zwijgend in de schuur; ze zaten er weggedoken in het kaf en wachtten.

'Er hangt daar een rare stilte,' zei ik tegen mijn vader.

Vader zei niets.

'Wat zou dat zijn?' drong ik aan.

'Niets. Als het stil is, is het niets.'

'Maar soms hoor ik toch iets.'

'Een broedende kip. Of een ratje op zoek naar een liefje.'

Als het stormde, kreunde het gebinte van onze schuur als een mens.

Vlak bij de grens baatten mijn vader en moeder, Omer en Bertha, hun gemengde landbouwbedrijf uit. Ze hadden drie kinderen: dochter Agnes en twee zonen, Joris en ik, van wie ik de jongste was. Nonkel Marcel was de oudere ongetrouwde broer van mijn vader Omer, en hielp mee als vaste knecht op de boerderij. Hij was ook mijn peetoom.

's Morgens bekeek mijn vader zich in de spiegel. Zijn kin vooruit. 'Goeiemorgen,' zei hij hardop tegen zijn eigen ronde gezicht. Blauwe ogen, kortgeknipt donker haar. Hij lachte naar zichzelf. Direct daarna dook hij onder zijn koeien om ze te melken. In de stal stonden vierentwintig stuks melkvee met katholieke vrouwennamen. Er stond ook een kampioenstier, apart. Beste dekstier uit de omtrek. Duizend kilo zwaar, eerste prijsstier van West-Vlaanderen.

Mijn vader kon aan de ogen van zijn dieren zien of ze ziek of bronstig waren. 's Nachts stond hij aan de zijde van de veearts, bij snel uitgevoerde keizersneden, bij de scheurende koeien en veel te grote dikbilkalveren. Als ze het kalf uit de koe moesten zagen, stroomde het bloed. Mijn vader hield van dat harde, vruchtbare werken, en van zijn koppige rundvee.

Ik hielp mijn vader als hij de stier uit de stal haalde. Het prikkelbare dier brieste: een koe werd op het erf voorgeleid. Vader bedwong de bul met een metalen stang, verbonden met zijn neusring. Hij wrong het geile, gevaarlijke beest tot gehoorzaamheid. Plichtsgetrouw, met toewijding besteeg de stier de koe, die met de achterpoten in een ondiepe put stond. Ik keek naar het steunen en schokken van het monsterlijke lijf. Er was iets vreemds in die krampen. Wijdbeens stond ik naast mijn vader. Groot en honderd kilo zwaar was hij. Vaardig manoeuvreerde hij de stier, hield de drift van het dier onder controle. Even zag ik vader kijken naar de vlekken en spatten op zijn kleren. Zag hij de koeienstront of zag hij die niet?

Twee

De professor had me verteld over de mist van de Westhoek, zoals die hun boerderij opslokte en afsloot van de wereld. Ik herkende het beeld en de beschrijving omdat ikzelf verschillende keren in de Westhoek, haast op de tast, had rondgereden met mijn auto. De mist was voor mij een beeld van de geest. Het ging over vergeten verhalen die niemand mocht oprakelen.

'Je zult dit nooit volledig begrijpen,' fluisterde hij tijdens zijn verhaal.

Maar toch. Soms, zo beeldde ik me in, verscheen deze geest ook aan mij als ik vertoefde in de dorpen van de Westhoek. Ik zag hoe die geest daar binnensloop in de huizen, de mensen. Hij woonde in hen, putte hen uit en werd krachtiger daardoor. De mensen zweetten daarvan. Hun zelfbeeld werd waziger. De geest wurmde zich in de kleinste schoenen, ook kinderschoenen. Ik stelde mij hem voor als een jager, een oude norse koning en zijn onderdanen waren beladen, voor altijd bewoond door hem. De geest was lomp van aard maar niet kwaadaardig. Hij staarde in het donker. Vooral in de mist staarde hij mij ook aan.

(Ik begon al te praten en te denken als die nonkel Marcel.)

3

‘Heb je de weidepoort goed vastgemaakt?’ vroeg mijn moeder. Ik zat al op de fiets. ‘Is de poort goed dicht?’

‘Vast met de dubbele ketting,’ riep ik. Onze hond Mirza liep met me mee langs het graanveld, in de richting van de Franse grens. Ik keek nog even om. Als mijn moeder douaniers zag circuleren, zwaaide ze met een stofvod of een dweil door het bovenvenster. Dat was een teken voor de smokkelaars. Als de grensweg veilig was, zette ze de luiken open. Iedereen wist dat, ook de douaniers.

Ik fietste over de Gemeneweg, die ook Chemin Mitoyen werd genoemd. De weg met de dubbele naam lag pal op de grens: het was België, noch Frankrijk. Met mijn fiets zwalkte ik van links naar rechts en terug. Van binnenland naar buitenland en terug. Ik stelde me voor dat ik daarmee de grenslijn kon vastpakken en verschuiven, zoals een regengordijn over de akkers beweegt. Van links naar rechts en terug.

Honderd meter verderop speelde een haas hetzelfde spelletje. De haas liep ook van links naar rechts en terug. Even bleef hij op mij wachten en spurtte dan op grote meccanopoten verder, van links naar rechts en terug.

Ik vertraagde. De haas stopte ook.

Ik reed verder, de grens over. Nu vloog de haas in paniek de akker over. Op dat signaal had Mirza gewacht; jankend schoot hij in volle vaart de haas achterna. De haas liep in hoeken om zijn achtervolger te misleiden, maar in een rechte lijn spurtte Mirza op het slachtoffer af. Alsof de hond al wist welke kant de haas zou kiezen. Mirza greep zijn prooi in de nek en beet. De haas gaf geen kik. Ik smeet mijn fiets aan de kant en kwam hijgend toegelopen. Ik pakte Mirza bij zijn nekvel tot hij losliet.

In het hazenlijfje voelde ik het angstige hart kloppen. In mijn vingertoppen voelde ik de donkerrode verwarring van het hazenbloed. Dan gebeurde dit: ik gaf de haas een duwtje, zette daarmee de hazenmechaniek weer in gang. Het dier spurtte weg. Ik belette Mirza erachteraan te gaan.

'S Ochtends aan de ontbijttafel begon ik erover. Ik vertelde wat ik meegemaakt had als een droom, dat ik in mijn droom de hartslag van een haas had gevoeld. Met mijn wijsvinger tikte ik het ritme op het tafelblad, *to tom to tom to tom.*

'Mooie droom,' zei mijn moeder.

'Ik droomde al dat wij morgen haas gingen eten,' bromde mijn vader.

'Let niet op hem,' zei moeder.

De knechten noemden haar *la dame Bertha.* Als klein meisje was ze een oorlogsvluchtelinge geweest, drie jaar in Frankrijk. Dat ze zwak was, had te maken met de ondervoeding in die tijd. Maar haar Frans was prachtig. Mijn moeder, Bertha Mabesoone, had meer van de wereld gezien dan gewone boeren. Af en toe schreef ze in een dagboek waarin niemand mocht lezen. Op de familiebijeenkomsten van de vaderlijke tak zoemde het: 'Wie is toch die vrouw?'

'Bertha is gekomen uit Frankrijk,' werd gezegd.

Mijn moeder hoorde graag de landbouwingenieurs bezig over modernisering. Als iemand langskwam op de hoeve klaarde ze op: ze wilde alle nieuws en weetjes uit de krant met hen doornemen. Op de boerderij zorgde zij voor de koeien. De dieren pakte ze voorzichtig en secuur aan, haast vriendschappelijk, zelfs gevoelig. Bij het melken bracht ze de nukkige dieren tot rust door ermee te praten. Op zondag ging ze met de kinderen naar de eerste mis. Ze zong tot de heilige maagd Maria: 'Liefde gaf u duizend namen', en ging daarna naar huis om het middagmaal te bereiden.

Ondertussen zaten de mannen in 't café, ook mijn vader. Na de zesde of zevende pint bier schoven ze hun gleufhoedje achteruit, om het zwetende voorhoofd te koelen. Zij, de boeren, stuwden elkaar voort in hun ambities. Ze investeerden in steeds grotere landbouwmachines, kochten grond bij van de kleine boeren. Met bewondering praatten ze over hun uitgeweken neven in Frankrijk, Canada en Australië.

Op het middaguur kwam vader thuis, met rode wangen. Twee chocoladerepen Côte d'Or legde hij op de tafelrand. Moeder had gekookt, maar mijn vader viel al achter zijn bord in slaap. Hij zei: 'Het lijkt of ik slaap, maar dat is niet zo. En als het zo is, is het omdat ik moe ben.'

Languit op de sofa deed hij zijn dutje.

'Het is het enige verzetje dat papa heeft,' zei moeder welwillend.

Later op de middag kwam tante Maria, de zus van mijn moeder, op haar beurt koffiedrinken. Terwijl ze sokken stopten of gordijnen naaiden, nam Maria de roddels van het dorp door. Ze gaf onbedekt commentaar op het drinken van mijn vader. Om vier uur was er koffie en wit brood met ossenworst, aalbessenjam en kaas.

Drie

Ik moet eerst uitleggen hoe deze oude professor mij betoverd heeft. Het komt in stukken en brokken naar boven, zoals bij de psychiater. Het was nochtans allemaal eenvoudig begonnen. Ik dacht dat ik mijn oude studie aan de universiteit weer moest opnemen, er was een scriptie die ik gewoon nog moest afwerken, maar ik kwam terecht in een verhaal dat honderd jaar overspant en twee continenten bestrijkt. Dit verhaal gaat over een wereld die allang vervlogen is: een boerenbestaan dat verdwenen is, een koloniaal verleden dat men nauwelijks nog kan vatten. Die vergane eeuw wil ik oproepen, en ik zal tussendoor vertellen wat er gebeurt als iemand sterft, wat men geesten noemt, en ook hoe bijgeloof en bepaalde voorwerpen en formules werken en ons kunnen sturen.

Hoe kunnen we sommige dingen verklaren? We noemen onszelf toch rationele wezens?

Zoals datgene wat vannacht gebeurde. Je zou zeggen: 's nachts koelt het huis eindelijk af, maar ik merkte dat het huis binnenin verlicht werd met een warme schijn. Ik had een nachtmerrie: ik was dood, ik lag in een dodenkamertje. Ik stond op en keek naar mijn eigen schaduw op de muur. Ik kon die zo natekenen. In het maanlicht verscheen ik aan mezelf als een andere man, met een blauw licht om het hoofd, en wat ik tekende was ikzelf in een zwarte versie.

Meer dan veertig jaar na mijn studie had ik mijn professor opgebeld, ik herkende meteen zijn stem. Een beetje hees, met kleine West-Vlaamse sporen erin. Ik vroeg of ik mocht langskomen.

'Ja, doe maar en zeg maar Remi,' zei hij. 'Kom maar.'

Hij was sinds kort gepensioneerd, had nu een praktijk als psychiater.

Remi's gezicht was niet of amper verouderd. Hij lachte, zei dat hij tegenwoordig geen snor meer droeg, een snor die ik blijkbaar niet eens had onthouden. We haalden kort wat herinneringen op. Hij had me gevolgd, omdat ik hem elk boek dat ik schreef per post had toegezonden. Intussen waren dat er al twaalf, en in retour had hij mij telkens zijn wetenschappelijke artikelen gestuurd.

'Waarom schrijf jij eigenlijk?' vroeg Remi heel direct. 'Wat betekent die kunst van het schrijven voor je?'

Ik kon daar niet helder op antwoorden. Hij zei dat hij mijn lichtheid, mijn schalksheid bewonderde. Hij gebruikte toen dat voor mij nog onbekende woord, dat ik nog steeds niet zomaar kan uitleggen: *malice*.

Mijn allereerste ontmoeting met Remi was die van student en professor. Aan de universiteit, in zijn lessen, vond ik hem eerder afstandelijk. Hij sprak gelijkmatig, gedoseerd, maar wij studenten hingen aan zijn lippen. Ik durfde hem amper iets te vragen of zelfs gewoon tot hem te spreken en ik was daarin niet de enige. Zijn vakgebied was antropologie, richting praxeologie, schatplichtig aan of geïnspireerd door Lévi-Strauss, Merleau-Ponty, Bourdieu, om slechts de bekendste namen te noemen.

Zijn theorie was highbrow, uiterst gespecialiseerd; zijn uitleg was overdonderend erudiet. Hij gebruikte voor mij onbekende woorden als *umbilical cord*, *orifice*, *menarche*, *weaning*. Deze woorden van het lichaam vermengde hij met een vernuftige, freudiaans gekleurde wetenschap. Niets was wat het leek, alles had of kreeg in zijn wereld een betekenis. Ik liet me meeslepen door zijn raadselachtige teksten, die ik schrokkerig tot me nam. Zijn antropologisch jargon, zijn verhalen over rituelen en mythen, de beelden van vreemde culturen fascineerden me. Zijn analyses waren diepgravend, kwikzilverig, ondoordringbaar. Zijn theorie uitleggen aan anderen lukte mij amper.

Maar hij vertelde over de grote dappere antropologen die gingen leven op een andere plek, in een ander taalgebied, om via een omweg de eigen raadsels te benaderen.

Is het niet dat wat wij allemaal willen?

4

Ik was twaalf jaar. Nonkel Marcel zei: 'We gaan het een keer doen, op ons gemak. Met malice.'

'Wat is malice, nonkel?'

Nonkel Marcel kon daar niet meteen op antwoorden. Het had te maken met bedaardheid, geduld, gewiekstheid. Mijn oom had altijd die afwachtende, onderzoekende houding, terwijl zijn broer Omer, mijn vader dus, dan allang hard en gemeen had gevloekt en geschopt met zijn klompen.

Dat schrandere, dat listige, het sluwe: dat was malice. Het was de juiste werktuigen op de juiste manier hanteren, de krachten op zijn voordeligst inzetten.

'Neem een keer de bocht zo,' zei nonkel Marcel als hij mij leerde ploegen. 'Kijk achteruit, wat zie je dan?'

'Een lijn,' zei ik aan het grote stuur van de tractor.

'Is de lijn recht?' vroeg Marcel licht dwingend.

'Het kan rechter,' antwoordde ik.

'Je mag zo snel niet ontkoppelen. Ik zal het je voordoen.'

Ik keek naar Marcels pezige bovenarmen. Hij had een rijziger gestalte dan mijn vader, maar mijn vader was sterker, roekelozer en onbesuisd. Ook zorgelozer.

Terwijl Marcel het precieze ploegwerk voortzette, zat ik te prutsen aan een loszittende tand. Plots had ik de tand vast en toonde die fier aan nonkel Marcel.

Marcel zette de tractor stil. Plechtig stapte hij uit met mij en maakte een kruisteken, de tand in zijn hand. Hij gooide de tand achter zich en proclameerde: 'Lieve Heertje, geef mij een beentje. Gij krijgt een steentje.'

'Let nu op,' zei nonkel Marcel. 'Wat voel je?'

Onmiddellijk voelde ik hoe in mijn mond een nieuwe tand begon te groeien.

'Zie je wel,' zei Marcel.

Op zomeravonden reden hij en ik naar Lampernisse, een nabijgelegen dorp. We bezaten daar vette weiden met eenjarige stieren en jonge vaarzen. De beesten bleven er van april tot november. De tractor zweefde over de lange, hogergelegen weg tussen de kreken. Aan een gracht vol ruisend riet stopten we, gingen zitten langs de weg.

'Nu stil zijn, manneke,' beval Marcel.

'Ik zit stil, nonkel.'

'Nee, je wiebelt,' zei Marcel.

We keken voor ons uit. Op een gersthalm wiegde een geelgors.

'Hoor,' zei mijn oom.

'Wat moet ik horen?'

'Het lawaai van de wind, jongen. Kijk naar de rietkragen, de lisdodden, de koekoeksbloemen. In de zomer geeft de wind hier zo'n zalige warmte aan je oren, vind je niet? Soms huilt de wind. Soms ook kletst hij als een vlag tegen ons hoofd.'

'Een klets tegen onze oren?'

'Meer een zachte doek. Dat is de geest, jongen.'

'De geest?'

'Hoor hoe de geest de wind doet wapperen,' zei Marcel.

'Dat klinkt als een tamtam.'

'Ja, als in Afrika.'

We zwegen. Een zwerm kieviten trok een lichte, vinnige schaduw over onze hoofden.

'Zie hoe de bomen scheef staan door de westenwind,' zei Marcel. 'Op een dag vallen die bomen nog om.'

'Nee,' lachte ik.

'Nog lang niet, jongen,' glimlachte Marcel. Op dat moment zei hij: 'Ik ben zelf ook een scheve boom.'

Door kinderpolio op vierjarige leeftijd was Marcels linkerbeen onvolgroeid gebleven. Dat been was korter en had een kromme, opgekrulde voet, waardoor hij mankte en nooit helemaal stevig op zijn voeten stond. Hij droeg één speciale schoen; daarin zijn klompvoet, onzichtbaar gevat in windsels. Voor zijn handicap kreeg hij een schamele invalidenuitkering. Over zijn voet zei nonkel Marcel: 'Ik zeg daarover niets en zelfs dat zeg ik niet.'

Als ik er thuis onschuldig naar verwees, berispte mijn vader me direct: 'Je mag niet lachen om mijn broers gebrek.'

'Ik lach daar niet om,' zei ik.

'Je mag er zelfs niet over spreken. Mijn broer heeft dat niet graag.'

Dat was ook zo, Marcel kon dat niet hebben. Trouwens, ook al mankte hij, Marcel liep altijd voorop, want hij wist de kortste weg. Hij deed de dingen met malice, gromde hij dan, want niemand was zo handig als hij. Op de hoeve deed hij al het metselwerk, de elektriciteit, de weideafsluitingen. Zijn werk was accuraat, zijn oog uiterst precies. In september nam Marcel zijn jachtgeweer mee op de tractor om op hazen en patrijzen te schieten. Maar op de boerderij hield hij zich ver van koeien en varkens, omdat die hem uit zijn evenwicht konden duwen. Hij kon zich dan niet redden met een gerichte trap.

Marcel was niet gehuwd. Hij woonde in het dorp verderop, in een huisje aan de Kallebeke, tussen dahlia's, bessenstruiken en een druivenserre. Hij hield bijen en kweekte tabak. Zes dagen per week werkte Marcel bij mijn vader. Op zaterdagavond rekende moeder zijn werkuren uit op een briefje. Ze ging naar de roze marmeren schouw, waarop de rekeningen en facturen verzameld lagen. Ze betaalde hem met de opbrengst van boter en eieren.

Zwijgend nam Marcel het geld aan. Hij verschoof het koperen potje op de schouw een beetje naar rechts, dan weer naar links. Traag plooide hij de biljetten, stak ze in zijn broekzak.

'Ik voel dat er iets is,' drong moeder aan.

Marcel haalde zijn schouders op. 'Het is niet gemakkelijk om te werken voor een broer.'

Toen hij naar buiten ging, volgde Bertha hem.

'Je mag me niet vragen of ik het uitleg,' zei Marcel. 'En je mag me zo niet volgen.'

Vier

Dat weggooien van die tand, dat gebedje. Het beluisteren van de wind. Dat koperen potje. Het zwijgen. Kan een voorwerp een medium zijn, een doorgeefkanaal, een venster op een andere wereld? Bestaan er objecten die de gevoeligen onder ons kunnen aansturen, hen zelfs in hun diepste veranderen? Ik vroeg me dat af.

De oude professor, of beter Remi, nam een klein beeldje van zijn boekenrek. 'En dit, dit is de god van de Yaka, Ndzaambi. Een grote sferische kracht, en hij is niet wat de katholieken met God bedoelen.'

5

Op maandagochtend kwam nonkel Marcel om halftien aangefietst, in zijn blauwgrijze stofjas. Fronsend keek mijn vader hem aan. Zelf zat hij al van kwart over zes onder de koeien. Marcel stampte met zijn zware klompschoen, floot onbezwaarde tremolo's. Hij frutselde wat aan zijn mouwen. Gisteren was hij naar een hanengevecht geweest, in het Franse Oost-Cappel. Met een dode haan was hij teruggekeerd.

'Er moet er altijd een sneuvelen,' zei Marcel dan onbewogen. Voor moeder had hij een bos lelies mee uit zijn tuin, voor mij een potje honing. Zijn ongetrouwde neef Urbain, die imker was, had hem leren bijen houden en druiven kweken. Marcel hield van dat snoeien en uitdunnen van druivenranken. Telkens de laatste uitschieter gebruiken. De andere ranken radicaal afsnijden. Knip. Het was alsof zij, de ongehuwde, kinderloze mannen in de familie, ook weggeknipte zijtakken waren. Knip.

'Vandaag moet er geploegd worden,' zei vader.

'Ah ja, dat doen we,' zei Marcel. 'Maar als het regent, dan niet.'

'Vandaag moeten we ploegen,' drong vader aan.

'Ah ja,' zei Marcel. Minutenlang keek hij naar de hemel. In de werkplaats zette hij eerst een nieuwe steel aan een spade. Hij floot weer dat irritante deuntje, gisteren meegebracht uit Frankrijk, dat klonk als een overspannen nachtegaal. Stil zette hij het melodietje in, fluisterend. Hij proefde van de tonen, de tanden bloot. Dan tuitte hij zijn lippen en versneed met zijn overdreven gefluit de ochtend. Hij keek opnieuw naar de lucht. Daar hing een verdwaalde meeuw.

Pas toen wilde hij op de tractor stappen.

'Marcel is weer het zonnetje in huis,' zei moeder. 'Zijn ziel zit alweer op slot.'

'Zeg,' antwoordde Marcel, verder niets.

'Allez gauw,' zei hij nog, en dat was het dan geweest, voor de rest van de week. Alleen tegen de dieren sprak hij meer: 'Vooruit, ju.'

Als het echt niet anders kon, zei hij nog: 'Wat wil je?' Of: 'Ah ja.'

Maar met mij babbelde hij graag, voluit, omdat ik zelf zo graag babbelde. Als ik terugkeerde van school nam Marcel me mee op de tractor. We reden naar het veld en midden op de akker legde hij de motor stil.

'Luister,' zei nonkel Marcel. 'Hoor wat ik hier vandaag heb gehoord.'

Ik spitste mijn oren.

'Heb je het gehoord?' vroeg Marcel.

'Ik dacht dat ik iets hoorde,' zei ik. 'Wat is het dat ik hoor?'

Marcel zweeg.

'Ja, ik heb het gehoord,' gaf ik toe. Er klonk een hol bonken. Een soort van gebrom. Het was alsof diep in de aarde een machine draaide.

Marcel zei: 'Het is als glas dat beweegt in een raamsponning. Zoals in de oorlog een vliegtuig dat overvloog. Wij keken toen naar het beven van het vensterglas en dat verplichtte je om mee te bewegen. Je trilde mee met heel je wezen en pas daarna kwam alles tot rust.'

'Het geeft me zo'n raar gevoel,' zei ik.

'Het is het geroffel van een tamtam.'

Ik hoorde het nu ook: een tamtam.

'Hoor je het?' vroeg Marcel.

'Ja, in de verte een trommel.'

'Jij zult nog van alles horen. Maar gelukkig heb je sterke schouders', en zachtjes trok hij mijn frêle jongensschouders naar achter.

'We gaan het nog een keer proberen, hè?' Marcel wees naar de geploegde voor achter ons. Loepzuiver en recht, als een lijn met een liniaal getrokken op een blad papier. Op die manier leerde Marcel mij feilloos ploegen.

Terwijl wij zo bezig waren, vertelde hij over vroeger: als baby had ik geregeld uit mijn neus gebloed, en Marcel had voorgesteld mij mee te nemen naar de paters van Westvleteren. De paters zouden de neusbloedingen van dat kleine kind wel bezweren.

'Dat doe je niet,' had mijn moeder afgeweerd. 'Dat kind is te jong voor zo'n verre tocht.'

Marcel vertrok toen maar met een pakje van mijn kleren. Onderweg ontmoette hij een vrouw die hem spontaan aansprak en hem met haar praatjes ongerust maakte: 'Zorg maar dat je ginds aankomt.'

'Hoe bedoel je dat?' vroeg Marcel haar.

'Welja, Westvleteren is nog ver,' antwoordde de vrouw plotseling luchtig.

Vanaf dat moment begonnen de kinderkleertjes loodzwaar te wegen. Marcel raakte amper nog vooruit met zijn fiets. Later dan voorzien, met veel inspanning, kwam hij aan in Westvleteren, waar een pater de kinderkleren zegende. Op de terugweg ontmoette hij opnieuw die vrouw.

'Ben je er toch aangekomen?' Plagend stootte ze tegen Marcels schouder en zijn fiets sloeg met veel lawaai tegen de grond. Marcel verloor ook zijn evenwicht, viel en brak zijn schouder. Vanaf toen bloedde ik, de kleine Remi, nooit meer uit mijn neus. Zo vertelde Marcel dat. Ik was hiervan onder de indruk, meest nog van het zegenen, dat bezweren van kinderkleertjes.

's Avonds vertelde ik het aan mijn vader. Hij keek me zwijgend aan. Hij rolde een sigaret van zijn Semois-tabak, likte bedachtzaam aan het vloeitje. 'Bij mijn weten,' zei hij, 'heeft mijn broer Marcel nooit zijn schouder gebroken.'

Mijn moeder had ook staan luisteren. 'Kom eens hier, jongen.' Ze vroeg me of ik het fijn vond met mijn oom.

‘Hij leert me ploegen.’

Mijn moeder keek vader aan. Die haalde direct zijn schouders op, hij wilde al vertrekken naar de stal waar een koe opstandig loeide. Ik kreeg het wat benauwd.

‘Vind je het ook fijn met je vader?’ vroeg ze.

‘Zeker ook met vader,’ zei ik rap.

‘Morgen mag je met hem mee naar Brugge.’

Drie keer per jaar ging mijn vader in Brugge pachtgeld betalen aan een bejaarde kanunnik in de Baron Ruzettelaan. We gingen er binnen langs de dienstingang, via een kelderdeurtje. Boven wachtte de kanunnik ons op. Met onvaste stem noemde hij mijn vader ‘*mon cher ami Omer*’, en feliciteerde hem met zijn flinke zoon. Vader betaalde snel maar met tegenzin. Op de terugweg vertelde hij dat de kanunnik altijd Frans tegen hem sprak, ‘maar met zijn meid spreekt hij nochtans Vlaams.’

Op de terugweg zagen we de oorlogskerkhoven liggen. ‘De graven van gesneuvelde Engelse soldaten,’ zei vader.

Toen we thuiskwamen, stonden Marcel en moeder midden op het erf. Ze stonden te kijken naar een jonge zwarte bastaardhond. Waarschijnlijk was het een verdwaald dier, misschien weggejaagd van een Frans boerenerf. Hij had een smalle romp en een koddig smal kontje. Soepel, onbezorgd liep hij rond, op dikke hoge poten. Onze eigen hond, Mirza, ging heftig tegen hem tekeer.

Vader joeg de zwerfhond weg, maar telkens kwam hij terug. Speels en kwispelend beet de indringer in Marcels handen. ’s Nachts kwam hij op ons erf naar eten zoeken. Eerst snauwde en beet Mirza nog naar de indringer, maar de nieuwe hond speelde met hem en na twee dagen wrong hij zich binnen in Mirza’s hok.

‘Het is duidelijk dat die zwarte hond hier moet blijven,’ besloot Marcel.

‘Waarom dan wel?’ vroeg mijn vader, geïrriteerd.

Nonkel Marcel zweeg. Nieuwsgierig observeerde hij het jonge dier. Het leek er gewoon op, zo zei Marcel, dat de hond zelf die keuze had gemaakt.

Kort daarna werd onze eigen Mirza vergiftigd door stropers. Waarschijnlijk had hij konijnenvallen meegesleurd, want ik vond een aangebeten boterham met een giftig blauw smeersel erop. Twee dagen lang lag Mirza te kermen en stierf. Op dat moment mocht de zwerfhond blijven en kreeg hij van mijn vader een naam: Baron.

'Waarom Baron?' vroeg moeder.

'Omdat hij mij zo hautain aankijkt.' Vader ging door met het mengen van voeders. Voor de varkens stelde hij die zelf samen, met gebroken maïs, zemelen, beendermeel en visolie. Soms voegde hij nog gemalen visgraten toe, lijnzaad, kalk en een geheim mengsel van een landbouwingenieur uit Nieuwpoort. Het stonk.

Mijn ouders werkten hard en verdienden goed geld. Het landbouwbedrijf groeide voorspoedig. Ze investeerden in moderne melkmachines en stromend water in de stal. Ze teelden tarwe, vlas en aardappelen, suiker- en voederbieten, en het was vooral dit werk op de akker dat Marcel voor zijn rekening nam.

Als mijn zus, mijn broer en ik studeerden, las moeder mee over onze schouders in de schoolboeken. De zwarte hond, Baron, lag aan mijn voeten. Toen mijn moeder op een keer de overlijdensberichten in de krant doorliep, keek ze me plotseling aan. 'Zal ik je eens vertellen waarom wij jou Remi hebben genoemd?'

Ik knikte.

'Ik heb een broer gehad met dezelfde naam,' zei ze. 'Hij was mijn lievelingsbroer. In Normandië had hij een prachtige hoeve, maar toen hij op bezoek kwam, viel hij op zijn hoofd bij een fietstochtje op de dijk. Het jaar erna stierf hij aan een tumor, amper tweeëndertig.'

'Heb ik dan de naam van een dode?' vroeg ik verschrikt.

'Ja maar ja,' fluisterde moeder rap. 'In onze familie geven wij altijd de voornamen door.'

Ik vond dat een vreselijke gedachte.

Ze zei: ‘Ik ben zelf ook zo geboren. Voor mij was er al een zusje dat Bertha heette. Die heeft maar één jaar geleefd.’

Het was alsof ik plots een dode tweelingbroer had gekregen. Ik zei dat ik niet meer gerust was.

‘Ja maar ja,’ suste moeder opnieuw.

Ik ging het aan mijn vader vragen: ‘Waarom gebruiken wij voornamen opnieuw in onze familie?’

‘Omdat voornamen onverslijtbaar zijn, Remi.’

Wat moeder me vooral had willen zeggen: ze miste haar familie, die ver weg in Normandië woonde. Misschien dacht ze ook: we geven de namen door omdat dierbare doden dan zachter uit ons leven kunnen verdwijnen.

‘Kijk,’ zei moeder en ze begon over iets anders wat ze uit het dagblad plukte. ‘Stijn Streuvels staat in de krant. Ze noemen hem hier de meest vooraanstaande schrijver van ons volk. Hij heeft weer een Staatsprijs gekregen, omdat hij zo mooi kan schrijven.’

‘Omdat hij schrijft over de boeren,’ zei vader.

Mijn grote zus en broer schoven hun huiswerk aan de kant en begonnen een damspelletje. Ik keek door het raam naar buiten, naar de lage, lege wereld waarin we woonden. Nergens was een andere boerderij te zien. Overal weiland en akkers, suizend riet, bruut gekapte wilgen. In de natte herfstdagen was ons erf een modderpoel, slechts te doorkruisen op klompen.

Ik ging naar buiten. Kwispelend liep Baron met me mee, zijn bek wijd open. Op zijn dwaze hondenkop begon grijs weerbarstig haar te groeien, ook onder zijn kin en boven zijn ogen. Het deed hem wat duivels lijken. Als de hond geeuwde, dan neuriede of kreunde hij van ongemak. Soms leek hij dan te spreken als een mens. Met zijn grote bek greep hij mijn hand vast en beet er voorzichtig in.

Net als mijn hond snoof ik aan de avondlucht. Samen ademden we traag in en uit.

Wij proefden de kille, vochtige herfst. Dit was ons land met de zompige akkers, de rotte bladeren, de dampende mest. In de stal sopte het stro van de koeiendrek. Ik keek de hond aan in zijn zwarte gezicht. Onhandig en vriendschappelijk sprong Baron tegen me op, worstelend met zijn eigen lange poten. Hij richtte zijn open muil overal naartoe, rillend en hongerig.

Vijf

Kort na mijn hernieuwde kennismaking met de professor bezocht ik in Brussel een lezing van de Engels-Nigeriaanse schrijver Ben Okri. Ik moest terugdenken aan de vroegere lessen van Remi. Beiden schuwden de grote gedachten niet als zij spraken, bedacht ik. Ben Okri had grote vellen papier vast, vol handgeschreven losse reflecties, ook geëxalteerde poëzie. In een wollige, hoogst literaire woordenstroom had de auteur het over de creatieve kracht van het universum. Kunstenaars zijn daarin de priesters van de natie, de meester-dromers van de tijd. Hij had het over mystiek, de goden, het wereldburgerschap en vooral over het kind zijn.

Okri nam een ander blad en stelde: in het kind is nog aanwezig wat bijna vergeten is, want niets in hem gaat verloren. Het kind is de belofte en pas later zullen we weten of de belofte gehouden is. Ondertussen nam Okri weer een ander blad en verkondigde, zeer apodictisch, dat het kind is wat het is, maar het zal worden wat het kan zijn.

Want het kind is altijd een beeld van de tijd en de plaats.

Het kind is altijd de bron.

Het leven zal oordelen over ons als we terugkijken naar onszelf als kind, besloot hij, na een twee uur durende woorden- en gedachtestroom.

In Okri's boek *A time for new dreams* las ik meer van hetzelfde. Het kind als het geheim en het embryo van de mensheid, als het raadsel tussen onbevlektheid en voorbestemming. Ben Okri citeerde Hemingway: rijke mannen en vrouwen wenen 's nachts op hun jacht omdat ze niet zo zuiver kunnen slapen als toen ze nog kind waren.

'Childhood is the inheritor of concentrated fictions invisible,' schreef Okri.

Wie wij uiteindelijk zijn, noemt Okri een loterij, en daarom is het kind *'the luck of the draw, an unsuspected gamble, an obscure mathematics of destiny or karma; an unspecified punishment or an unnamed blessing – for deserving the parents you have, the family you're stuck with, or the life you were born into'.*

6

Met het botergeld uit het koperen potje betaalde mijn moeder aan Marcel dus zijn weekloon. Overal in de huiskamers van de Westhoek stonden dergelijke voorwerpen, in geel en rood koper. Ze waren gemaakt van obussen, granaten uit de Eerste Wereldoorlog. Overal in West-Vlaanderen werden de huizen ermee verfraaid. Telkens plichtsbewust opgepoetst, dan blonk dat koper weer als goud. Waarschijnlijk was dit poetswerk een manier om de grote aantallen mensenoffers en de onrechtvaardigheid ervan op te roepen en te bezweren.

Toen vader en Marcel de oude schuur afbraken voerden ze het metershoog gestapelde stro met de kar naar buiten en stookten het op. Op het onderste stro hadden nog Belgische en Engelse soldaten geslapen, zei nonkel Marcel. In hun schuur hadden ze gerust, gewacht, gekaart, hun brieven naar huis geschreven. Marcel was toen nog een kleine jongen; hij schooide bij de soldaten om sigaretten en chocola. Sommige soldaten waren lelijk verminkt, herinnerde hij zich.

Het vuur fakkelde hoog op. Het stro zat vol rattenstront, maar ook buskruit en oude kogels die knetterend ontploften. In de velden rondom schrokken de bosduiven op.

’s Avonds reden Marcel en ik opnieuw naar Lampernisse, om een zieke vaars op te halen. Onderweg stopten we.

‘Hoor die wind huilen,’ zei nonkel Marcel.

‘Ik hoor niks,’ zei ik.

‘Luister dan toch,’ zei Marcel, tot ik het ook kon horen.

‘Ja, nu hoor ik het ook.’

‘In het eerste oorlogsjaar,’ begon Marcel, ‘trof een Duitse

granaat de kerk van Lampernisse. Vijfenveertig soldaten die er schuilden waren dood. Een jaar later werd de dorpskerk volledig opgeblazen door de Belgen. Ze bouwden er barakken, met een noodhospitaal voor spoedoperaties.'

Marcel was toen zo oud geweest als ikzelf op dat moment was. Vanuit Lettenburg werden gewonden van het front gebracht. Met platte bootjes werden ze vervoerd over het water, door de weilanden, om schokken bij het transport te vermijden. Marcel had die bootjes nooit met eigen ogen aanschouwd, maar hij had wel het huilen en kermen horen opstijgen uit de weiden.

'Was mijn vader dan bij je?' vroeg ik.

'Nee Remi, want die was een stuk jonger dan ik,' zei nonkel Marcel. 'Na de oorlog waren alle boerderijen kapotgeschoten, was de landbouwgrond vernietigd. Vandaag werken wij, boeren, nog altijd om die schade te herstellen. Wat niet af is, moet afgemaakt worden.'

‘Wanneer zal dat werk af zijn, nonkel?’

‘Dat weten we pas als het af is,’ zei Marcel. We reden verder.

Ook de dagen erna, terwijl de schuur steen voor steen werd afgebroken, vertelde Marcel over de oorlog. Onze hoeve had achter de frontlijn gelegen en soldaten uit Vladslo en Reningelst kwamen bij ons uitrusten. Soldaten spraken vrijuit over de lijken, de ratten, hoe ze afgesnauwd werden door hun officieren.

‘We hadden een soldaat die stotterde,’ zei Marcel. ‘Als hij iets wilde vertellen hakkelde hij, maar als hij zong dan niet. Als ik voor hem ging staan en ik deed alsof ik aan een knop draaide, dan begon hij weer te stamelen. Dat was gemeen van me.’

Marcel deed dat stotteren na. Het was als het geluid van een telex. *Tut tuttut tuut*, een code met korte en lange tekens. Als de hartslag van een haas, dacht ik nog.

‘Maar waarom stotterde die soldaat soms wel en soms niet?’ vroeg ik.

‘Soms dacht ik ook dat hij het speelde. Maar het was niet zo. Het kwam doordat hij te veel had gezien,’ zei Marcel.

‘Stotterde hij dan opzettelijk?’

‘Misschien stotterde hij om niet voluit te hoeven spreken. Soms zwijgen we om niets te hoeven zeggen.’

’s Avonds laat, net voor de zon onderschoof, ging ik kijken hoe de afbraakwerken vorderden. Boven op de laatste hoge muur van de schuur zat ik te kijken. In de schemering zag ik drie hazen op het maaiveld spelen. Een hazenmoeder met twee jongen, buitelend over elkaar.

Twee dagen later liep ik de voorraadkelder in en schrok. Het lijk van een klein kind, dacht ik eerst. Oog in oog stond ik met de dood en die had de vorm van een klein, ontveld, bleek, langgerekt lichaam. Het was tenger en afgestroopt. Het had naakte roze spieren die een koud blauw licht leken uit te stralen.

Het was een haas die nonkel Marcel had geschoten.

Ik kon daar niet van slapen. ’s Nachts kraste een kraai rauw in de kerselaar. Een menselijke kreet. Er veranderde iets in mij, voelde ik. Er was ineens iets in mij dat moest verschijnen. Een stem herhaalde wat mijn oom had gezegd: 'Wat niet af is, moet afgemaakt worden.'

'Afgemaakt?' vroeg ik slaperig.

'Tot een goed einde gebracht,' suste de geest.

'Wie zei dat?' vroeg ik, klaarwakker nu. 'Ik ben bang,' zei ik hardop.

'Niet bang zijn,' zei de geest. Of was het de genius?

'Ik ben bang,' fluisterde ik. 'Ik ben zo verschrikkelijk bang.'

'Er is iets in elke familie,' zei de stem.

Dit was geen gewone nachtmerrie. Het waren hardnekkige woorden die iemand tot mij sprak of die in mij werden gelegd.

's Ochtends vielen me bijzonderheden op in het landschap. Het was eerst de verschijning van de mist, waardoor een ongewoon licht in het landschap zichtbaar werd. Terwijl vroeger de zon soms vrolijk goud rond de wolkenranden goot, had de geest of de genius er nu lood in gesmolten.

In het dorp zag ik zonderlinge patronen in de rook die uit de schouwen opsteeg.

Een week later droomde ik dat er in verschillende huizen van het dorp mensen tegen een muur op klommen. Die muur bestond uit mensen, die zelf ook weer een mensenmuur beklommen. Onduidelijk bewogen de lichamen zich langs buiken, benen en voeten van andere lichamen omhoog. Ieder mens trok zich op langs een ander mens, en ook daarover klommen weer mensen naar boven.

'Ik heb kwade dromen, nonkel,' zei ik tegen mijn oom.

'Zijn ze erg, jongen?'

Ik knikte.

'Kun je ze navertellen?'

'Liever niet, nonkel.'

'Kun je praten in je nachtmerries?' vroeg nonkel Marcel.

Ik had dat nog niet geprobeerd.

'Je moet spreken in je dromen, jongen. Je moet ze van repliek dienen. Dat helpt.'

‘Wat moet ik zeggen, nonkel?’

Marcel fluisterde: ‘*Carabouya.*’

‘Carabouya?’

‘Ja, carabouya. Dat is een geheim woord, Remi. Ik heb het geleerd in de oorlog van een zwarte soldaat.’

Ik herhaalde het woord: ‘Carabouya.’

Ik vertelde ook aan mijn moeder van de nachtmerrie, maar ik zei haar niets over Marcels geheime woord. Moeder gaf me thee van gedroogde lindebloesem en lavendel. Voor het slapen kreeg ik van mijn vader een kruisje op het voorhoofd. ‘God zegene je, God beware je,’ zei hij.

Voor ik insliep zei ik tien keer ‘carabouya’. De nachtmerrie bleef uit. Moeder kwam me een zoen geven, terwijl ik sliep. Onbewust rook ik haar eau de cologne.

Toen ik het geheime woord vergeten was, ging ik het opnieuw vragen aan nonkel Marcel.

Marcel zei: ‘*Carabouya est le message.*’

‘Waarom zeg je dat nu in het Frans?’

‘Omdat de zwarte soldaat Frans sprak,’ zei nonkel Marcel. ‘Schrijf dat geheime woord nooit op. Het speelt zijn kracht kwijt als je het opschrijft.’

Op deze manier kwam, uit het niets, een zwarte soldaat in mijn leven. Toen ik een wereldbol kreeg voor mijn elfde verjaardag, wees nonkel Marcel op de globe de continenten aan.

‘En hier’, zo wees Marcel naar het hart van Afrika, ‘hier kwam die zwarte soldaat vandaan.’

Zes

Zo zelfverzekerd en alwetend de professor vroeger op mij overkwam als academicus, zo jongensachtig vond ik zijn verschijning in mijn wekelijkse gesprekken. Zoveel jaren na mijn opleiding bleek hij nog altijd een roekeloze, zoekende jongeman. Hij was zoals ik, vond ik, maar ouder.

De professor woonde in een modern duplex appartement vol boeken en ook wat Afrikaanse objecten. Hoog boven de stad keken we uit over Leuven, waaruit het gelach van studenten en lichte flarden cafémuziek opstegen. Ook hondengeblaf in de verte. In het midden van zijn ruime flat was een draaitrap naar beneden; daaronder zijn bureau, genaamd 'de praktijk'. Daar gingen we naartoe. Een kleine kamer, met slechts een boekenkast en een tafel. Voor de consultaties stond er een sofa, waarop de cliënt half kon neerliggen, de benen vooruit, het bovenlijf opgericht.

'Zeg maar Remi,' zei hij telkens als ik hem weer aansprak met professor.

We zaten tegenover elkaar, elk op een stoel. Ik ging niet op de sofa zitten, laat staan dat ik daarop ging liggen.

Waarom ik die scriptie nog wilde afmaken? Ook al klinkt dat zweverig en halfzacht, er waren vragen die nog openstonden. Er waren antwoorden, vermoedde ik, die ik nog niet ontdekt had in mijn persoonlijk leven.

Vroeger tijdens de les liet de professor nooit diep in zijn ziel kijken. Wij waren erg verrast toen hij zichzelf op een keer melancholisch noemde. Hij sprak over een oud schuldgevoel dat zijn persoonlijke interesse verklaarde voor rituelen van genezing, rouw en hekserij. In enkele zinnen raakte hij zijn levensverhaal aan.

De professor had lange tijd in Congo verbleven, bij de Yaka in Kwango, Bandundu nabij de Angolese grens. Eerst hadden de Yaka verondersteld dat hij een protestantse zendeling op verkenning was, die later met een vliegtuig zou terugkomen. In de eerste week van zijn verblijf in het dorp Yitaanda, zo vertelde hij, had een vrouw zijn hut betreden. Amper een heupdoekje om. Ze snuffelde, kwam dichterbij. Ze raakte hem aan. De situatie was erg zinnelijk. Toen ging ze weer weg. Was ze gek? Kwam ze hem gewoon verleiden?

Ze was transgressief geweest, zei de professor. De Yaka zeiden: 'De blanke heeft die jonge vrouw aangetrokken.'

Kort daarna had hij gezien hoe diezelfde jonge vrouw, opgezweept door trommels en applaus, een tunnel groef in de grond, als een otterspitsmuis, en op een andere plaats kwam ze er weer uit.

Wij, studenten, geloofden dat eerst niet, maar de professor vertoonde een film die hij ginds had gemaakt. Het verhaal was waar: de vrouw groef een gat in de grond en kwam er op een andere plaats weer uit.

7

Ik keek naar buiten: onder de lindebomen hinkelden meisjes. In ons klaslokaal werden namen van hoofdsteden en landen luid gescandeerd, daarna volgden de vermenigvuldigingstafels. Het opzeggen ervan gebeurde ritmisch. Met de voeten stampend, met zacht wiegende bovenlijven werden de tafels met dreunende cijferreeksen afgewerkt. Zonder na te denken deinde ik mee op de commando's.

Daarna las de onderwijzer voor uit de catechismus. 'Ten eerste is de hel de onbegrijpelijke, zware beroving van het goddelijk aanschijn. Ten tweede is de hel de knaging van het geweten. Ten derde, het derven van al wat je enigszins mag troosten. Ten vierde, de brand van het smartelijke, onblusbare vuur. Ten vijfde en bovenal is de hel de ellendige eeuwigheid.'

Ja, dat was de hel.

Vervolgens de hemel. De onderwijzer vroeg: 'Wat zullen de zaligen, behalve het opperste goed, nog verwerven?'

Wij, leerlingen, zwegen, benieuwd of verveeld. Ik bestudeerde hoe een vlieg gevoelloos, haast op technische wijze, worstelde met de kleverige vliegenvanger. De onderwijzer somde de eigenschappen van de hemel op. 'Het schone gezelschap der engelen, de gemeenschap van alle heiligen, de blijde gedachtenis van de altijddurende zalige eeuwigheid.'

Wij declameerden al deze gewijde zinnen, woord voor woord. Deze regels waren punctueel en dwingend. Ze stonden geen relativering toe en dat sprak me aan.

Ik dacht aan de sombere gedachten van nonkel Marcel. Ik bedacht ook hoe 's zondags in het dorpscafé de boeren de kapelaan graag plaagden. Ze trakteerden hem om hem dronken te krijgen. Ze daagden hem uit: 'Als we vandaag niet naar de mis gaan, zullen wij volgende week wel komen. Is het niet?'

Ja, zo was het.

Hadden de boeren dan God niet nodig?

Jawel, maar God was voor de boeren eerder een macht zoals de seizoenen. Boeren voorspelden zelf wel het weer, en als ze daarin slaagden oogstten ze wat ze zaaiden, en daardoor leek het dat zijzelf de mechaniek van seizoenen konden bedienen.

Maar waarom moest ik dan palmtakjes steken op alle uithoeken van hun grond? Zou zoiets God dan toch beïnvloeden?

Dat was slechts voor de zekerheid.

Elke avond observeerden boeren zoals mijn vader het zenit en de horizon. Zij zagen hoe de regen neerviel op de aarde, hoe druppels kleine blaasjes vormden in de plassen. Boeren keken naar insecten en vogels, ze beluisterden hun eigen dieren. Voor hun dieren waren ze mild; ze praatten ermee. Ze vermeden hen pijn te doen, tot ze hen verkochten voor de slacht.

Zo'n boer zou ik later ook worden.

Na schooltijd klom ik met mijn klasgenoot Hubert de kerktoren op, als de koster het grote uurwerk opwond. Vanuit de hoogte zagen we rondom en in de verte de hoeves liggen. Alle boerderijen bestonden uit een woonhuis, een of twee schuren en steeds vaker verscheen daarnaast een moderne loods in plomp beton. Boeren investeerden volop, in ingenieuze rooimachines, grote stalen karren met open laadbakken. Boeren hielden van gloednieuwe tractors, in rood of chartreusegroen. Ik wees ver weg onze boerderij aan, met direct daarachter de grens, het buitenland.

Beneden op het kerkplein speelden kleine kinderen onschuldig met knikkers en tollen. In het dorpswinkeltje kochten Hubert en ik vuurwerk en staken het aan in een open buis aan de kiosk. Het vuurwerk ontplofte in mijn gezicht.

'Jij bent net een zwarte soldaat,' lachte nonkel Marcel toen ik thuiskwam.

Ik een zwarte soldaat? Dat pakte me. Wat als ik een zwarte soldaat zou zijn? Zou ik dan meer geheime woorden kennen zoals 'carabouya'?

'Kun jij nog rap dit pakje gaan afgeven bij de douane?' vroeg mijn vader nuchter.

Ik waste me eerst. Het langwerpige pak bond ik achter op mijn fiets. Het was omwonden met vele lagen bruin papier, met een stevig stuk touw eromheen.

'Wat zit erin?' vroeg de douanier achter zijn loket.

'Cadeau voor de pachtheer,' zei ik.

Toen ik thuiskwam vroeg ik aan mijn vader wat in het pak had gezeten.

'Een haas,' zei mijn vader. In dezelfde adem somde hij op welke kleine werkjes die avond nog moesten gebeuren. Zo ging dat bij ons. Wij, kinderen, raapten eieren, mestten het kippenhok uit, hielpen bij de varkens. In de vakantie schilderde ik met mijn broer alle staldeuren. Geduldig klopte ik, met hamer en beiteltje, de roest van het ijzeren vlechtwerk van een hek. Dan nauwkeurig meniën. Vader kwam zeggen: 'Jongen, je moet een beetje opschieten.'

Maar een beetje later al kwam nonkel Marcel me oppikken met de tractor.

We vertrokken en ik babbelde maar. Een halfuur lang bleef Marcel zwijgen. Ineens zei hij: 'Tarwe oogst je het beste laat op de dag.'

'Waarom, nonkel?'

'De tarwekorrel in het kaf moet droog zijn,' zei Marcel. 'En dat is pas na vier uur.'

'Het is nu vijf uur.' Ik wilde de hele tijd maar terugkomen op dat gesprek over de zwarte soldaat, maar durfde niet. Toen ik het deed, wilde Marcel er niet op ingaan.

'Je kunt het beste oogsten tussen tien en twaalf uur 's nachts,' zei Marcel. 'Het stro valt dan mooi, het stuift niet.'

's Avonds trok een hevige storm over de hoeve. Moeder

bad weesgegroetjes, samen met ons, bij de open haard. Zoals ze voorspeld had, sloegen de zekeringen in de elektriciteitskast af. Ook de algemene stroomvoorziening viel uit. Moeder stak kaarsen aan. We waren bang, we zeiden niets. In het licht van de bliksemflitsen keek ik naar mijn biddende moeder. Ze sprenkelde wijwater met een palmtakje in de hoeken van de kamer. Ze had een blauwe weerschijn om het hoofd en God tekende beschermende schaduwen op de muren.

De bliksem sloeg niet in ons huis of onze schuur in.

Op de Leuvense stoof stond een pot zwartsel om de kachel te poetsen. Ik stak mijn vinger erin en schilderde daarmee mijn gezicht. Parmantig toonde ik me aan mijn vader en vroeg hem of die ooit gehoord had van de zwarte soldaat.

'Dat is een oorlogsverhaal zoals er zoveel zijn,' antwoordde hij.

's Ochtends zei hij aan Marcel: 'Is het nodig om die jongen zo onrustig te maken?'

Zeven

De echte aanleiding voor mijn bezoeken aan de professor was zeer praktisch te noemen, zelfs banaal. Ik had mijn studie antropologie nooit afgemaakt. Ik had lang geleden examens afgelegd, maar geen scriptie geschreven. Zoals gezegd, ik wilde die nog afwerken, ook al was daar niet echt een objectieve reden voor.

Het was misschien mijn fascinatie voor het donkere, de nacht, de krachten die mensen soms bezitten.

Ik wilde mijn scriptie maken over een zonderling verhaal dat ik toevallig op het internet had gevonden. Dat ging over een angstpsychose voor krokodillen in Popokabaka, provincie Bandundu, zo'n vierhonderd kilometer van Kinshasa. Op internet vond ik een bruingrijze foto van een dissectie. Daarop onmiskenbaar een menselijke voet, een been en een hand in de opengesperde ingewanden van een krokodil. Deze angstpsychose was een nieuw fenomeen bij de Yaka. In de regio vermoedde men, zo stond in dat artikel, ondanks het realisme van de foto, dat mensen zich vermomden als krokodillen. Deze casus was niet uitgebreid gedocumenteerd, maar mijn scriptie kon zich beperken tot een literatuurstudie van de Yaka-cultuur, aangevuld door interviews met Congolezen hier in België.

De krokodil van Popokabaka.

Dat klonk als de titel van een stripverhaal, zoals *De duistere diamant*, *Het geheim van de zwaardvis*, *Kuifje in Congo*. Of zoals *De krokodillen van Yamoussoukro* van V.S. Naipaul. Remi, mijn professor, vond het een vreemd, al te exotisch idee, maar stelde voor als onderwerp: de krokodil in populaire verhalen en hedendaagse voorstellingen.

Toen vroeg hij: 'Wil je echt iets leren? Of wil je gewoon dat diploma bezitten?'

'Beide,' had ik geantwoord.

'Waarom ga je dan niet naar Congo?' vroeg Remi. Zelf was hij amper op de hoogte van de recente krokodillenkwestie. In zijn tijd kwamen krokodillen niet of amper voor in de Kwango-rivier. Er werd bij de Yaka wel gesproken over luipaardmannen, *N-syoonya*, die zich vermomden als luipaarden en aanvielen op klaarlichte dag. Zij bevestigden klauwen aan hun handen en voeten, en met speciale stokken zetten ze luipaardsporen op de grond. Ze sneden het borstbeen en de ribben van het slachtoffer door en klauwden het hart eruit, dat ze naar hun meester brachten.

'Maar wil je dan niet zelf naar Congo gaan?' vroeg de professor opnieuw.

Hij drong niet verder aan.

We spraken af dat ik hier een aantal oudere Congopaters zou opzoeken en ondervragen over bepaalde praktijken in Kwango vroeger.

Ik las zeer gespecialiseerde artikelen, bijvoorbeeld 'Parody in matricentred Christian healing communes of the Sacred Spirit', of 'Mediumistic divination among the Northern Yaka of Zaire'.

Ik had geregeld overleg met Remi, na ons eerste introductiegesprek over de scriptie. Ik begreep zelf niet goed hoe dit zo kwam, maar ik bracht hem telkens verslag uit van mijn gesprekken; dat interesseerde hem bijzonder. Voor deze afstemmingen sprak ik met hem af in zijn psychiatrische praktijk, tussen de andere cliënten door. De eerste keer verliet een zwarte man voor mij de flat, een andere keer een bevallige blondine. Beiden gunden mij geen blik, ook al kruisten we elkaar in zijn woonkamer; het was alsof we elkaar op straat voorbijliepen. Ik wist trouwens nooit of zij studenten of cliënten waren.

Zo is het begonnen. Al snel viel me op dat Remi's antropologische inzichten soms samenvielen met autobiografische details die hij me terloops verteld had. Dan vroeg ik door over zijn jonge leven en hij ging daar graag dieper op in. Hij bleef maar vertellen. Soms leek ons gesprek daarmee op een interview, of gewoon licht gekeuvel over jeugdherinneringen. Al pratende wilde ik ook nagaan welke familieleden voor hem belangrijk waren, zoals die blijkbaar nog steeds aan hem verschenen.

Misschien wilde ik zo het leven zelf onderzoeken, de groei, de ontdekking van je eigen bestemming, het belang van afkomst of herkomst.

Vanaf ons eerste contact was deze zoektocht al volop bezig.

In een lange reeks van gesprekken duidde Remi gewillig de motieven en oorzaken aan in zijn eigen afkomst en verleden. Ik begon te zien hoe mensen worden wie ze zijn, hoe in een individu de wereld zelf ontstaat. Ik wilde daarom steeds meer over hem weten en vriendelijk toonde hij op de landkaart zijn geboortedorp. Hij wees de grens aan met Frankrijk. Al snel gaf hij me coördinaten door van mensen van de Westhoek, van vroeger. Elke week kwam ik bij hem terug, vooral omdat ik niet kon vatten hoe hij ooit als achttienjarige zo'n grote beslissing had kunnen nemen.

Remi zei daarover: 'De tijd was gewoon anders. Ik was overtuigd dat mijn leven te kort was om te treuzelen.'

Bereidwillig bleef hij al mijn vragen beantwoorden. 'Besef je,' vroeg ik, 'hoe kwetsbaar je je opstelt door hierover aan mij te vertellen?'

Hij knikte. 'Ik weet ook dat ik jou een fakkel doorgeef. Besef jij dat ook?'

Op een later moment noemde hij dit 'onze wederzijdse adoptie'.

Ja, ik wilde alles over hem weten. Ik bewonderde zijn moed, zijn zelfverachting. Honderduit vertelde Remi over zijn familie, zijn jeugd en aspiraties, en tegelijk gaf hij me boeken te leen van de psychoanalyticus Lacan. Die moest ik dan lezen voor mijn scriptie.

Ik bekende dat ik beter uit de voeten kon met zijn *Tristes tropiques* van Lévi-Strauss en *Die Traumdeutung* van Freud. In al zijn boeken had hij met potlood persoonlijke notities gemaakt, die ik probeerde te ontcijferen. Soms stonden er uitroeptekens van verwondering, kleine samenvattingen en mededelingen. Zoals deze notitie: 'Lévi-Strauss bedoelt met *la pensée sauvage* het niet-geknechte denken, niet gevormd door Kant of Descartes, maar gemodelleerd door de lokale maatschappij-eigen taal.'

Ik begon daardoor zijn fascinaties te delen. Dit werd mijn onderzoek naar Remi's zelfonderzoek.

Remi gaf me nog meer adressen en telefoonnummers. Ik ging zelfs op bezoek bij zijn familie in de Westhoek, zijn oudere zus en broer. Die ontvingen me hartelijk. Zijn oudere zus toonde me alle familiefoto's die zij bezat in oude albums. Ik bekeek een voor een al die foto's. Marcel had ik me groter ingebeeld, en de kleine Remi, zo stelde ik vast, leek fysiek helemaal niet op zijn vader Omer, wel op zijn moeder Bertha. Remi en zijn moeder hadden hetzelfde bleke langwerpige gezicht, dezelfde lichte ogen. Beiden keken de fotograaf aan alsof ze wisten dat ze door de tijd heen naar mij konden kijken.

'Papa heeft veel gezwegen voor de lieve vrede,' verklaarde Remi's zus. Over haar jongste broer zei ze: 'Remi was een streber, hij koos altijd voor het hoogste. Maar dat heb je zelf zeker ook al gemerkt.'

Remi's schoonbroer vulde aan: 'Het is niet alleen geen haar snijden, maar het is vooral de krullen leggen.'

Het was Remi's oudere broer die vertelde dat hun oom uit Normandië op elk familiefeest zelfgestookte Calvados meebracht, illegaal gestookt op hun boerderij in Frankrijk. Het drinken alleen al schiep de medeplichtigheid van het familiefeest.

'Wij speelden niet als kind,' vertelde zijn broer me ook. 'Wij waren altijd maar aan het werk.'

Ik noteerde het allemaal in mijn gelijnde schriftjes van het merk Muji.

Ik bezocht ook Remi's ouderlijke boerderij en praatte uitgebreid met de huidige bewoners. Ik mocht zelfs hun hele huis bekijken, al was het compleet verbouwd.

'Het geluk van de boer is niemand rekenschap geven,' zei een zekere Franklin, een jeugdvriend van Remi, die boer was gebleven. 'En tegelijk,' mijmerde hij, 'zonder dat je het beseft word je gestuurd door de natuur.'

Ik fietste door de straten van zijn geboortedorp. Ik liep verschillende keren de Gemeneweg op en af, over de landsgrens met Frankrijk. Ik zwalkte met mijn fiets zoals hij als kleine jongen van tien hier ooit met zijn fietsje reed. Wanneer ik ergens halt durfde houden, kwam er altijd wel iemand vanaf een boerenerf naar me kijken. Vaak met wantrouwige, gefronste blik, de mond licht open. Ik groette en keek toe hoe een hond naar me blafte vanuit zijn hok. In de verte zag ik de Kemmelberg liggen. Het was de heuvel die Remi had gezien vanaf hun erf bij helder weer. Ze gingen er nooit naartoe, had Remi's broer me verteld, want boeren hadden geen tijd voor beuzelarij.

Als ik ronddwaalde in de Westhoek leek het dat ik los kon komen van mezelf. Ik kon me verbinden met een andere plaats, een andere tijd, en daardoor begon dit verhaal zichzelf te vertellen. Ik kon me voorstellen hoe het dagelijks leven verliep op hun boerderij. Het was alsof ik daardoor een groter, ander ik kon worden.

'Er werd in dat huishouden veel gezwegen,' zei een jeugdvriend van Remi. Hij vertelde hoe Remi's moeder wenend bij hen thuis kwam met de vraag: 'En weet je wat er nu is gebeurd?'

8

Ooit woedde in de Westhoek de Grote Oorlog. Losgebarsten als een ongecontroleerd carnaval, als natuurgeweld. Naties verklaarden elkaar de oorlog in vrolijke, blinde coalities, omdat ergens in Europa een zot een schot had gelost op een aartshertog. Die oorlog was niet te verklaren vanuit klassieke waanzin of de slechtheid van een misdadig genie, maar veeleer als een epidemie, een slecht afgestelde of ontregelde menselijke machine. Landen begonnen en voerden oorlog omdat zelfs soldaten zin hadden om zingend naar het front te trekken.

Want: een goede oorlog lucht op.

Al snel waren die ideeën verdwenen in de modder, vuile dekens en het ongeschoren wachten op de dood. Maar toen was het al te laat.

Zulke zaken zat nonkel Marcel te overdenken wanneer hij met zijn tractor op de akker werkte. Hij beluisterde het monotone machinegeronk. In het motorlawaai herkende Marcel de echo's van ondergrondse waterpompen.

Zes meter diep in de akker woonden soldaten, zo vertelde nonkel Marcel. Zij hadden zich ingegraven, ze overleefden nog in de bodem. Ze hadden er hun mijngangen gebouwd met balken en planken van dennen- of sparrenhout. Tot in de tractorcabine kon je de harsgeur ervan ruiken, en ook de petroleumgeur van hun lantaarns.

'Ruik je het?' vroeg nonkel Marcel.

'Ik ruik het,' zei ik. Ook al was ik daar niet zeker van.

Ja, daar beneden vochten nog altijd jongens, vertelde Marcel, en zij bleven elkaar maar beschieten en verwonden. Als zij sneuvelden stuurden ze verse granaten naar boven. Vanuit de blauwige Ieperklei ploegde Marcel die bommen bloot. Hij legde ze aan de kant. 's Avonds na de dagtaak nam hij ze mee. Boven aan een niet ontplofte granaat zat een koperen kop: voorzichtig, met veel malice, draaide Marcel die eraf, demonteerde het ontstekingsmechanisme en poetste de obus op tot die geel of rood begon te schitteren.

Als een nobel, stralend oorlogsjuweel.

Op zondagochtenden fietste ik naar het huis van mijn oom. Ik liep er meteen de tuin in, naar zijn werkplaats. Naast de lage houten deur hing een kleine gong. Het was een ronde aluminium plaat, uitgesneden uit de resten van een neergestorte zeppelin.

Ting, tikte ik ertegen met mijn pink. *Ting*.

Nonkel Marcel verscheen. In zijn handen had hij een sigarenkistje, met bouten en moeren. 'Kom je het koper helpen poetsen?' vroeg hij.

Boven de lange werktafel had Marcel een breed, panoramisch raam. Ongestoord keek hij naar het landschap; ooit maakte dat deel uit van het oorlogsfront. De werkplaats was volgestouwd met oorlogssouvenirs. Op planken stonden de opgewreven koperen granaathulzen, in dubbele of driedubbele rijen. Marcel had ook wijwatervaatjes, houders voor luciferdoosjes, kruisbeelden en briefopeners, dit alles vervaardigd van oorlogskoper door ijverige frontsoldaten. Op obussen stond een leeuwtje gegraveerd, een koning of een vlag. Teksten als 'Honneur et Patrie' of 'Souvenir van de Groote Oorlog'.

'Ik was zes jaar toen de oorlog begon,' zei nonkel Marcel. 'Tien toen hij eindigde. Na de oorlog handelde iedereen hier in oude metalen. Overal liepen vreemdelingen, toeristen en bedevaartgangers, op zoek naar familie en souvenirs. Toen al, als kleine jongen, ben ik begonnen met mijn verzameling.'

Nonkel Marcel onderrichtte mij in zijn bescheiden oorlogswetenschap. 'Een obus, of granaat, wordt afgevuurd door een mortier. Een granaathuls is van koper en wordt ook *douille* genoemd. In de granaatkartets of schrapnel zitten loden kogels.'

Onlangs had hij van een bevriende boer een oud gasmasker gekregen. Het bestond uit een bruine linnen kap met blauwe plastic schijven als ogen en een dichtgeknoopt tuitje als mond. Minutieus schraapte en schrobde Marcel de oude modder weg.

Hij toonde het aan me en plotsklaps kon hij het doffe, verfrommelde voorwerp openvouwen. In het oude ding staarde een primitief gezicht mij aan.

'Bescherming tegen het gas,' zei Marcel. Als kind had hij de blinde soldaten nog zien lopen. Achter elkaar sjokkend, met witte doeken voor de ogen, ieder zijn hand op de schouder van de voorganger.

'Mijn vader vertelt hierover nooit iets,' zei ik.

'Je vader is jonger dan ik. Hij heeft die herinneringen niet.'

'Waarom verzamel jij dit eigenlijk, nonkel?'

Marcel antwoordde niet. Hij toonde een oud tijdschrift, *Le Miroir*, dat hij pas in Ieper op de kop had getikt. Op de kaft stond een zwarte man: een zoeaaf, met een gekke rode muts scheef op zijn kop.

'Nonkel, vertel het me dan,' drong ik aan. 'Hoe zat dat met die zwarte soldaat?'

'Op een dag is hij bij ons verschenen,' zei Marcel. 'Onverwacht, als een smokkelaar. Hij was groot. Hij leek verdwaald uit het kerstverhaal, een zwarte koning, een Moor. De vrouwen uit het dorp kwamen naar hem kijken, bang en toch vol bewondering. Ze zeiden dat hij *coupe-coupe* deed, want zwarte soldaten sneden de oren van hun slachtoffers af. Zo werd dat toen gezegd. De Duitsers noemden hen *die schwarze Schande*. Wij hadden in het dorp nog nooit een zwarte mens gezien.'

'Ik ook niet,' zei ik. Ik kende alleen het ja-knikkende gipsen negerbeeldje op de toog van de kruidenier.

'Deze zwarte soldaat kwam uit Congo en vocht mee tegen

de Duitsers. Hij kwam graag langs in onze werkplaats, want hij werkte graag met onze beitels. Ik herinner me hem als gisteren, gek genoeg. De binnenkant van zijn handen was wit, behalve de lijnen in zijn handpalm. Die waren zwart. Hij was beleefder, discreter dan de andere soldaten en hij vloekte nooit. Hij liet bij ons twee grote obussen achter om voor hem te bewaren.'

Marcel toonde me twee buitengewoon grote, schitterend opgepoetste exemplaren. 'Hij is die nooit komen ophalen,' zei Marcel.

'Wacht je dan nog op hem?'

Nonkel Marcel antwoordde niet. Hij zei alleen dat de ontmoetingen met de zwarte soldaat grote indruk op hem als kind hadden gemaakt.

'Maar waarom dan?'

'Ik heb het me vaak afgevraagd, maar ik weet het niet. Het was gewoon zijn verschijning.'

'Hoe oud was de zwarte soldaat?'

'Dat weet ik evenmin. Soms vertelde hij over kinderen die hij had bij een vrouw die hij nog niet had leren kennen.'

'Zoiets kan toch niet?'

'Nee, dat is onmogelijk. Waarschijnlijk is de zwarte soldaat in de oorlog gesneuveld.'

'Waar ligt hij begraven, nonkel?'

'Ik weet dat niet. Misschien moeten wij hem eens gaan zoeken.'

Marcel trok mij dicht bij hem. Hij fluisterde iets in mijn oor. Het was geen Nederlands, ook geen Frans. Het was een vreemde taal. Het was ook niet het geheime 'carabouya'-woord.

'Wat zeg je, nonkel?'

Marcel herhaalde een lange zin in mijn oor.

Ik had hem nog altijd niet verstaan.

'Het is een geheime zin die ik kreeg van de zwarte soldaat,' zei Marcel.

'Zeg die zin dan nog 's.'

‘Nee, ik zeg hem zo stil dat je hem niet kunt verstaan. Je bent te jong daarvoor, Remi.’

We verlieten de werkplaats, tussen de hortensia’s en de hoog opgeschoten boerenrozen. Ik knipperde met mijn ogen tegen het felle zomerlicht. Marcel klopte het stof van zijn overal, waste zijn handen aan de pomp en wreef zijn haar met brillantine tot een gladde, zwarte helm. In de spiegel bekeek hij aandachtig langs alle kanten zijn gezicht. Met een schaartje knipte hij zijn snor bij. Weloverwogen, nauwlettend, alsof hij met dezelfde vingerbewegingen al zijn gevoelens bijknipte.

Ik fietste weer naar huis, nonkel Marcel ging zoals elke zondagmiddag naar de schutters. Als het zijn beurt was om te schieten legde hij de pijl zorgvuldig op de handboog en in een snelle beweging trok hij de boog op. Slechts drie vingers aan de pees. Het hout leek haast te knappen. Zingend van de spanning verliet de pijl de positie aan zijn schouders; trillend plantte de punt zich in de roos. Marcel won, waarna de grote kampioenschutter van het dorp meer dronk dan goed voor hem was.

Acht

Nee, dit gaat niet over die wereldoorlog, dit gaat alleen over de herinnering eraan. Wat ikzelf van die oorlog terugvond op de West-Vlaamse begraafplaatsen was oude praal, een wat valse retoriek. Vlaams streektoerisme dat zich bediende van dode soldaatjes. Trouwens, over de grens liggen exact dezelfde begraafplaatsen.

Een groot deel van Remi's familie week na de Eerste Wereldoorlog uit naar Caen, in Normandië. Franse boerenzonen waren gesneuveld aan de Somme. Een stroom van jonge, ondernemende boeren trok na de oorlog vanuit de Westhoek naar Frankrijk. Ze namen de trein in Adinkerke. Van de ouderlijke hoeve namen ze een ploeg mee, zaaigraan, enkele goede koeien, een paard, twee varkens. Ze spraken schabouwelijk Frans, kregen in Frankrijk amper hulp van de plaatselijke boeren, maar ze begonnen ginder een nieuw leven.

Op die manier viel in 1924 de familie Mabesoone uiteen, dat is Bertha's kant. Van haar familie week zelfs de helft uit: zeven van de dertien kinderen vertrokken naar Frankrijk en bleven daar. Dat gebeurde twee jaar nadat Bertha's moeder Irma stierf in Eggewaartskapelle.

Of die familie in Frankrijk wel belangrijk voor zijn moeder was geweest, vroeg ik aan Remi.

De professor knikte overtuigd. 'Mijn moeder werd heel haar leven verteerd door de weemoed. Eén keer per jaar bezochten de broers en de zussen elkaar. Als de Franse familie op bezoek kwam, lag er geen strootje op het erf. Zij warmden zich aan elkaars heimwee. Mijn moeder huilde twee dagen als ze weer vertrokken waren naar Frankrijk.'

Remi zei ook nog: 'Je moet leren zoeken naar de bron, niet naar de waarheid.'

9

In de Westhoek was de Eerste Wereldoorlog een ongezien massale, langdurige loopgravenoorlog geweest, met de inzet van artilleriegranaten, vlammenwerpers en gifgas. In totaal vielen er negen miljoen doden, waarvan vijfhonderdduizend in de Westhoek. Het landbouwgebied veranderde in vervuild, pokdalig land van modder, kraters en ruïnes. Vooral dat bleef nonkel Marcel aan mij uitleggen: alle wegen, grachten en beken waren gewoon verdwenen. Niets schoot over van de lijnen en tekens die de boeren hadden aangebracht voor de verdeling, afwatering en vruchtafwisseling. Dat vernuftige landschap van populieren, kanalen en polders, van sloten en sluizen, was veranderd in een web van loopgraven met borstweringen, aangekleed met een houten beschot en afgewerkt met zandzakjes.

'Wat zonde van die goede landbouwgrond,' zei nonkel Marcel elke keer opnieuw.

In het vlakke landschap van de Westhoek hadden beide oorlogspartijen hopeloos naar hogere posities gezocht, om zicht te krijgen op de vijand en een dieper schootsveld. In geen geval mocht terrein prijsgegeven worden, ook al was het toevallig veroverd en moeilijk te verdedigen.

Ademloos luisterde ik ook naar deze geschiedenissen op school.

'Wie weet wat granaten zijn?' vroeg de onderwijzer.

Natuurlijk wist iedereen dat in onze klas. Iedereen had thuis koperen obussen op het dressoir staan.

'Na de oorlog,' vertelde de onderwijzer, 'waren hier de Tsjings aan het werk. Chinezen. In opdracht van de Britten verzamelden zij oude munitie en begroeven de lijken. Ze vonden overal lichaamsresten terug, tussen loopbruggen, spoorrails, kadavers van paarden. In de plaatselijke krant stond een vaste rubriek "Ontploffingen".'

Overal in de Westhoek lagen grote en kleine begraafplaatsen, met de typische witte grafstenen. Af en toe nam nonkel Marcel mij mee naar deze plekken. Het fijne gras was er kort, zacht en eeuwig groen. De boorden van het gazon waren als een fijne naad op een soldatenuniform.

'Nergens mos,' merkte nonkel Marcel op.

'Mooie bloemen overal,' zei ik. 'Zie die rozen; de rode zijn de mooiste.'

'Ik heb het niet zo op klaprozen,' zei Marcel snel.

'*Believed to be buried in this cemetery,*' las ik af van een zerkje, ook al kende ik geen Engels. Dat hield me niet tegen om het hardop voor te lezen.

'*And fell and lied buried nearby,*' ging Marcel verder. Hij kende de taal evenmin en ook voor hem was dat geen probleem om Engelse grafopschriften te declameren.

Een formatie ganzen vloog over met beheerste kreetjes. Zoals kleine kinderen soms zuchten in hun slaap.

Marcel sprak over de begraafplaatsen alsof hij er de architect van was. Op een Britse soldatenbegraafplaats stond altijd een Offerkruis, legde hij uit. *Cross of sacrifice*, met het omgekeerde zwaard erop, als teken dat de strijd voorgoed was gestreden. Er was ook de *stone of remembrance*, die leek op een altaar of een stenen sarcofaag. Op het altaar prijkte de tekst, *Their name liveth for evermore.* Dat klonk verheven, eervol, nooit rancuneus.

Daaromheen, rond de begraafplaats, lag onze boerenwereld: de rijpe tarwe, een spruitkoolveld of een groene zee van wortelloof. Daarover de zure geur van varkensmest. Marcel zei: 'Wij, boeren, zullen dit landschap wel herstellen.'

Marcel wees hoe je op elke begraafplaats de kerktorens in

het landschap kon tellen. Minstens één, vaak twee of zelfs drie. Nonkel en ik stonden onder een populier, ruisend als een kwade rivier. Hij plukte een blad van de boom, peuterde er een galwespnestje af. De wolken schoven hoog boven ons voorbij.

'Wij zijn hier helemaal alleen,' zei ik.

'We zijn hier nooit alleen,' zei Marcel. Opeens had hij weer die kwade frons op zijn voorhoofd. Hij begon namen en teksten af te lezen van de zerkjes. Zijn Engels was slecht, de accenten verkeerd, maar onbekommerd scandeerde hij: '*We cannot Lord thy purpose see but all is well that is done by thee.*'

Met beide handen masseerde hij zijn borstelige wenkbrauwen. '*Known unto God,*' zei hij en hij wandelde verder. Hij herhaalde: '*Known unto God. Known unto God.*'

Opnieuw: '*Known unto God.*'

En dan: '*Abide with me. Not left to lie like fallen tree, not dead but living unto thee.*'

Om beurten lazen Marcel en ik de teksten, op zoek naar de zwarte soldaat. Marcel zei: 'Wie puzzelt al de lichaamsresten ooit weer in elkaar? Zou God die gesneuvelde jongens nog wel herkennen? *Into Gods most gracious keeping.*'

'Kijk hier,' zei ik. 'Dat rijmt: "*Leave we now this soldier sleeping.*"'

'Vijfentwintig jaar was deze,' zei Marcel.

'*Greater love hath no man than this.*'

'Zesentwintig,' antwoordde Marcel.

'*Gone from us but not forgotten.*'

'Zeventien och arme.' Plots fluisterde Marcel opnieuw zijn geheime zin in mijn oor.

'Wat zeg je, nonkel?'

Hij wilde de zin niet herhalen.

'Laten we er maar mee stoppen,' zei ik.

Mijn oom en ik deden geregeld deze uitstapjes. Ook al waren de witte zerkjes, het kruis en de *stone of remembrance* steeds dezelfde, de omgeving eromheen was telkens anders. Soms lag de begraafplaats pal tussen de huizen of achter een schuur. Soms open en bloot tussen de tarwevelden, of midden in een vlakte van rode kool of vlas.

Hoe waardevol moest deze grond dan niet zijn, zei Marcel, als hiervoor zo hard werd gevochten? Marcel bleef maar namen en opschriften reciteren. Ik ging even zitten op een bankje.

'Wil jij echt al die begraafplaatsen bezoeken, nonkel?'

'Als dat zo uitkomt,' zei Marcel. In elk geval wilde hij telkens alle individuele zerken zien, zo mogelijk de namen hardop noemen met de leeftijd erbij.

On whose soul sweet Jesus have mercy, 24 years.

He died at his duty but lives in the garden of memory, 21 years.

And thus this man died, an example of noble courage, 20 years.

Soms ontmoetten we op de begraafplaats toeristen of bedevaartgangers, familieleden die een groet brachten uit het vaderland. Zij lieten plechtige of persoonlijke briefjes achter in het register.

Done this for you. Mom.

Finally found you, Grandad.

Na zijn bezoek noteerde Marcel in het register: 'Goed onderhouden'.

Negen

In de Westhoek bezocht ik het Curiosamuseum Nollée. Als de zon scheen, stond er een bordje buiten aan de straat, had ik al eerder gemerkt, met de boodschap 'Iedereen welkom. Toegangsprijs: vrije gift.' Mijn bezoek maakte deel uit van mijn research naar Remi's jeugd en geboorteplaats. Ik had mezelf wijsgemaakt dat ik dit eerst helder moest hebben voor ik me zou verdiepen in de Yaka-cultuur.

Het museum bestond uit vier of vijf aaneengesloten schuren en schuurtjes, vol met spullen van vroeger. Als een gemankeerde onderwijzer toonde de eigenaar, met een dunne aanwijsstok, de voorwerpen. Zoals een apparaat om het vetgehalte van melk te meten, de hoed van charmezanger Eddy Wally, een blikken cichoreidoos van het merk 'De bloem van Vlaanderen', een tableau met alle West-Vlaamse woorden voor een schommel (jutekako, rudekokke, riesche, schok-veuve, toekter, toeter, tjoeter).

De eigenaar van het museum toonde me paardjes van hout en postzegels met paarden erop. Prenten van molens en dorsers, landbouwwerktuigen, brood van plastic. Hij liet me een eerste druk van het boek *De Vlaschaard* zien, met daarbij een door hemzelf geschilderd portret van Stijn Streuvels.

Ernstig besprak de man zijn verzameling; op geen enkel moment kon hij lachen. Hij ging maar door met aanwijzen en opsommen. Zoals alle West-Vlaamse fietsnummerplaten vanaf 1907. Een rood massief naslagwerk met daarin al de commerciële schepen ter wereld afgebeeld. Een samovaar, gebruikt op Russische treinen. Een sprekende vis. Een met schelpen belegde man, een bordje met de tekst 'Heer, help ons leven naar het voorbeeld van Vader en Moeder', en nog minstens vierhonderd andere curiosa.

Hij had een grote kast met zeventig soorten schaven. Zoals daar zijn: de punt-, polijst-, polier-, rabat- en reischaaf, een spokschaaf, een sponningschaaf, de trekschaaf en de toogschaaf, en evenzoveel beitels; en ik betrap mezelf nu ook al op die besmettelijke drang naar volledigheid van de museum-man.

Hij bezat zeker vijftig kunstig gegraveerde koperen granaathulzen. 'Op elke granaat staat een fabrieksnummer,' legde hij uit, 'en elke soldaat had zijn stamnummer. Een granaat zocht zijn persoonlijk slachtoffer om te doden.'

Of hij dat echt meende, vroeg ik. Of dat echt zo was?

'Dat werd toen zo gezegd,' antwoordde hij in alle ernst. 'Men zegt toch ook dat op deze wereld iedereen een dubbelganger heeft, en als zij elkaar ontmoeten, vernietigen zij elkaar.'

'Meent u dat?' vroeg ik.

'Dat wordt zo gezegd,' herhaalde hij. En hij toonde me nog enkele foto's van oorlogsslachtoffers. Plots ging hij verder in het Frans: '*Des mutilés, des gueules cassées, des blessés de face.*'

Na mijn bezoek betaalde ik een vrije gift.

Dagenlang reed ik rond in de Westhoek. Wattenwolken wierpen grijze, schilderachtige schaduwen op de akkers. Soms dacht ik zelfs de kleine Remi te zien fietsen op een landweg. Of een oudere man schilderde zijn schuur met gitzwarte carbolineum en het jongetje naast hem leek op Remi.

Op de begraafplaats rond de dorpskerk zocht ik de grafstenen op van respectievelijk zijn moeder, zijn vader en zijn nonkel. Ik schreef de teksten over in mijn Muji-schrift:

Rust zacht, lieve moeder
Vanwege de boerengilde, voor hun voorzitter, ondervoorzitter, erebestuurder
Voor een diepbetreurde vriend, namens de Yzerschutters

10

'Boeren moeten labeuren,' zei mijn vader altijd. 'Wij zijn van ijzer en staal, en tegelijk van rubber. Het is ons goed recht om hard te werken. Niets zal verloren gaan.'

'Wat mag niet verloren gaan?' vroeg mijn moeder verstrooid.

Vader antwoordde: 'Wij moeten voortdoen om iets te bereiken. Als ons iets toekomt hebben we het verdiend.'

'Jawel,' zei moeder, gedachteloos.

'Niets gaat vanzelf, Bertha.'

'Zo is dat, Omer.'

'Wij zijn blij dat we thuis kunnen werken en altijd hier blijven,' zei vader.

Moeder keek op. 'Denk jij dat echt?'

Onmiddellijk viel mijn vader stil. Hij zei nog: 'Als ik een pijp had zou ik tabak vragen, maar ik heb geen lucifers.'

In het dorp organiseerde mijn vader het dorpsfeest en de boerenmarkt. Hij was toen ondervoorzitter van de boerengilde en gedurende enige tijd was hij zelfs gemeenteraadslid. Overal was hij graag gezien. Hij kon dingen goed uitleggen, maar als moeder met hem discussieerde, redde hij zich snel door strategisch te zwijgen.

Vader viel in slaap. Moeder bekeek nog wat familiefoto's uit Frankrijk. Ze schreef in haar dagboek, dat niemand mocht lezen. Ze gingen naar bed.

's Morgens voor zes uur molken ze de koeien. Dan roomden ze de melk af, gaven de kalveren te drinken en ontbeten snel. Op de Leuvense stoof pruttelden bonen. In het bakhuis werd de brij voor de varkens gekookt. Vuile, vette damp sloeg uit het open deurgat naar buiten.

Op woensdagochtend reden vader en moeder met hun grote Citroën naar Veurne. Ik was al bijna twaalf en ging mijn laatste jaar naar de dorpsschool. Mijn grote broer en grote zus verbleven in het pensionaat.

Op de markt van Veurne verkocht moeder dertig kilo boter; daarna kocht ze in de winkelstraat een nieuw mantelpakje, met bijhorend sjaaltje. Vader zat in het café met de veehandelaars en dronk zeven of acht glazen bier. Daarna reden ze naar Tielt om mijn zus op kostschool te bezoeken. Toen gebeurde het. Onderweg gaf vader geen voorrang aan een vrachtwagen. Was vader onoplettend geweest?

Was hij dronken, of ingedommeld?

Ja. Nee.

Dat werd niet zo uitgesproken.

Maar de vrachtwagen beukte in op de auto. Moeder sloeg met het hoofd tegen de elektrische motor van de ruitenwissers en had een dubbele schedelbreuk. Drie uur later stond de schooldirecteur in mijn klas. Hij riep mij naar buiten: 'Je vader komt vanavond pas later thuis. Ga jij alvast naar huis om de koeien te melken.'

Die avond molk ik samen met nonkel Marcel onze vierentwintig koeien. 's Nachts om elf uur kwam mijn vader thuis.

'Mama is nog niet dood,' zei hij om me te troosten, vertwijfeld.

Drie weken later kwam moeder thuis uit het ziekenhuis. Ze zweeg onheilspellend. In haar gebloemde peignoir keek ze mijn vader in stilte aan. Ze leek zo in tranen uit te barsten.

Weer drie weken later had mijn moeder eindelijk de juiste toon gevonden om te spreken. Ze verklaarde aan mijn vader dat hun drie kinderen verder zouden studeren. Dat klonk als een bevel.

'Alle drie,' zei ze, maar ze had het vooral over mij. Mijn broer en zus hadden nooit veel interesse getoond in de boerderij, dat had vader best gevonden, maar ik, jongste zoon, zou de boerderij overnemen. Dat was altijd zo gezegd; het was trouwens zoals mijn vader dat zelf ook had gedaan.

Vader antwoordde: 'Onze jongste zoon blijft hier, hij zal de boerderij erven.'

'Zoals jij denkt, zal het niet gebeuren,' onderbrak moeder hem direct.

'O nee?' vroeg vader.

'Onze drie kinderen zullen de hoeve verlaten,' zei ze. 'We leven hier in het gat van de uil, aan het eind van de wereld.'

'God ja, maar ja,' zei mijn vader nog. Toen zweeg hij.

Moeder zuchtte. Ik had het allemaal gehoord.

Moeder kibbelde veel. Soms gedroeg ze zich onredelijk. Als vader iets zei over de boerderij draaiden haar ogen weg uit kwaadheid, verveling of wanhoop. De inkomsten slonken omdat moeder minder werkte op de hoeve. Vader deed tien koeien weg. De stalhulp werd opgezegd.

'Mijn handen zijn afgehouwen,' zei vader na enkele weken tegen nonkel Marcel. 'Straks ben ik nog een knecht op mijn eigen boerderij.'

Marcel antwoordde niet. Hij streek met zijn linkerhand herhaaldelijk over zijn gladgeschoren, gelooide wangen.

Voor mij, die nog als enig kind thuis was tijdens de weekdagen, was daarmee alles veranderd. Bloednerveus werd ik als moeder jammerde over haar stekende hoofdpijn. Net als zij begon ik me te ergeren aan de doordringende vismeelgeur in het varkensvoer. Ik zei dat het stonk. In ons huis klonk die uitspraak als een vloek.

Moeder vermagerde en mokte, met afgewend hoofd. Haar wispelturigheid woog zwaar op de gesprekken in het huis.

'We zullen wel zien,' zei vader.

'Wat zullen we wel zien?' vroeg ze direct.

Vader antwoordde niet. Soms dwong zij hem om te discussieren, maar dat lukte haar nooit. Vader kon bijzonder goed volharden in zijn zwijgen.

Als mijn zus Agnes met tegenzin naar het internaat vertrok, streek ik nog snel haar witte blouse. Ik liep met haar naar de tramhalte; onderweg praatte ik op haar in.

Als ik terugkwam keek ik het erf rond. Ik ging naast Baron zitten. Ineens zei iemand iets in mijn oor, maar er was niemand te zien. Toch was het alsof iemand vlak bij me zijn keel had geschraapt. Als een stemtest, om vervolgens deze woorden te articuleren: 'Ik zit in jou.'

Waarna die stem nog duidelijker meedeelde: 'Vanaf nu zit ik in stukken en brokken in jou.'

Ik was helemaal alleen op het erf. Er werd duidelijk iets gefluisterd in mijn oor: 'Ik zit in jou.'

Dit was de aankondiging.

Vanaf toen, zo stelde ik vast, zouden af en toe boodschappen aan mij verschijnen.

Het waren woorden, soms halve zinnetjes. Uiterst compact, in de vorm van ineengekrompen, botachtige zinsneden die me invielen of zelfs aanschoten. Als ik ze toch wegduwde, moest ik ze soms hardop herhalen op onvoorspelbare momenten, als een soort versprekingen. Dat gebeurde verschillende keren in de klas. Ik zat naast Hubert. Eerst had ik het gevoel dat ik met een hand vlak in het gezicht werd geslagen.

Fluisterend zei ik ineens: 'Mensen genezen.'

'Wat zeg je?' vroeg Hubert. Ik besefte zelf amper wat ik zonet had gezegd.

Direct daarna, een tweede keer. Ik mompelde: 'De mensen genezen.'

Het was alsof de woorden zelf opsprongen, in mij. Het was iets ongezegds dat moest worden uitgesproken. Ik kuchte beschaamd. Ik wist zelf niet waarom ik dat gezegd had. Ik antwoordde: 'Het is al goed, ik zal het doen.'

Diezelfde avond ging ik op de zolder witte bonen halen. Onder de nok voelde ik een loodzware spanning. Het was zo'n rare stilte; er gebeurde niets, maar in de achterkamer, waar moeder

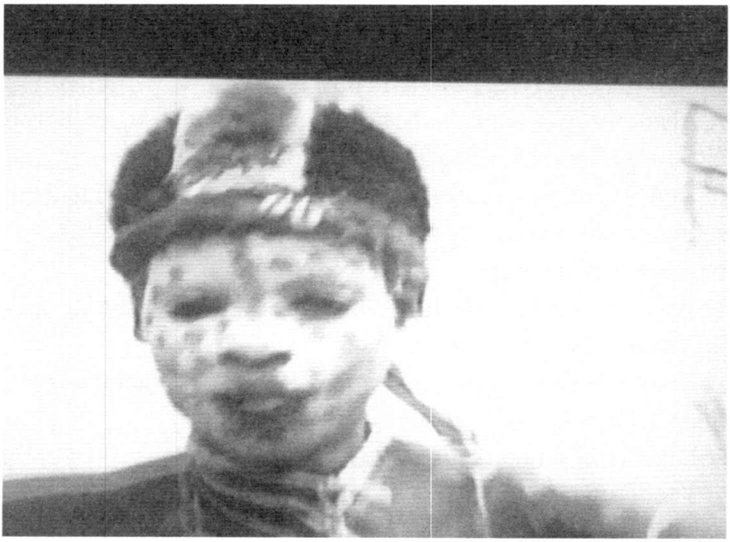

traag haar voeten waste in een zinken bak, zag ik drie woorden als zilveren vissen bewegen in het zeepwater. Er stond geschreven: 'De mensen genezen.'

Moeder zat naar me te kijken. Ze dacht terug aan wat een tante ooit verkondigde toen ze zich over mijn wieg had gebogen: 'Zie toch dat fijne gezichtje, die lichte beentjes, zijn wezen tout court. Dat wordt een moederskind.'

Verward ging ik naar buiten. Ik keek naar de wolken boven de Gemene Weg, in de lucht dreven ze als observatieballons in de oorlog. Zwaluwen scheerden rakelings over het weiland, over de geknotte wilgen. Ik snoof de zoete geur van varkensmest en silovoer op.

Ik pakte mijn fiets en reed de grens over, Frankrijk in. Ik reed steeds verder en stelde telkens mijn terugkeer uit. Na een uur hield ik uitgeput halt; ik was beland in een dorp waar ik nooit eerder was geweest. Ik stond te hijgen. Een jonge blonde vrouw keek me aan in de deuropening van een werkmanshuisje. Zij was bleek, lenig, bekoorlijk. Het was alsof zij mij opwachtte, op het eindpunt van mijn tocht. In het Frans zei ze dat haar man weg was, dat haar kind sliep. Ze vroeg of ik iets wilde drinken. Het woord *boire* opende haar brede, zinnelijke mond. Ik knikte.

'*Entre*,' zei ze met zangerige stem.

Ik ging naar haar toe. In verwarring bleef ik in de deuropening staan wachten.

'*Mais entre quand-même*,' zei de vrouw. Ongeduldig keek ze toe hoe ik gulzig twee grote glazen water dronk.

Of ik nog iets wilde?

Ik schudde het hoofd.

Of ik me verveelde, vroeg ze.

Ik schudde weer het hoofd. Verveelde zij zich?

'*T'es Flamand?*' vroeg ze en ze zei dat ik een merkwaardige jongen was. Ik schrok daarvan. Wat bedoelde ze? 'Haast je,' lachte ze, 'of ik pak je', en ik sprong weer op mijn fiets. Ik dacht: ik wil zo'n bril waarmee je door de kleren heen kunt kijken. Ik had een advertentie daarvoor gezien in *De Nieuwe Linie*.

Toen ik bezweet thuiskwam, stond mijn moeder aan de keukentafel. Ze vulde net een soeplepel met wit medicijn uit een apothekersflesje. De vermoeide geur van anijs steeg daaruit op. Ze zei: 'Jij woont hier liever dan ik.'

Ineens klonk de stem weer in mijn oor. Iemand zei 'au', en nog eens 'au'.

Maar nu was het de hond die zijn grote bek rekte tot een geeuw. Een uur later sprak de stem in mij duidelijk opnieuw. De stem stelde me deze vragen: 'Hoe de mensen genezen?

Hoe de verwonde mensen genezen?

Hoe de neergeschoten, weggeslingerde, doodgeschoten mensen genezen?'

Tien

Op het erf van een boerderij zag ik een haan paraderen. De kleur van zijn kam was klaprozen-rood. Ik ging ook rondkijken op het Belgische soldatenkerkhof van Oeren, ik was aan de IJzer in Roesbrugge, de kerk van Beveren-aan-de-IJzer, het Vlaams-nationalistische Gebroeders Van Raemdonckmonument te Zuidschote, de Belgische bunker te Lampernisse. Op het Polygon Wood Cemetery zag ik mensen als schimmen rondlopen op de paden. Ik zat er op een bankje, zoals Remi daar ooit zat met zijn oom. Hoe zou dat zijn, vroeg ik me af, voor de boeren om tussen al die oude begraafplaatsen te leven en te werken?

Bij de Last Post in Ieper stond ik rillend van ontroering tussen de toeristen aan de Menenpoort. Dat gevoel ging snel over toen ik in winkeletalages de blinkende obussen zag. Waarom bleef men dat oorlogstuig zo koppig oppoetsen en graveren?

Ik reed voorbij de rouwende Canadese soldaat van Sint-Juliaan, de *Brooding Soldier* met zijn blauwstenen zwaard. Ik stopte er even. Ik las de opschriften.

Glorieusement tombés.

Glorieus? Ook al hadden ze een konijnenpoot of medailles op zak, hun benen of armen werden net zo goed afgerukt. Verminkt teruggevonden, zwartgeblakerd of verkoold, leunend tegen prikkeldraad. Vandaag stond er reclame voor een Vlaamse kermis. Of 'Welkom op het Quadtreffen van de Landelijke Gilde. De samenkomst is in café De Zwaan.'

Het was eind augustus. Kraaien verzamelden zich al in de bomen. Ik stond te kijken naar de hazen in het veld, ik bewonderde koekoeksbloemen, ik hoorde het gezoem van machines binnen in een loods.

Hoe worden wij aangestuurd? Is dat door aanraking, of omdat we vanbinnen zelf zijn aangeraakt? Wie regelt het zo dat mensen een oude schuld op hun schouders laden?

11

Mijn ouders zaten aan tafel. Ze zwegen. Na het eten klopte vader met beide handen even op zijn gekreukte vestje en stond op. Moeder hijgde, tastte aan haar voorhoofd. Ze zorgde nog voor de boter en de betalingen, maar hielp niet meer bij de koeien of de varkens, terwijl dat vroeger onze grote bron van inkomsten was geweest.

Ik, intussen twaalf, zat op het internaat in Veurne, samen met mijn drie jaar oudere broer. Licht misprijzend noemden de leraren ons de boerenzonen.

De jongens van de stad noemden ons de boertjes.

Ach die boeren toch.

Ik beet van me af: 'Jullie zijn scheten in een netzak.'

Ze lachten mij uit. Ze zeiden dat ze maar een grapje maakten. Ik begreep zelf niet waarom ik hierop zo furieus moest reageren: 'Jullie hebben nog nooit stront vastgepakt,' snauwde ik.

Op de klassenfoto's stond ik als die lange, slungelige jongen.

Gefascineerd, zelfs betoverd bladerde ik in mijn schoolatlas. Ik voelde me een ontdekkingsreiziger, een zwerver. In het aardrijkskundeboek staarde ik naar grijzige foto's van de savanne, de raadselachtige bronzen beelden van West-Afrika, Amerikaanse landverhuizers in de prairie. In het woordenboek Frans-Nederlands vond ik toevallig wat malice betekende: schalks, kwaadwillig, boosaardig. Gold dat ook voor mijn nonkel Marcel?

Op de speelplaats van de school hing een arduinen gedenkplaat met daarop in hoge smalle letters 'Piëteitsvol aandenken'. Daaronder vierentwintig namen van oud-leerlingen, gesneuveld in de Grote Oorlog. Zelfs studenten konden blijkbaar helden zijn.

Op een avond ontsnapte ik ongemerkt uit school naar het kerkhof vlakbij. Achteraan, aan de kant van de spoorweg, lagen Engelse en Franse soldatengraven. Ik liep de namen af, zoals ik dat vaak had gedaan samen met mijn nonkel Marcel. Ik beeldde me de stem in van mijn oom: *A dutiful son at rest.*

Twentyseven years, zei ik vloeiend en fonetisch juist, want ik studeerde intussen Engels. *They shall not grow old, as we that are left grow old.*

Vierentwintig years, antwoordde Marcel op zijn manier.

His name is written in words of love, zei ik, *in the hearts he left at home.*

Eenendertig years, antwoordde Marcel.

Bij de bescheiden Franse kruisjes in wit kiezelbeton vond ik een zekere Negro Joseph, tussen Alphonse Astrehoud en Adrien Boissin in. Was dat niet de zwarte soldaat die Marcel ooit had gekend als kleine jongen?

In de klas leerde ik over de klassieke mythe van Aktaion. Bij een jachtpartij zag de jonge jager Aktaion de beeldschone godin Diana naakt baden in een bosmeertje. Voor straf veranderde hij in een hert, waarna zijn eigen honden hem verscheurden.

Die nacht droomde ik dat uit mijn borstkas een hoorn begon te groeien. Deze hoorn straalde een zwak roze licht uit. Die kleur was hetzelfde roze als de marmeren haardsteen in onze woonkamer, of als het marmeren hoofdaltaar in de dorpskerk.

Het was een vreemde ervaring. Het koude roze licht straalde over mijn hele lijf en druppelde binnen in mijn huid. Door het rozige licht kon ik in mezelf kijken. Al mijn pezen, beenderen en wervels werden zichtbaar.

Ik schoot wakker uit de nachtmerrie, stond op en keek door het raam. Buiten onder mij lag het slapende stadje Veurne. Daarboven de nacht, koningsblauw als kostbare inkt. Ik zag de melkweg zoals ik die nooit eerder in mijn leven zag: het heelal was een blauwe vaas waaruit helder sterrenlicht gulzig spatte in mijn gezicht. Toen zag ik op het bed de afdruk die ik had achtergelaten op het onderlaken. Ik tastte naar mijn eigen, nog voelbare lichaamswarmte. Dit was mijn lichaam, en daaruit groeiden haren en doornen.

Zie, zo dacht ik, ik kan kijken naar mijn eigen lijf.

Wat gebeurde er met me?

Die zondag zag ik in de kerk boven mij het kruis met de polychrome Jezus, met zijn doornenkroon. Het bleke lichaam van Christus. Het magere, gemartelde lijf met wonden had exact dezelfde vleeskleur als ik in mijn droom had waargenomen. Toen zag ik, of beeldde ik me in, dat uit de vleesscharnieren van het beeld de roze kleur op de parochianen drupte. Bij de communie gruwde ik van de hostie.

Ik observeerde hoe de priester zout oploste in water, om de gelovigen te besprenkelen. *Asperges me*, zong ik mee. Ik kreeg druppels wijwater in het gezicht en dat leek me af te koelen. Toen ik de kerk verliet was ik bedwelmd door de harsgeur van wierook. Wat gebeurde er in hemelsnaam met me? Werd ik door die wierookgeur gezuiverd?

Scherper dan ooit besefte ik dat ik een lichaam had.

Ik voelde het ook als er thuis weer een haas in de kelder hing te versterven.

Vroeger hielp ik mijn vader bij het castreren van de biggen. Nu moest ik haast braken van dat eenvoudige werkje. Ik voelde het als op het erf een dier naar de slachter werd geleid. Het ging daar om het doodschieten, het doodslaan, het overlangs en doormidden snijden. Het laten leeglopen, schoonwrijven, het op hoopjes leggen. Ik voelde me net zo'n naakte homp vlees, afgespoeld en op tafel gelegd. Verscheurd door een gewei dat uit mij groeide. Mijn ziel woonde voortaan in een omhulsel dat koud was.

Dit inzicht trok een hete doornstok door mijn gedachten.

Een week later vertelde de leraar ons het verhaal van de Emmaüsgangers. Het verhaal van twee ontmoedigde leerlingen die op weg zijn naar het dorp Emmaüs. Zij treuren en discussieren, ze worden het maar niet eens over wat hun is overkomen. Een onbekende voegt zich bij hen en reist met hen verder.

'Is er iemand dood of zo?' vraagt de vreemdeling hun.

De twee Emmaüsgangers vertellen hem een verward verhaal over de kruisiging van hun leidsman. Als ze samen eten, onthult de vreemdeling wie hij is. Hij blijkt de gekruisigde zelf, die de leerlingen in hun ongeloof of verdriet niet hadden herkend. Op het moment dat zij hem herkennen is de vreemdeling alweer verdwenen.

'Wat betekent dit?' vroeg de onderwijzer.

Dat wie dood is, nooit helemaal dood is, dat vreemdelingen geen vreemdelingen zijn of blijven, dat toevallige gesprekken soms de belangrijkste ontmoetingen zijn, wilde ik antwoorden, maar de schoolbel ging net op dat moment.

Elf

De professor mailde me: 'Ik weet niet hoe het gebeurt, maar sinds mijn ervaringen bij de Yaka begon ik steeds meer te zien hoe bepaalde leefomgevingen en ontmoetingen ons aangrijpen, beklijvend beroeren, mee doen vibreren of verplaatsen, en daardoor deprimeren, opjagen of juist doen berusten; dit gebeurt via zekere golven, een straling, een energie of oscillatie, resonantie, echo's, krachten.'

In zijn omschrijving sprak Remi over, en ik citeer letterlijk uit zijn mail, 'het afstemmen op stromen van affecten zoals aandrang, opwinding, rood worden, gejaagde ademhaling, je hart dat sneller slaat, of op gevoelens, zintuiglijk of juist intersensorieel contact, beelden die bestaan in of tussen lichamen en leefomgevingen, gedrevenheid of geneigdheid, ja, die *propensity*, het verlangen en het gebrek, de intergenerationele geheugensporen.'

Ik begreep dit allemaal niet.

Remi nodigde me uit: 'Laten we volgende keer praten over nieuwe theorieën zoals de veldentheorie uit de kwantumfysica die ik nu tracht te doorgronden, of de betwiste benadering van de *morphic resonance*.'

In ons daaropvolgende gesprek had Remi het over de psychoanalytica Piera Aulagnier, een zekere Sheldrake, David Chamberlains *Windows to the Womb*, en over spookdeeltjes.

Ik kon zijn gedachten allang niet meer volgen.

'Het gaat eenvoudig over stemmen,' zei Remi. 'Hoe reeds in de moederschoot stemmen worden ingeprent en weggeschreven in het kinderlichaam.'

Vroeger op hun boerderij, vertelde hij, hoorden ze amper menselijke stemmen, want zelf zwegen ze vooral. Tegelijk was dat zwijgen, die leegte in zijn jeugd, beklijvend en rijk, want ook de stemmen van de dieren en de stilte van het landschap klonken daarin op. In de verte was een hond, die sprak met een andere hond, en die ook met een hond die nog verder weg aan het blaffen was.

Remi vertelde hoe hij in het hondenhok ging liggen en geduldig likte de hond zijn gezicht. De paarden herkenden Marcel; ze voelden het zelfs als hij eraan kwam, nog voor hij met zijn fiets gearriveerd was op het erf. Als de paarden op kracht moesten komen rolde Marcel een sigaretje, en dan leek het of hij met de paarden stond te praten.

De enige dieren die niet reageerden op mensen waren varkens. Zijn vader Omer zei altijd: 'Het zijn maar zwijnen.'

'Ik had een bijzondere band met ons paard Bella,' vertelde Remi. 'Het was afkomstig van een andere boerderij. Bella was daar opgeschrikt, op hol geslagen en het had een zware kar over een jonge boer getrokken die stierf aan zijn verwondingen. Sindsdien was het paard schrikachtig, zelfs gevaarlijk geworden. Alleen als je het juist aansprak en op de goede manier aanraakte, gehoorzaamde het. Marcel en ik konden dat. Mijn moeder had net zo'n band met de koeien. "Je moet een koe strelen," zei mijn moeder, "anders komt de melk niet." Elk dier had een eigen naam, een eigen adem. Wij op de boerderij voelden ons overspannen door de hemelkoepel, net als onze dieren. In mijn dromen komt dat nog altijd terug.'

Remi kon zich nog steeds in de stilte van zijn jeugd terugtrekken, zei hij. Het was allemaal in hem opgetekend. 'Ik zie mijn grootouders, ook al heb ik hen fysiek nooit gekend. In mijn intiemste momenten geven ze mij een boodschap die ik niet kan verwoorden.'

'Eigenlijk kan dat niet,' zei ik.

'Hoe bedoel je?'

'Dat is toch onmogelijk, Remi?'

'Het zijn misschien geen woorden, maar eerder beelden,' antwoordde Remi en hij vertelde me nog meer over zijn familie. Over twee ooms van zijn vader Omer, die bevangen waren door het oorlogsgas, waardoor zij de rest van hun leven ernstige ademproblemen hadden. Hij noemde nog ander onheil dat een boerenfamilie kan overkomen en waarover hij mij vroeg discreet te zijn.

'Er resoneert iets in die streek wat wij niet kunnen vatten,' zei Remi. 'Er gaan echo's door de tijd heen. Rimpelingen. Op onze boerderij bleef de oorlog altijd aanwezig, omdat bataljons na de strijd in onze schuur kwamen rusten. Soms waren er zelfs herinneringen aan dingen die nog moesten gebeuren.'

'Hoe bedoel je?'

'Nee, eigenlijk kan dat niet. Maar er was het fatum dat het moest gebeuren. Het trauma bestond vooraf, zo leek het, nog voor de kwetsuur was toegebracht. Ik ving de spanningen op. Ik kwam in contact met herinneringen die niet van mij waren.'

Ik noteerde het in mijn Muji-schriftje.

Remi zei ook nog dat men geregeld aan hem vertelde: 'Zwijgt, ge moet er niets over zeggen. Houdt dat nu voor u.'

Remi stond erop dat ik ook dat noteerde.

12

Een heilig moment voor de boeren was het inzaaien van de akker, of met grote landbouwmachines daverend door het dorp rijden. Een *moment de gloire*, grond kopen, voor de ogen van iedereen, en dan de aarde te lijf gaan met een scherpsnijdende ploeg. De boeren gingen mee met de vooruitgang, schakelden over van paard op tractor, van een stier naar kunstmatige inseminatie, van een pikmachine naar een maaidorser.

Intussen gaven ze commentaar op het weer. Ze loerden naar de tekens en vergeleken die met de informatie van de weerman, weerspreuken, vogelgedrag en wat de andere boeren zeiden. Het was dat aanhoudende, vernuftige begrijpen van de redenering van het weer en vervolgens dat weer voorspellen.

Soms was het niet eens duidelijk of de voorspellingen gemeend waren. Dan dienden ze slechts om een hinderlijke stilte te doorbreken, te raden naar elkaars gedachten, om elkaar te plagen en op te jagen.

Voelden boeren zich beter dan anderen? Jazeker, maar altijd stilzwijgend. Ze waren niet hoogmoedig, maar wisten dat ze een speciale kennis bezaten van dieren en gewassen. Ondertussen beheerden, veranderden ze het landschap. Ze handelden rationeel: grachten werden gedraineerd, hagen weggehaald door bulldozers en de wind joeg daardoor nog harder over het vlakke land. Het rendement steeg, maar de risico's werden groter. Dat stond onlangs nog zo beschreven in *Boer en Tuinder*. Of stond het in *Landbouwleven*?

Mijn vader trok graag op met avontuurlijke, ondernemende landbouwers, ook al was er veel veranderd op onze eigen boerderij.

'Het is wat het is,' zei hij.

'Dat het is wat het is, dat is het,' zei hij ook nog.

De boeren zagen elkaar maar één keer in de week in het café en dan dronken ze snel en veel. Ze praatten te luid, maar dat was omdat ze al drie dagen geen woord hadden gezegd. Ze dronken bier en vader nam daar graag nog een Picon bij. Ze bespraken de koers, de politiek van Brussel of Europa, roddelden in halve woorden over overspel in het dorp. Of er was weer een tragisch ongeval gebeurd, een boer terechtgekomen onder zijn kar of iemand was in de put gesprongen, had zich opgehangen in de schuur. Over dat laatste bleef commentaar achterwege.

'Ik wil daarover geen slecht woord horen,' zei mijn vader dan.

Snel vroeg iemand of het zou gaan regenen en het gesprek was gered.

Alleen op de kermis of het feest van Sint-Elooi schreeuwden ze, plaagden ze elkaar gemener en dronken tot de drank door hun neus ging. Wie goed oplette zag hoe sommigen ook dan nog zwegen. Anderen spraken, maar deden in feite slechts alsof.

Over mijn vader zei mijn moeder: 'Het fijnste aan hem is zijn haar, maar het is een strobundel dik.'

Elke keer weer zei ze dat hij zijn handen moest wassen als hij aan tafel aanschoof. Gehoorzaam waste mijn vader zijn handen, maar zijn hele lijf bleef de rinse geur van kuilvoer ademen. 'Dat is nu eenmaal zo,' zei hij.

Mijn vader vroeg: 'Wat wil je?' als hij van het dorp terugkwam en had gedronken.

Streng sprak moeder hem toe, met een plechtige hand aan haar gekwetste hoofd: 'Maar Omer toch, wanneer ga jij nu eindelijk verstandig zijn?'

Vader zei niets.

'Antwoord,' zei moeder. 'Antwoord dan toch.'

'Praten vult geen zakken,' zei hij en hij zweeg.

Mijn moeder schudde het hoofd. Ze ontving de mensen op de boerderij, zorgde voor leesboeken voor de kinderen. Ze was een tijdlang gewestvoorzitter van de Boerinnenbond, en soms, soms zong ze opgewekt. Maar vaker was ze neerslachtig omdat ze hoofdpijn had en ze besefte dat haar verminderde werkkracht de ondergang van de boerderij had ingezet.

Wij boeren zijn niet moedig, dacht mijn vader, omdat het geen zin heeft te strijden.

Wij wachten, plooien en schikken ons. We houden vol ondanks tegenstand, dat maakt ons gesloten en argwanend. Wij boeren vechten niet tegen de natuur, want de natuur is groter dan wijzelf.

Dit hardnekkige zwijgen viel mij steeds meer op als ik 's zaterdagmiddags thuiskwam van het college.

'Waarom zwijgen de boeren?' vroeg ik aan nonkel Marcel.

'De boeren zwijgen omdat zij zwijgen,' zei Marcel in volle ernst, na lang nadenken.

'Maar waarom spreken ze dan zo luid als ze spreken?' drong ik aan.

'Zij spreken alleen luid als ze spreken,' zei Marcel.

'Komaan, nonkel.'

'De mond is een klep,' antwoordde Marcel. 'Het ventiel gaat open en slaat weer dicht. Als wij spreken is dat alleen omdat het niet anders kan.'

Marcel zei ook nog: 'Zoveel woorden hebben wij niet ter beschikking.'

Hij had weer twee obussen gevonden en meegebracht van het veld. 'Ze vinden geen rust,' zei hij tegen me. 'De grond kan al dat oorlogsijzer niet verdragen. *Gone but not forgotten.*'

Ik antwoordde: '*Twenty-eight years.*'

Ik vertelde hem dat ik in Veurne een zwarte soldaat had gevonden, op een kerkhof vlak bij mijn school. 'Zijn naam was Negro Joseph, blijkbaar een Fransman.'

'Nee, dat was hij niet,' zei nonkel Marcel. 'Hij heette anders en het was een Congolees.'

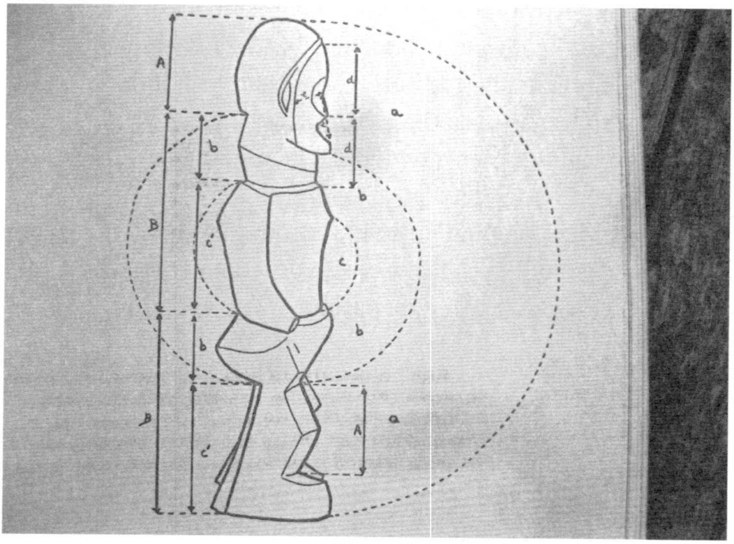

’s Avonds reden nonkel Marcel en ik naar de Menenpoort in Ieper. We stonden te kijken naar de monumentale poort in witte natuursteen, met die kolossale liggende leeuw erop. Het was een koude avond in april.

‘Hoeveel namen staan hier, nonkel?’

‘Vijfenvijftigduizend. Dit zijn de namen van Britten die bij Ieper sneuvelden en wier lichamen ze nooit hebben teruggevonden.’

‘Hoe kunnen zoveel lichamen verdwijnen?’

‘Goede vraag,’ zei nonkel Marcel.

‘Wat is het antwoord?’

‘Dat ze niet kunnen verdwijnen.’

Om iets voor acht kwamen drie klaroenspelers in brandweeruniform de Last Post blazen. Een oud-strijder las het gedicht ‘For the Fallen’ voor. Uit ronde openingen boven in het plafond dwarrelden rozenblaadjes naar beneden.

‘Ik heb het niet zo op klaprozen,’ zei Marcel, niet voor de eerste keer.

'Waarom niet?'

'Ik hou meer van korenbloemen.' Samen reden we terug naar huis.

Een tijdje later werd het raadsel van de zwarte soldaat opgelost toen op onze boerderij een oudere man uit Brussel opdaagde. Hij heette Richard, en ook al leek hij beschaamd voor zijn nieuwsgierigheid, hij was speciaal hiervoor uit de hoofdstad afgereisd. In het dorp hadden ze hem naar ons verwezen.

Mijn moeder liet Marcel roepen op het veld. Ik was net bij hem op dat moment.

'Je bedoelt de zwarte soldaat die Pius heette?' vroeg Marcel meteen. 'Bedoel je Pius?'

Het was de eerste keer dat ik hem die naam hoorde noemen. Nonkel Marcel had alleen gesproken over een zwarte soldaat.

'Ja, het was Pius,' zei Richard. 'Wij zaten in hetzelfde regiment, hij was onze Congolese soldaat. 's Nachts zei Pius bezweringsformules op tegen zijn zelfgemaakte beeldjes. Wij hoopten dat zijn toverij ook voor ons zou werken.'

'Ja, die beeldjes,' mompelde Marcel.

'Houten beeldjes,' zei Richard. 'Elke avond sprak Pius zijn bezweringen uit, in het Frans en het Congolees. We verveelden ons en ik schreef zijn vreemde zinnen op, zodat wij die ook mee konden opzeggen.'

Uit zijn binnenzak haalde Richard een oud zwart schriftje te voorschijn. Hij sloeg het open en las voor. Alsof hij een gebed las uit een liturgisch boekje.

'*O godsgericht, zie mij hier staan. Als ik de vrouw die ik nog niet ken geen kinderen geef, vernietig mij. Als ik die vrouw wel kinderen geef en die kinderen offer,* mbiembi, *vernietig mij dan. Doe mijn buik dodelijk rotten, vernietig mij maar. Als ik niet hou van de kinderen die ik nog niet heb, vernietig mij maar. Maar als ik onschuldig ben, zorg dat ik overleef. Carabouya, carabouya.*'

Carabouya? Ik keek naar Richard.

'Ja, carabouya, dat zei Pius vaak,' reageerde Marcel. 'De

zwarte soldaat kwam graag bij ons in de werkplaats. Met beitels kapte hij dan zijn beeldjes, uit korte eiken balkjes. Hij noemde die *mbeempi*, dacht ik.'

'Mbiembi,' verbeterde Richard.

'Ik zal je onze werkplaats tonen,' zei Marcel. Samen liepen we naar die werkplaats achter de koestal. Met een breed gebaar veegde Marcel houtkrullen van de werkbank en gaf twee oude beitels aan Richard: 'Hiermee heeft Pius nog gewerkt. Ik gebruik dat gerief nog altijd en elke keer opnieuw denk ik aan Pius.'

Met zijn vingertoppen betastte Richard de scherpe beitelsnede.

'Ik ook,' zei Richard. 'Ik denk nog vaak aan hem en ik weet niet waarom.'

Even wierp nonkel Marcel een blik op mij. Hij was erg ontroerd door wat hij hoorde. Hij vroeg me flesjes bier voor hen uit de kelder te halen. Ik haastte me om geen woord te missen.

Richard vertelde hoe hun regiment de zwarte soldaat beschouwd had als een persoonlijke geluksbrenger. 'Als Pius wat schors trok van een boom imiteerden we hem. "Deze boom lijkt op *kituka*, die daar op *nthuti*," zei Pius, en in een vijzel stampte hij de schorsstukjes fijn, lengde ze aan met water en smeerde er zijn geweerloop mee in. Wij soldaten deden allemaal domweg hetzelfde. Of Pius sprak tegen zijn houten beeldjes, ritmisch klappend in zijn handen, en wij soldaten klapten met hem mee. Ook 's nachts, als hij plots sprak in zijn slaap, maakten we elkaar wakker en luisterden. Als hij overschakelde van Frans naar Congolees schudden we stilletjes aan zijn arm en Pius ging weer verder in het Frans.'

'Heb jij kinderen?' onderbrak Marcel hem.

Richard schudde het hoofd. Hij vroeg of ik de zoon van Marcel was.

'Nee,' zei nonkel Marcel met trots in zijn stem. 'Hij is mijn petekind.'

Richard had nog een andere *message* in zijn schriftje.

'"Nge mwaana, écoute o enfant, *jij hebt de zon en de maan al gezien. Jij hebt al water gedronken, maar je vader ken jij nog niet want je moet nog verwekt worden.*

Wiens kind ben jij dan? Vertel, wiens kind ben jij dan?

Als jij ons gebracht werd door fetisjen, ga weg en laat ons rusten.

Maar als jij het toekomstige kind bent van je vader en moeder, en als ik je vader ben, dan zit ik hier voor je op mijn knieën en ik zeg: 'Kind, zorg dat ik overleef.'"

En wij soldaten declameerden dan: "Zorg dat ik overleef." Als Pius weer stilviel, schudde een van ons voorzichtig aan zijn arm. Alsof hij een defect toestel was, en Pius antwoordde: "*Mbokwénéné*", en hij knipperde met zijn ogen. Klaarwakker nam hij direct het houten beeldje vast en likte eraan.

"Wat betekent 'mbokwénéné', Pius?" vroegen we hem.

Pius zei: "Hier zit ik op mijn knieën", en dat was ook zo. Pius en wij allemaal zaten op onze knieën te bidden en om beurten likten wij dan aan het beeldje.'

'Noemden jullie dat bidden?' vroeg ik nieuwsgierig.

'Het leek er toch sterk op,' zei Richard.

Hij sloeg zijn schriftje dicht. 'Helaas is ook Pius gesneuveld.'

Toen Richard was vertrokken vroeg ik meteen aan Marcel: 'Wist jij dat die zwarte soldaat Pius heette?'

'Ja, dat wist ik,' zei nonkel Marcel. 'Maar ik heb nooit zeker geweten of hij uiteindelijk sneuvelde.'

'Pius, wat een gekke naam.'

'De vrome, betekent dat,' zei Marcel, maar dat wist ik zelf al wel van mijn Latijnse les.

'Waarom heet ik eigenlijk Remi?' vroeg ik, ook al wist ik intussen waarom. Maar ik had de vraag nog niet aan Marcel gesteld.

'Als wij de doden vergeten,' zei Marcel, 'dan sterven we van de eenzaamheid. Daarom, jongen, heet jij Remi.'

Twaalf

Pius was blijkbaar een van de weinige, uiterst zeldzame zwarte soldaten uit Belgisch Congo, die meevochten in de Eerste Wereldoorlog. Er waren er een dertigtal geweest. De Broqueville, minister van Koloniën, vond hen niet zo geschikt als kanonnenvlees: '*Les hommes de race noire ou d'origine des pays intertropicaux supportent mal notre climat et sont destinés, fatalement et à bref délai, à devenir des non-valeurs.*'

Pius: een non-valeur, dus.

Het waren hete, zweterige zomerdagen toen ik mijn onderzoek verrichtte in de Westhoek. Soms voelde ik me een ramptoerist in de voetsporen van Marcel en Remi. Ik volgde gewillig de wegwijzers die me telkens weer naar andere begraafplaatsen stuurden. 's Avonds zette ik alle bezochte plaatsen op een zelfgetekend kaartje in mijn Muji-schrift. Enkele namen van begraafplaatsen: Tuileries, Hill 60, Potijze Chateau, Ploegsteert, Cabin Hill, Torreke, Perth Cimetery, China Wall, Spanbroekmolen, Lone Tree Cimetery. Die laatste begraafplaats werd bewaakt door de gevaarlijke hond van de boerderij ernaast. In de weide vlakbij stond een volwassen stier met rozige ballen, en een kleiner stiertje met zwarte. Daarachter in de verte de Kemmelberg. Boven mij de lofzang van de leeuweriken. Net als Marcel, zoveel jaar geleden op stap met de kleine Remi, noemde ik ook hardop de namen van de soldaten die daar lagen.

W. Spence, *rifleman*, leeftijd 20 jaar.
T. Craig, *rifleman*, leeftijd 23 jaar.
F. Laverty, *corporal* (leeftijd vergeten te noteren in mijn schriftje).

En blijkbaar hadden ze het gedaan uit opoffering, wegens ultieme trouw.

Died for king & country, may he rest in peace.
Greater love hath no man than to give his life for his friends.
Soldier and a man, he died honoured by all his country's pride.

Witte slagroomwolken trokken schaduwen over de rijen van zerkjes. Wilde ganzen vlogen gakkend over. Soms was zo'n begraafplaats slechts een ommuurd gazonnetje met twintig graven erin. Daarnaast een zee van zwarte plastic tuinbouwtunnels, gedeukte landbouwmachines en rode kool. Uit een boerderij klonk het geluid van hamer en slijpschijf. Exact zoals Marcel vroeger noteerde ik in het zorgvuldig opgeborgen bezoekersschriftje: 'Goed onderhouden.'

Op een van die avonden sprak ik met een zekere Jozef in Rekkem, vlak bij de grens. 'Doe de deur maar dicht,' zei zijn vrouw Annemarie in hun lage witte huis, een landelijke woning met een blauwe eternietplaat in de voordeur. Ze was bezorgd over hun zware hond Fideel, die elke vreemdeling durfde aan te vallen. Ze loodste me naar binnen. Jozef en ik gingen zitten in twee kleine leunstoelen voor een groot raam en keken uit op het wijde open landschap.

'Daar ligt Frankrijk,' wees hij.

We dronken rode wijn en hadden het over de boeren, weeral. Over hun familietrots, hun nuchterheid en korzeligheid. Jozef kon hen letterlijk napraten. Hij begon: 'Wij moeten daar niet over beginnen.'

Hij zei: 'We moeten zwijgen, werken en opnieuw beginnen.' En hij vervolgde: 'Werk en zwijg. Zwijg en eet, het is allemaal tijdverlies.'

Hun zwijgen was een spreken met weerhaakjes, zei hij. In de terughoudendheid van boeren werd juist het belangrijkste meegedeeld.

We hadden het ook over hun sterke standenbewustzijn, het langetermijndenken over generaties heen, hun cynische gedachten over de politiek, zelfs een soort fatalisme. En ook over *the propensity of things*. Hoe zij meesterlijk meebuigen met onbeheersbare krachten en daarmee juist hun voordeel doen.

Het ging hun altijd om grond. Land. Elke vierkante meter was kostbaar. Ze wisten exact tot waar hun veld en dat van de buurman liep. Als de jonge mannen trouwden namen ze een werklustige vrouw, met handen aan haar lijf, en zij mocht zeker niet uit een ongezonde familie komen. Doorgaans regelden de vaders dat, maar als de boerin zei: 'Dat meisje deugt niet', ging het huwelijk niet door.

Of als een man die ze niet graag zagen het café binnenkwam, zwegen de boeren. Tot iemand droogjes zei: '*Tiens*, we zouden geld geven om u te zien.'

Daarna: 'Allez, kom, *tournée générale*', om het ontstane ongemak weg te nemen.

13

'We moeten bijpraten,' zeiden ze op familiefeesten en begrafenissen. Ze dronken en snel wisselden ze hun nieuwtjes uit. Alles wilden ze van elkaar weten, maar liefst zonder het openlijk te vragen. Zoals of er ergens grond te koop was. Wat de prijs was van het rundvlees. Hoe ze erop vooruit konden gaan. Op het eind van hun samenzijn, als de grote woonkamer blauw zag van de sigarenrook, besloten ze: 'We gaan dat allemaal een keer overpeinzen.'

Was het omdat nonkel Marcel de oudste en kinderloze oom was, dat hij zich beschikbaar stelde om dat familiekluwen te beheren, van verre en nabije tantes en ooms, neven en nichten? Marcel kende alle grootouders, overgrootouders en bijhorende verhalen. Hij was de stambewaarder, zonder zelf kinderen te hebben.

Bovendien praatte hij net zo goed mee over de schoonfamilie van zijn jongere broer.

Aan de lange tafel, met koffie en taart, werden de vroegere hoeves opgesomd. Ik zat daar onopvallend tussen. Marcel ging onmiddellijk vijf generaties terug: eerst de hoeve in Ramskapelle, dan het Oosthof in 's Heerwillemskapelle, toen het Westhof in Eggewaartskapelle, waar Emiel Mabesoone en Irma, de ouders van mijn moeder, een grote boerderij verwierven bij de kerk. Op het kerkhof lagen de twee stamouders in een monumentaal graf. Rechts op de grafsteen de namen van hun zeven zonen, onder wie een Remi. Links de namen van zeven dochters, onder wie tweemaal een Bertha.

Snel noemde nonkel Marcel de namen in de juiste volgorde

op. Als hij even pauzeerde, was er iemand aan tafel die aanvulde. Marcel zei: ‘De eerste Bertha werd geboren in 1904, maar toen dat kind één jaar was stierf het. De jongen die erna geboren werd was Remi, en toen in 1908 een nieuwe dochter kwam kreeg die opnieuw de naam Bertha.

Toen haar naam twee keer viel, knikte mijn moeder, haar hoofd ondersteunend met de linkerhand.

‘Dertien kinderen dus?’ vroeg iemand aan tafel.

‘Veertien,’ zei Marcel. ‘In 1914 nog een doodgeboren kind. De pastoor zei dat elk kind een geschenk was van God.’

‘Dat is ook zo,’ vermaande iemand.

‘In de Eerste Wereldoorlog viel de hele familie uiteen,’ zei Marcel. ‘Hier heerste tyfus,’ viel mijn moeder in.

‘Wij in Parijs leden ook kou en honger,’ zei haar zuster Maria. ‘Wij waren ondervoed, hadden schurft en werden door de nonnen met een harde borstel geschrobd.’

Er werd gezinspeeld op moeilijke kwesties als erfenissen, onenigheden, pijnlijke sterfgevallen.

‘God ja, maar ja,’ zeiden ze.

‘Ja maar ja,’ herhaalde iemand. Dan naderden twee tantes elkaar, gaven een complimentje over een mooie zijden blouse. Ik hoorde een tante fluisteren met scherpe stem, na twee glazen calvados: ‘À propos, had Omer niet te veel gedronken in Veurne?’

Ja, er was daar toch iets geweest.

Af en toe werd een naam op bijzondere wijze genoemd.

Neurasthenie, langdurige depressie of zo. In fotoalbums en blikken dozen, soms ook in missalen zaten doodsprentjes en foto’s van bepaalde familieleden. Stuurse gezichten. Mensen met een zwak hoofd, die soms vreemde opflakkeringen kregen. Weer anderen hadden ongeluk in het leven, werd met mededogen gezegd, ‘en als hun zorgen groter en dieper werden gingen ze recht naar de rand.’

‘De rand?’

'Ja, naar de rand en erover.'

Ze stierven ineens. Op dat moment keken ze naar mijn vader. Die zei niets, maar iedereen was op de hoogte.

Ik vroeg me af waarom hij altijd werd opgeroepen als zoiets gebeurd was in het dorp.

'Wij zijn rationele, christelijke mensen,' zei hij. 'Wij zijn bereid om dan te helpen.'

Mijn vader verscheen dan als eerste op de hoeve, met gebogen hoofd. Hij zei iets medelevends en deed wat nodig was. Hij haalde het lijk uit de waterput of de beerput. Hij knoopte het touw los boven in de nok van de schuur. Als de politie arriveerde, werd hij ondervraagd. Hij bleef daar rustig bij. Thuis vroeg moeder ons om te knielen en te bidden.

'Soms slaat het een generatie over,' zei iemand.

'Maar het wordt er niet beter op,' zei een ander. 'Laten we hopen dat het rust mag geven aan zijn ziel', en dan werd in een halve zin, amper hoorbaar, verteld wat er was gebeurd.

Volgden de wanhopige mensen elkaars voorbeeld of zo? Men noemde het streekgebonden. Was dat misschien door die dode soldaten in de grond?

Op een zondag toonde nonkel Marcel me een verzameling van bijna honderd prentbriefkaarten. Op de voorzijde afbeeldingen van viooltjes en anjers, meisjes en soldaten, hanen en aprilvissen. De handgeschreven teksten op de keerzijde waren erg bondig. 'De groeten', soms 'lieve groeten', een enkele keer 'een zoete omhelzing'.

Deze kaartjes waren afkomstig van vrouwen die Marcel ooit het hof had gemaakt. 'Elke keer was de partij niet goed genoeg voor mijn vader,' zei nonkel Marcel.

'Mocht jij dan niet trouwen?' vroeg ik hem.

'Ik ga daar niet op antwoorden,' zei Marcel.

Maar ik wist het al, had het zijdelings opgevangen op een familiebijeenkomst. Mijn grootvader, de vader dus van Marcel en Omer, had dat lang geleden zo beslist. Met zijn korte been kon Marcel de ouderlijke boerderij onmogelijk erven, vond hij. Marcel moest knecht worden bij zijn jongere gezonde broer. Bovendien zou Marcel, om de boerderij niet te hoeven verdelen, beter niet trouwen. Er was hierover nooit gediscussieerd, ook niet naderhand.

'Enfin, jij weet dat wel,' zei nonkel Marcel. Aangaande het vaderlijk gezag hoefde niets herhaald te worden.

Marcel en ik stonden buiten bij de paarden. Hij legde zijn hand op de paardenschoft en richtte ondertussen zijn voorhoofd naar de zon, als een vrome zonnegroet. Zijn ogen gesloten. Een rilling trok over het paardenvel. Ik zag hoe Marcels oogleden in precies hetzelfde ritme meeknipperden.

'Als ik dood ben zal ik dat missen,' zei Marcel.

Toen ik weer naar binnen ging las ik in een flits, op de *toile cirée* van de keukentafel, tussen de rood-witte ruitjes de woorden: 'De mensen genezen.'

Dertien

Mijn professor gaf een opsomming. 'Het waren de weersomstandigheden, het dreigende wolkendek en ook de gure wind, de striemende regen. Het was de onrust van onze paarden, het vee, ritselende bladeren of het kreunen van de bomen.' Dat bedoelde hij met zijn Westhoek. Ik herkende de sfeeromschrijving omdat ik er intussen zo vaak had rondgedwaald.

Wat ik nog steeds niet echt begreep, was zijn jargon met noties als alteriteit, de mythopoietische retour, de cosmogenetische velden. Wat was voor hem 'de endogene benadering, fenomenologisch en perspectivistisch geformuleerd'?

Remi was in zijn academische carrière altijd al gefascineerd geweest door overlijden en rouw, onheil en herstel, ziekte en genezing, en verbond dat met begrippen als dubbelgerichtheid, polariteit, terugkoppeling, retroflectie. Hij had het over 'het homeopathisch terugbuigen van het kwade op en tegen zichzelf, in een zelfdestructieve beweging'. Hij had het over de paradox: 'Hoe meer je jezelf bent of eigenheid uitstraalt, hoe meer bivalentie je maskeert, maar ook hoe meer bemiddeling of verbindend vermogen je wordt toegedicht.'

Hij zei: 'Ik heb ver weg moeten gaan om dat te leren.'

Hij had het over spookdeeltjes. 'Neutrino's zijn de ongrijpbaarste van alle elementaire deeltjes, die met miljoenen door het heelal, de aarde en je lichaam zoeven, onzichtbaar en onmerkbaar. Zorgen zij ook voor de imaginaire transfusie?'

Ik bleef noteren, schreef alles op wat hij zei. Als nuchter psychoanalyticus waarschuwde hij me: 'Bij elk gesprek zijn er ongezegde dingen die de ontmoeting sturen. Het zit in de naïeve maar indringende sprongen van de taal. Jij noch ik beseffen wat jij opschrijft in je schriftje.'

Dit was de docerende toon van mijn professor. Remi merkte het zelf op en relativeerde zichzelf meteen. 'Het is zoals de boeren zeggen: wij zwijgen, maar als de ton overloopt maakt het veel lawaai.'

Hij gaf me *Psychopathologie van het dagelijks leven* te leen, een boek van Sigmund Freud. Hierin heeft de bedenker van de psychoanalyse het niet over de grootse, beklemmende Thanatos en de drieste, baldadige Eros, maar over gewone, alledaagse vergissingen of vergetelheid. Anekdotisch, zelfs met een onderhoudende lichtheid, somt Freud hier alle soorten vergissingen op die mensen maken. Zoals het vergeten van namen, eigennamen, vreemde woorden en woordreeksen. Hij analyseert versprekingen, verlezingen en verschrijvingen, vergissingen en 'gecombineerde lapsussen', telkens met een reeks alledaagse voorbeelden erbij. Zijn stelling is dat voor elke vergissing een heldere, rationele uitleg bestaat. Ja, zelfs een plausibele, rechtlijnige verklaring.

Want vergissingen zijn niet toevallig, zo beweert Freud. Zij hebben een betekenis en verwijzen naar onbewuste, geheime bedoelingen. Freuds boek lijkt speels van opzet, maar de auteur is bloedserieus. Hij begint trouwens, nogal tobberig, met een motto van Goethe: '*Der Mensch ist ein dunkles Wesen, er weiss nicht, woher er kommt, noch wohin er geht, er weiss wenig von der Welt und am wenigsten von sich selber.*'

En ook dit citaat, opnieuw van Goethe: '*Ein Faktum unseres Lebens gilt nicht insofern es wahr ist, sondern insofern es etwas zu bedeuten hatte.*'

Freud bedoelt: laten we niet wakker liggen van het feit of iets waar is, maar wel welke betekenis het heeft. Hij gelooft 'aan uitwendig (reëel) toeval, maar niet aan innerlijke (psychische) toevalligheid. Voor de bijgelovige geldt het omgekeerde.'

14

Toen mijn vader enkele vers geplukte appels en peren in de fruitmand legde, keek mijn moeder slapjes op. Ze zei: 'Schik dat 's mooi, Omer.' Op tv had ze gezien dat er een Ensor-tentoonstelling plaatsvond in Oostende. Deze tv-beelden deden haar dromen van de zee. Mijn moeder was niet dorps, als kind was ze in Parijs geweest en haar gedachten gingen vaak naar haar zussen in Caen. Tegen mij zei ze opnieuw: 'Jij woont hier liever dan ik.'

Alles wat mijn moeder zei klonk zwaarwichtig. Ze zei tegen vader: 'Je kunt hier de stilte horen', en dat bedoelde ze dan niet poëtisch.

Ons landbouwbedrijf was flink kleiner geworden en iedereen in het dorp had dat gezien. Niemand zei er wat van. Boeren praatten niet over winst, geld of schulden op een banale manier. Als er iemand failliet ging, zeiden ze zonder leedvermaak, zo neutraal mogelijk: 'We hebben het zien aankomen.'

Spotten in het café was toegestaan, maar alleen onder boeren. Mijn vader zei: 'Er zijn maar twee interessante mensen. De boer en de werkman, en al de rest profiteert.'

Iemand aan de toog antwoordde: 'Zelfs een arme boer is een boer. Zonder ons hebben de mensen geen eten.'

Ze dronken nog een glas en gingen weer aan het werk. Over anderen die spraakzamer waren, zeiden ze: 'Hij kan het schoon zeggen, maar hij weet het zelf ook niet', en zelfs dat zeiden boeren meestal niet.

Buiten, onder de leikleurige lucht, in de schrale lentewind stond ik te kijken. Ik zag rondom mij de boeren bezig op het veld en ik besefte dat ik niet meer tot hen behoorde. Ik zag ook hoe de koeien in de weide altijd op dezelfde plaats lagen, of ze liepen op een rijtje op hetzelfde pad. Ze volgden de voorganger. Ik dacht: ik wil niet braaf zijn. Braaf zijn is iets voor paarden.

Ik dacht: er zal iets onvermijdelijks gebeuren. Ik dacht: ik hoef daar enkel op te wachten.

'''s Avonds spiedde ik in het donkere landschap. Amper een lichtje of een teken van menselijke aanwezigheid. Onze hond Baron, onzichtbaar naast me, stond te luisteren naar andere honden in de verte. Met hun geblaf volgden ze iets. Waren ze weer met elkaar aan het praten?

'Zou jij toch niet beter boer worden?' vroeg mijn vader.

Ik kon niet meteen een antwoord verzinnen.

'Wat vind je dan?' drong mijn vader aan. 'Wat wil jij dan zelf?'

Ik stak mijn handen dieper in de zakken en zei dat ik het nog niet wist. Ik vertrok naar het college, en na een week internaat, op zaterdagmiddag, stond ik weer op het erf. Het hele weekend hielp ik vader, net als mijn broer en mijn zus, maar in mijn hoofd waren Latijnse en Griekse verbuigingen aan het dansen. Op school las ik Knut Hamsun, de *Faust* van Goethe, veel helden- en heiligenlevens en het katholieke *Het licht der bergen*. Ik hield van de chansons van Jacques Brel.

Terwijl mijn medestudenten hun beroepskeuze bekendmaakten, bleef ik daarover koppig zwijgen. Ik wist het zelf ook niet op dat moment. Zij veronderstelden dat ik psychologie of geneeskunde zou studeren. Misschien advocaat, landbouwingenieur of veearts. Toen ik op zaterdag met Marcel op de tractor zat hoorde ik de stem weer in mijn oor: 'Mensen genezen.'

De stem herhaalde: 'De mensen genezen.'

Daarop hoorde Marcel mij duidelijk zeggen: 'De mensen genezen.'

De vraag die aan me werd gesteld was of ik mensen kon genezen als zij somber waren, eenzaam of verward, als ze zichzelf vernielden met verkeerde, neerslachtige gedachten. Was dat mijn plicht?

‘Kun jij dan mensen genezen?’ Marcel keek me vragend aan.
‘Ik?’ vroeg ik.
‘Jij wat?’
‘Of ik mensen kan genezen?’
Marcel lachte me uit: ‘Waarom zou jij in hemelsnaam mensen genezen?’
‘Waarom zou ik dat niet?’
Op zondag ging ik met moeder naar Oostende. Op de dijk snoven we de geur op van zeezout, teer en vis, en we bezochten die tentoonstelling van Ensor. Moeder bewonderde Ensors zeegezichten en stillevens. Ik voelde me meer aangesproken door de groteske Bijbelse taferelen: Christus bedaart de storm, Christus wordt bekoord, Christus vermenigvuldigt de vissen. Of ook Christus wordt beledigd en Pilatus zegt dan: ‘Zie deze mens’, waarop het volk uitschreeuwt ‘Kruisigt hem’, en daaromheen verschijnen spoken, duivels en zelfs de Satan in hoogsteigen persoon.
Wonderbaarlijk vond ik hoe deze kunstenaar zichzelf onbeschaamd afbeeldde op zijn schilderijen, soms als Christus zelf.
Na het bezoek aan de Ensor-expositie ging moeder winkelen in de Christinastraat. Ik wandelde op de dijk, tot aan de Venetiaanse gaanderijen. Uit een hotelkamer zwaaide een blonde vrouw in opzichtig roze negligé. Betrapt, gehaast liep ik verder. Twee koppels dronken champagne op een terras. Ik zag hen wijzen en hoorde hen zeggen: ‘Die knappe boerenzoon.’
Kwaad ging ik het strand op. Ik schreeuwde tegen de branding: ‘Carabouya, carabouya.’

Veertien

Remi vroeg op professorale toon: 'En hoe zit dat nu met je krokodillen?'

Ik wist niet goed wat hij bedoelde met die vraag.

'Welja, hoe zit dat met je scriptie, met de literatuurstudie?' Hij had de indruk dat ik nogal vasthing aan de Westhoek. Met veel plezier had hij verteld over zijn jeugd op die plek, toegegeven, maar als ik die Congopaters wilde ondervragen voor mijn scriptieonderwerp moest ik daar toch dringend werk van maken?

Ik had het begrepen. Ik wierp me nu voluit op de studie van Congo en de Yaka.

'À propos, nu je hier toch bent, ik ben wat aan het opruimen,' zei Remi. Voor mij had hij een kleine kartonnen doos klaargezet, met daarin vijftien of twintig boeken. Het waren allemaal oude Congoromans. De Congoroman, dat onbenullige genre, met avonturen van paters, jagers en ambtenaren, soms kinderlijk geïllustreerd, vol koloniale daadkracht en de hooggestemde roeping. Ik vond die Congoromans vooral stereotiep en gênant fout: de vet aangezette dromen van jacht en zwarte vrouwen, in een werelddeel waar mensen en dieren nog gelukkig en wild zijn, en ja, vandaar de noodzaak van zweep, jachtkarabijn en beschaving.

Deze Congoboeken legde ik thuis aan de kant, maar Remi had er ook een andersoortig boek tussen gestopt. Het was geen Congoboek als de andere, maar *De vlaschaard* van Stijn Streuvels.

'Ik heb echt niks met heimatschrijvers en volksschrijvers,' had ik tegen Remi gezegd.

'Ach, lees het gewoon,' antwoordde hij.

In het Streuvelsboek zat een verhandeling die Remi over deze roman had geschreven voor de les retorica. Hij was toen zeventien of achttien jaar geweest. Zijn opstel was zeer persoonlijk, zelfs hartstochtelijk. Ook opvallend: zijn handschrift was net zo aaneengesloten, gedrongen als zijn volwassen schrift.

De roman *De vlaschaard* gaat over de koppige, trotse boer Vermeulen en hoe zijn enige zoon zich verzet tegen de ouderwetse, bekrompen vader. In dit opstel schreef Remi: 'De taaie strijd met mens, dier en natuur heeft de boeren voorzichtig, hoekig en doortastend gemaakt. Zij kunnen niet anders.'

Eerst stond er: 'Wij kunnen niet anders.' Het was een zichtbaar gebleven correctie.

Remi, of was het Streuvels, beschreef de boeren als 'onverfijnde harde nuchtere mensen'. Het boek toonde 'de boer wedijverend met zijn gelijken, trots tegenover het werkvolk, weinig begaan met zijn vrouw, heersend over zijn kinderen, onmachtig tegenover de straffende en teisterende hand van God.'

Maar goed, de vraag was hoe dat zat met mijn scriptie.

Alles wat ooit over Kwango en de Yaka was gepubliceerd zou ik nu lezen. Het waren hoofdzakelijk de publicaties van Plancquaert, De Beir, Devisch, Bourgeois, Denis, Lamal en Roosens. Ik schreef veel details daaruit over in mijn Muji-schriftje, waar ik vervolgens verder niets mee deed, maar die me gewoon intrigeerden.

De verheven woorden bijvoorbeeld die de chef Mabaka Tsaambu tweehonderd jaar geleden had gesproken, de misdaden van koning Kawa, alle details van het *ndeemba*-masker met de opvallend opgerichte krulneus. Of het beeldje *mbwoolu* dat verwees naar elektrische vissen, die buiten het water kunnen leven, stroomopwaarts klimmen en krachtige geluiden maken.

Enzovoort enzovoort.

Toch dacht ik dat ik met dit grondige lezen en zelfs letterlijk overschrijven van veel passages dichter bij mijn scriptieonderwerp kon komen.

Remi zelf, vertelde hij me, had tijdens zijn veldwerk bij de Yaka 260 verhalen genoteerd, 600 spreekwoorden, 200 orakels. Hij had hen ondervraagd over rouw en dood, jacht, besnijdenis, waarzeggerij en genezing. Vooral de hekserij als fenomeen had hem gefascineerd: een vreemde wereld van toeval en wonderlijke accidenten, opwinding en beklemming, veel *gloomy* verhalen. Tegelijk was hij gefascineerd door de kameraadschap ginder tussen de mannen, de geur van hun lichamen, het delen van palmwijn en het eindeloze praten dat daarop volgde. Remi's belangrijkste bevinding was dat in de kern van hun wereld het onverstaanbare, het onzegbare lag, en hij had dat herkend als iets van hemzelf.

15

Ik groeide op en voelde zelf hoe ik vanbinnen aan het veranderen was. Mijn grote zus noemde mij soms een betweter. Mijn grote broer verweet me dat ik mijn vader commandeerde. Toen het kermis was in het dorp bleef ik lang rondhangen op het Dorpsplein. Ik had te veel gedronken, de nacht was broeierig en klam. Een knap, wat sprietachtig meisje wilde me iets tonen, zo fluisterde ze me wiegend, wijdbeens toe. Ze heette Mathilde, zoals in dat opgeruimde Belafonte-liedje, en haar gezicht was licht en koel.

We babbelden. Ik wandelde met haar ongemerkt het dorp uit. Onderweg wezen we elkaar de grote hoeves aan, verbonden aan de bekende boerenfamilies van de streek. In de verte de grote boerderij van L'Etoile, daarnaast Café de Douane. Ze verhandelden daar kuikens in kartonnen dozen, maar soms rinkelden die kuikens als flessen.

'Smokkelen is een klein, gevaarlijk spel,' zei ik.

'Een gevaarlijk spel,' zei Mathilde. Ze lachte onbevangen en greep naar mijn hand. Haar armen en borsten spanden in haar wit katoenen hemdje. Ze had droge lippen.

'Mag ik je mijn gedachten vertellen?' vroeg ik en aarzelend trok ik mijn hand terug om vrijer te kunnen argumenteren.

Ik begon: 'Ik vraag me af of er een formule, een systeem bestaat dat uitlegt hoe mensen zijn wie zij worden.' Ik corrigeerde mezelf: 'Of hoe de mensen worden wie ze zijn.'

In mijn stamelend uitgesproken uitleg verscheen de volgende redenering: 'Om te beginnen is er de plek. Het is de plaats, de ruimte waar wij op een bepaald moment in de tijd geboren worden. Dat is waar wij wonen. Het is deze streek waarin ooit een wereldoorlog woedde, deze landbouwstreek aan de grens. Ten tweede…'

'De grens die wij zo dadelijk oversteken?' vroeg Mathilde.

'Ja,' zei ik, 'ja natuurlijk, en ten tweede is er…'

'De tijd?' suggereerde Mathilde.

'Nee, ten tweede is er ons leven,' zei ik. 'Onze levens die we leiden, zoals we voortkomen uit onze gezinnen. Het zijn de boerderijen. Het is wat wij meekrijgen van thuis, al die genetica, maar ook alle familiekwesties en de verhalen die daarbij horen. Of we dat nu willen of niet.'

Mathilde begreep dat ze mij nu maar het best kon laten uitpraten.

'Ten derde,' vervolgde ik, 'zijn er de toevallige, willekeurige gebeurtenissen die ons overkomen, die ons als raderwerk in elkaar doen bewegen.'

'Als horloges?' vroeg Mathilde.

'Ja, als het fijne, spitsvondige raderwerk van uurwerken. Die gebeurtenissen zijn de ontmoetingen die ons overkomen, die ons in de diepte veranderen en oriënteren. Wij moeten die ontmoetingen opzoeken. We zijn knutselaars, en tegelijkertijd worden we door die ontmoetingen in elkaar geknutseld.'

Mathilde knikte.

'Zie je de drie?' vroeg ik. Ik recapituleerde mijn redenering: 'De plaats, het leven, de gebeurtenissen. Samen vormen die drie een schema.'

Mathilde leek mij helemaal te volgen in mijn kleine theorie.

'Maar ik ben nog niet klaar. Want ten vierde is er inderdaad de tijd. Achter ons en voor ons strekt de tijd zich uit. De tijd schetst ons in haar tekenboek. Hij neemt ons op en daardoor zien we in familiealbums een film waarin we zichtbaar verouderen.'

Even kon ik niet praten door mijn eigen begeestering en ik trachtte die weg te slikken. Maar dat lukte niet. Mijn wangen waren nat van de tranen. Ik probeerde het opnieuw. 'Want als je op die manier ziet in een film hoe wij vastzitten, als gebonden op een stoel...'

'Een film waarin wij onszelf kunnen zien?' vroeg Mathilde.

Ik was afgeleid.

Ik dacht: er is iets wilds, iets kwaads en onbekends in mij, en zij neemt dat bij de leidsels. Dat meisje is lauw en tegelijk zo zalig meisjesachtig, geparfumeerd, dat ik graag met haar praat, want ze helpt mij mijn gedachten formuleren en verstoort die tegelijk.

Maar eerst moest ik mijn eigen redenering afwerken: 'Want als ik zie hoe ik vastzit...' Mathilde streelde mijn hand, maar onverstoorbaar ging ik verder: 'Als je ziet hoe je vastgebonden zit, dan valt het licht van dat inzicht op je. Je begrijpt het en plots sta je in een toorts van licht. Je straalt als een fakkel.'

Nu straalden mijn gedachten en Mathilde voelde dat ook zo aan in het donker.

'Op dat moment wil je jezelf vooruit gooien. Je staat op, neemt de opdracht aan. Je gooit jezelf omhoog omdat dat juist je vrijheid is. Hoe verder je jezelf kunt gooien, des te langer je onderweg bent om jezelf terug te vinden. Misschien denk je dat je springt, maar misschien ben je dan al diep aan het vallen.'

Mijn gejaagde argumentatie viel stil.

'Ik weet het zelf ook niet,' zei ik. 'Ik weet niet goed wat ik moet kiezen.'

Ik veegde de tranen uit mijn ogen. Mathilde verlangde vooral dat ik haar vastpakte.

'Dit is voorlopig mijn theorie,' besloot ik. Het was de eerste keer dat ik het zo verwoordde. Ik was opgesloten in mijn redenering en in mijn besluiteloosheid. Ik wist niet of Mathilde er iets van had begrepen. Ons gesprek stokte. Ik schaamde me. Waarom keek Mathilde me zo aan, smachtend en vastberaden? Wat zag dat meisje in mij? Wat zag ik in haar?

Zachtjes trok ze aan mijn hand. Ze wilde in het gras gaan

liggen. Ze legde haar warme hand op mijn broek, ik voelde de zachte druk.

‘Hier niet,’ zei ik, nog niet, want dit was net de plek waar nonkel Marcel altijd zijn aardappelloof opstookte. We liepen verder langs de grote loodsen bij de boerderijen. Daarboven, in de maanverlichte nacht, waren vette wolken geschilderd. In het donker wuifde het graan naar ons.

Plotseling stonden we weer aan het grenskantoor.

‘Er steekt een kwade wind op uit Frankrijk,’ zei de douanier die ons daar opwachtte. Een kwade wind? Met zijn dikke handen streek de man over zijn buik. Ik kende hem al langer. ’s Ochtends was hij grappig, ’s middags bokkig omdat hij dan al veel had gedronken en ’s nachts was hij blijkbaar een halve poëet.

‘Kom,’ zei de douanier, ‘gaan jullie maar naar huis’, en hij liep met ons de grens over, terug naar België.

De douanier stopte bij de slagboom, plaste tegen de muur van het grenskantoor en spetterde daarbij onbekommerd op zijn eigen uniform.

Vijftien

In mijn Muji-schriftje vind ik nog een lijstje van grafopschriften. Dergelijke teksten werden destijds door de naaste familie opgestuurd om op de zerk van de geliefde, ver weg in buitenlandse grond, te plaatsen.

Wat ik me afvroeg: mocht men om het even wat doorgeven om in de Portlandsteen te beitelen? Was het toegestaan te zeggen dat de dood zinloos was geweest? Werden ze herschreven door een of andere functionele dichter? Een gelegenheidsdichter, een stadsdichter van de grote necropool van al die dode soldaatjes?

For all of us he did his best, may God give him eternal rest.
The trial is hard we'll not complain but hope in heaven to meet again.
He rose to this country's call and gave his best his life his all.

16

Maar de vraag die aan me werd gesteld was waarop ik dan wachtte? In mijn laatste collegejaar las ik over Albert Schweitzer en Pierre Teilhard de Chardin. Sommige details in hun bio's troffen me, zoals het opmerkelijke feit dat Teilhard de Chardin als kind granaatscherven had verzameld. Dat klonk als de koperen obussen van mijn nonkel Marcel.

Met mijn moeder ging ik naar een lezing van Stijn Streuvels, in de kasteeltuin van Beauvoorde. Toen we aankwamen bij de grote open tent stonden de mensen al klaar bij de klapstoeltjes. De mannen droegen zomerse, geruite jasjes en linnen broeken, de vrouwen roze en witte blouses, vaak in een wolk van rozenwater. De vrouwen hielden zich met hun twee handen vast aan hun handtasje.

'De bijeenkomst begint,' kondigde de inleider aan.

Allen gingen zitten aan de gedekte tafels. Hongerig namen ze de witte gesteven servetten op, vouwden die weer op en legden ze vervolgens terug. Wegens plaatsgebrek moest ik in de middenbeuk zitten op een bijgeschoven stoel. Het was alsof ik midden in de kerk zat.

De illustere volksschrijver Stijn Streuvels trad binnen.

Het was maar een klein mannetje.

Hij streek over zijn voorhoofd, zijn rimpels en zijn witte verzorgde snor. Plechtig stak hij van wal. 'Ik zal u voorlezen uit mijn dagboek. Dit is hetgeen ik, dag na dag, *levendevers* heb opgeschreven in mijn dagboek.'

Gezapig, zeer onderhoudend, vertelde hij dat hij als jonge bakker ernaar verlangde om op zichzelf te gaan wonen. Streuvels wilde ‘zijn bestaan een richting geven’, ‘uit het oude loskomen’, ‘het zware woord uitspreken’. Wat meer was: hij wilde schrijver worden, maar zocht wanhopig naar een manier om dat thuis te vertellen.

Las de schrijver voor uit zijn echte dagboek? Nee, dit was geen dagboek dat hier door Streuvels werd gedeclameerd. Ik doorzag het onmiddellijk en het ergerde me zelfs. Het was een door Streuvels zelf gezuiverde, literair opgesmukte tekst. Alle lastige persoonlijke gevoelens had hij erbuiten gehouden. Het dagboek was herschreven als een roman en het werd voorgelezen als een theaterstuk. Misschien had Streuvels zelfs zijn originele dagboek vernietigd, maar zoals deze auteur het voorlas, leek het alvast dat hij zijn ziel op tafel legde en ieder kon daarin meekijken.

Wie goed luisterde en zich overgaf werd meegetrokken in de geestvervoering. Een trance. Het publiek genoot daarvan.

In de tent sloten velen hun ogen om geconcentreerd te luisteren, of om te slapen. Sommige van de mannen droegen hun witte haar te lang. Alsof zij wilden lijken op Romeinse keizers, ook al bleven ze wie zij waren: boeren. Als ze besmuikt lachten om een flauwe grap van Streuvels, loerden ze ogenblikkelijk naar links en rechts om samen van de humor te genieten.

Ik zat daartussen. Mijn moeder verderop.

Een duif vloog over de tent en de schaduw van de bescheiden vogel wierp het filmbeeld van een wiekende arend op het tentzeil. Streuvels las verder, acteerde zijn tekst. Hij vertelde hoe hij voor 2700 frank eigenaar werd van een lap grond, 3000 m^2 groot. Hij zou er zijn beroemde huis genaamd ‘Het Lijsternest’ bouwen en zijn carrière als schrijver zou hier aanvangen.

Nog meer overvliegende duiven tekenden filmbeelden op het zeil. Kleine dondervliegjes stegen op uit het gras onder de toehoorders. Ik, op mijn plekje in de middenbeuk, voelde me hopeloos verdwaald. De mensen in de tent hoorden niet dat onmiskenbare, volgehouden zwijgen in de tekst. Zij wilden onschuldige verhalen horen van hun streek, van vroeger, van henzelf. Dit volstond voor hen en het was ook dat wat zij hoorden. Twee rijen voor mij streelde een meisje aanhoudend haar bevallige neus met een wit zakdoekje. Zij bekeek de blauwe kleurspatjes op haar jurk. Een motief van kleine korenbloemen. Het meisje verdraaide haar horloge om haar pols, keek even om naar mij, blikte schroomvallig terug op haar onbedekte knieën.

Oudere mannen, fragiel en grijs, waren al in slaap gevallen. Anderen hadden last van de dondervliegjes en sloegen die voorzichtig van zich af. Steeds meer vliegen, bromvliegen en kleine venijnige vliegjes verzamelden zich boven in de nok van de tent. Buiten passeerde een grote landbouwmachine.

Een warm applaus volgde toen Streuvels een punt zette achter zijn verhaal.

Daarna nodigde de inleider iedereen uit voor de koffietafel. Grote aluminium schalen met krentenbrood en jonge kaas werden aangevoerd. Terwijl iedereen tegelijk praatte en at, zag ik hoe nog meer vliegen opstegen uit het gazon. Morgen zou men deze tent afbreken. Dan zou al dat zwarte kwalijke gebrom uit de nok ontsnappen, als een donkere zwerm.

Ik moet hier ook ontsnappen, dacht ik, en ik zuchtte net zoals mijn moeder kon zuchten.

Ik moest weg.

Ik zocht helderheid, mijn eigen pad. Ik schaamde me telkens als mijn vader en mijn nonkel te veel dronken; ik vond hen dubbelzinnig en zwak. Hier in deze kleine lage wereld bleef zoveel onuitgesproken. Al die heimelijke plekken op de boerderijen. Het gebinte in een schuur, een lokkende regenput, een varkensstal. Die plekken, men mocht er niets van zeggen, zelfs niet schichtig naar kijken. Mijn vader zei: 'Je hebt het nu gehoord, maar zwijg maar. We gaan daar niet over spreken.'

Als er toch iemand naar vroeg, zei hij: 'Wie ben jij eigenlijk dat je daarnaar vraagt? Ben jij God de Vader misschien?'

Was er dan niemand om al die mensen te genezen? Ik ergerde me steeds meer aan het koppige zwijgen.

Toen Marcel zijn pijp zat te roken bij de kachel, ging ik pal voor hem zitten. 'Waarom praten wij zo weinig?' vroeg ik hem.

'Spreken we dan weinig?' was zijn wedervraag.

'Ja, wij zeggen amper iets.'

Na enig nadenken zei hij: 'Wij zeggen gewoon niet veel. Praten is geen ruzie.'

'Vertel mij, hoe zat dat met het ongeval, toen vader en moeder naar Tielt reden?'

Na een tijdje antwoordde Marcel: 'Ja, wat is er toen precies gebeurd', maar de vraag klonk als een mededeling.

'Was de vrachtwagen fout? Was vader dronken?' vroeg ik.

'Wij stellen nooit veel vragen. En zeker ik niet.'

Achter Marcel hing een kadertje met de spreuk:

Wie werkt voor vrouw en kind
en wordt door hen bemind, 't is Vader.

Daarnaast in eenzelfde bruin lijstje, in identieke, krullende letters en gekalligrafeerd:

Daar alleen kan liefde wonen, daar alleen is 't leven zoet,
waar men stil en ongedwongen alles voor elkander doet.

Zestien

Ik dronk een biertje in Café de Douane. Voor de vensters hingen schattige gordijnen met roze-witte vierkantjes, als het inpakpapier van slagers. Als ik vervolgens aan Remi verslag uitbracht over mijn bezoekjes, zei ik dat ik hem stilaan, bezoek na bezoek, beter begon te begrijpen.

Remi citeerde Lacan: '*Méfiez vous de comprendre.*'

Hij klonk bezorgd en licht gespannen. Hij voelde dat hij mij al veel persoonlijks had verteld. Dit alles ging, meende hij, over het navertellen van wat er gebeurd was. Dit ging over het zorgvuldig overdenken van de dingen, het repareren met het juiste gereedschap, het genezen en het herstellen. Hij was tenslotte psychoanalyticus.

Ik had het met hem verschillende keren over Freud. Als jongeman had Remi al een aantal boeken van Freud gelezen. Daarin vond hij de zonderlinge, tegenstrijdige theorieën, over het onzuivere domein van de drift, de terugkerende dwang, de onoplosbare droefheid. Van Freud had Remi geleerd dat geesten duiden op gevoelens ten opzichte van overleden verwanten, dat je jezelf kunt lezen als een stamboom van de mensheid.

Uit Freuds *Die Traumdeutung* begreep hij dat dromen betekenissen, zelfs boodschappen bevatten.

Ja, dan was er nog Freuds vreemde, wrede theorie van de altijd aanwezige, onmiskenbare lust. De onzuiverheid: als erover gepraat wordt, ligt ze ver buiten ons, maar toch blijft ze altijd in ons. Blijkbaar ligt ze er vastgebonden; ze heeft geduld, tot ze ons weer vals overvalt. De drift én de dood waken in ons, en wij bedenken therapieën om de onrust en de spanning te vertalen, te ventileren of te beschaven. Wij zijn monsters, of wankelende reuzen. We doen zo ongelooflijk ons best. We zijn zieke dieren.

'Soms is het er en soms is het er niet,' zei Remi. 'Als het er is, dan is het er helemaal. Het beeft en jeukt in je, je gaat er helemaal van trillen. Je wil opgepakt worden als een jonge hond, of wild bijten.'

Ik begon het te begrijpen, een fractie.

Iets tikt tegen je hoofd, aan de binnenkant. Je schrikt van de stem van de ouders. Ze eten je op en je vermoordt hen. Soms zeggen we dat het zootje van instincten een machine is met ventielen. Maar het is een vuile spanning, en als we niet opletten worden we hysterisch, neurotisch, paranoïde, of hoe heet dat allemaal psychotechnisch gesproken?

17

In de vastenperiode kwam een jezuïet bij ons langs op school. Hij had een spitse kin, dunne lippen, een wonderlijk gewelfd hoog voorhoofd. Hij kon zeldzaam bevlogen vertellen en zijn zachte ogen fixeerden mij meteen in de leerlingengroep. Twee dagen later werd me een boek bezorgd dat me bij de keel zou grijpen. Het ging over een Spaanse soldaat genaamd Ignatius, die maanden in bed bleef om te herstellen van een oorlogswond. Tijdens zijn herstel las de soldaat over het leven van Christus. Dit was het verhaal van dat boek, niet meer dan dat.

Ik las het terwijl ik languit in een droge greppel lag, vlak bij de Franse grens, tussen het hoge malse gras en de klaver. Sommige zinnen las ik hardop. Ik las hoe Ignatius' wezen in de diepte veranderde door een boek te lezen. Dit leek nu ook met mij te gebeuren: iemand sprak tot mij, in mij. Toen ik uren later het gras van mijn kleren klopte dacht ik: ik moet hier onmiddellijk weg, ik moet het nu beslissen, ik moet de schuld afkopen. De schuld van mijn ouders, mijn oom, van die honderdduizend soldaten.

Me opofferen.

Ik moest het verdriet van de wereld repareren. Ik wilde eindelijk iets doen wat onbesmet en volmaakt was.

Ook al was ik zelf nooit, op geen enkele wijze, vroom of godsdienstig geweest, ik ontdekte in mij een nieuwe, onbekende edelmoedigheid. Ik bad nooit, maar dit was onmiskenbaar een onbaatzuchtig verlangen naar een hoger goed. Niet dat onaffe gedoe van mijn jeugd en mijn afkomst. Zeker niet het kwezelachtige gedoe in de kerk. Maar misschien zou ik mensen kunnen genezen.

Twee weken later bezorgde diezelfde priester me ongevraagd een ander boek, opnieuw een heiligenleven, over Charles de Foucauld, die zijn adellijke familie verliet en zich vestigde op de grens van Algerije. In de Sahara leerde De Foucauld de taal van de Toearegs. Hij ging leven vlak bij de nomaden, maar hij trachtte hen nooit te bekeren. In dit boek zag ik nog scherper mijn eigen ontsnappingsmogelijkheid afgebeeld. Ik moest me bevrijden van onze boerderij. Ik moest zo ver mogelijk vluchten.

Was dit wat men noemt een roeping? Misschien kun je dat wel zo zeggen.

Ik durfde het aan niemand te vertellen. Toen ik met de auto mijn zus naar de kapper bracht was ik zo verward dat ik een bocht miste en de auto in de greppel gleed. Vader kwam me lostrekken met de tractor. Terwijl de draailier met schokjes aan de auto trok, voelde ik het vaderlijke trekken zeer fysiek aan mijn lijf. Dit was ondraaglijk. Ik moest onmiddellijk, koste wat kost, vertrekken.

Die avond vertelde ik het thuis.

'Jij bent gek,' zei mijn vader. 'Welke zwartrok heeft je dat aangepraat?'

'Jij moet dit voor niemand doen,' zei mijn moeder.

Ik begreep zelf amper wat ik had beslist.

'Waarom kies je geen beroep? Waarom trouw je niet? Jij gaat toch graag dansen? De meisjes lopen achter je aan.'

'Je bent te streng voor jezelf,' zei mijn moeder.

Ze zei ook nog: 'Wie heeft jou zo gestraft?' Bij de buurvrouw ging ze uithuilen. 'Wat zonde van die intelligente jongen,' antwoordde die.

Nonkel Marcel sprak geen woord over de hele kwestie. Pas toen hij en ik twee dagen later samen aan het werk waren begon hij erover. 'Doe maar,' zei hij. 'Ook ik heb dat ooit overwogen, door de omstandigheden. Het is gek, maar wij begrijpen maar half wat we elkaar doorgeven. Tegenwoordig hoor ik weer liedjes die mijn moeder zong, die ik compleet vergeten was. Alles keert terug.'

De zomer die volgde op mijn mededeling was onwezenlijk lang en heet. Ik gedroeg me zeer schuldbewust. Van 's morgens tot 's avonds hielp ik op de boerderij. Elke ochtend keek onze zwarte hond mij aan, geeuwend en vreemde bekken trekkend. Verkrampt schudde hij zijn kop, zijn lange roze tong als een slang in zijn bek.

In september werd ik door mijn ouders naar de abdij van Drongen gebracht. Zij hoopten vooral dat ik snel zou opgeven. Naast de dorpskerk, bij het grote oorlogsmonument, werd het ijzeren hekwerk geopend. De jonge broeder die het hek openzwaaide had een beate blik, een belachelijke tonsuur. Hij knikte maar zei geen woord tegen ons. We liepen achter hem aan in een uitgestrekte tuin met beuken, rododendrons en magnolia's. Voor ons lagen twee monumentale kloostervleugels.

Ginder, wees de broeder met een priemend vingertje. Die gang daar, vierde deur links.

Voor we binnengingen, opperde mijn vader nog een laatste

keer: 'Het is niet omdat je het gezegd hebt dat je het moet doen.'

Maar ik had de klink al vast, de deur was al geopend. In een hoge koude kamer met barok lijstwerk wachtte de novicemeester ons op.

'Je mag mij magister noemen,' stelde hij me gerust.

We dronken gitzwarte koffie. Moeder voelde aan haar hoofd, controleerde of de barst van het ongeluk er nog zat. Mijn grote zus huilde zonder geluid te maken; ze vertelde hoe ze vroeger met haar kleine broertje in de schuur kampen maakte, tussen de landbouwmachines. Dat verhaal klonk vreemd op deze plek, een beetje ongepast. Ze namen afscheid van me en een minuut later ging de poort al dicht.

Zeventien

Dat ene boek over Charles de Foucauld, waarover Remi had gesproken, kon ik inkijken in een armoedig parochiehuis in Charleroi. De priester met wie ik afgesproken had, toonde me zijn persoonlijke, beduimelde exemplaar. Ook hier weer massa's zorgvuldige potloodstrepen, notities in de marge, vraagtekens en uitroeptekens. Het boek was hem nog altijd erg dierbaar, zei hij.

Deze priester had lange tijd in Congo gewerkt. Een hele namiddag praatte hij met mij daarover aan de keukentafel, terwijl een weldadige herfstwind door heel zijn huis stroomde. Hij vertelde hoe hij het liefst avondenlang bij hen aan het houtvuur zat en toehoorde. Hij bewonderde de souplesse waarmee zij vier talen door elkaar konden spreken, en verontschuldigde zich *en passant* dat hijzelf geen Nederlands sprak. Hij had ginds pelgrimstochten georganiseerd naar een wonderbaarlijk Portugees kruis, op de grens met Angola. Toen het in de fik werd gezet door *un illuminé*, om Afrika te bevrijden van het kwaad, werden de pelgrimstochten nog attractiever. De *illuminé*, een zelfverklaarde profeet, had beweerd dat het kwaad afdaalde in Congo via dat kruis.

'Als een antenne?' vroeg ik.

'Ja, zoiets,' zei de priester. Hij was al twintig jaar terug in België, maar zijn ogen glansden toen hij plots verder sprak in het Congolees. In mijn schriftje noteerde hij met haakachtige letters: '*Mene Yaka wuyaka menga ye mbele ye mpunza*', en daaronder de vertaling: 'Ik, ik ben de Yaka die het mes, de pijl en de hak vangt in de vlucht.'

Hij verklaarde het spreekwoord: 'Ik ben degene die doodt, jaagt en hakt, en als men mij een mes, een pijl of een hak toegooit, pak ik dat vast.'

Het spreekwoord wees op de onverschrokkenheid van de Yaka.

De priester vertelde ook over hun fetisjen. '*Ce sont des saletés, des ficelles, un morceau de tissu, mèches de cheveux, des ongles...*'

Soms ging hij in Charleroi huizen zegenen als hij werd geroepen door een eenvoudige huisvrouw. Reden: 'Omdat het kind alsmaar weende', 'wegens onverklaarbare geluiden in het huis', en soms kwam haar man dan zeggen dat zijn vrouw gek was.

Dat ene boek van De Foucauld waarnaar Remi had verwezen, heb ik wel vastgehad, maar heb ikzelf uiteindelijk niet gelezen. Ik las wel *Geestelijke oefeningen*, van Ignatius van Loyola, over vorming en zelftucht. Het gaf zeer concrete wenken, zoals niet lachen, de blik in toom houden, in het donker zijn, minder eten, het lichaam straffen. Remi zei: 'Het plaatst je voor een spiegel, doorprikt je eigen fantasieën. Het is vooral een praktische handleiding voor meditatie en contemplatie in beelden.'

Ik knikte. Mijn schrijven lijkt mij soms ook een vorm van meditatie. Als ik de diverse feiten uit mijn onderzoek met elkaar verbind zie ik beelden voor me. Eerst flakkerend als een oude film, maar stilaan, stap na stap, zie ik mijn personages zelf converseren en hoef ik alleen nog hun lippen te lezen.

DEEL 2

DRONGEN – HEVERLEE

18

Wij waren jonge knapen te midden van scherpzinnige, gehoorzame mannen met lange zwarte jassen en een smalle witte boord. Onze soortnaam: de jezuïeten. De eerste twee jaren waren we novicen, klein-seminaristen, daarna scholastieken, op het groot-seminarie. We sliepen op de abdijzolder, in kleine alkoven met houten afscheidingen en een gordijn ervoor. De kamertjes waren onpersoonlijk, inwisselbaar. Er was een kan met water om ons te wassen; in de winter was het water bevroren.

De stilte die heerste in de abdij tekende mij onmiddellijk. Wij novicen moesten bij voorkeur zwijgen, tenzij de novicemeester in spreekoefeningen het gespreksonderwerp had vastgelegd. Dit zwijgen was totaal anders dan op de boerderij. Ingetogen, beheerst keken wij elkaar aan. We luisterden.

In deze afgesloten wereld was er een rector, een minister die de rector verving, met ook weer een subminister, en een prefect. Iedereen had een biechtvader, dat was de novicemeester die wij *magister* noemden. De *cura personalis*, zo noemde Ignatius de zorg van de meester voor de zijnen.

Verder waren er *instructors*, leraren. De *excitator* maakte iedereen wakker, de *visitator noctis* doofde 's nachts de lampen. De uiterst strakke dagorde werd aangegeven door de bel, veertig keer per dag. 's Ochtends om vijf uur drieënvijftig: het *Surgitur* voor het opstaan. Door de bel van zes uur twintig werd het opstaan beëindigd. Zes uur vijfentwintig, de voorbereiding van de meditatie. Zes uur veertig, bezoek aan het Heilig Sacrament. Dan de meditatie, gevolgd door litanie en ontbijt, de *coena*.

In de voormiddag was er een uur handarbeid, net als in de namiddag. Ik deed dat graag, want naast de abdij lag een boerderij met paarden, koeien en varkens. Ik hield nog steeds van de zoetscherpe landbouwgeuren, zelfs van de smerigheid van mest op mijn doordrenkte kleren, en hoe mijn weke handen dan werden geschaafd. 's Winters bracht ik kolen naar de oude paters.

Binnen deze nieuwe orde schikten zich mijn slordige verlangens. De opleiding was een feilloze machine waarin iedereen zijn plaats kende. Het was helemaal anders dan op onze boerderij, daar schikten de dingen zich volgens de wil van vader en moeder, de nukken van Marcel en vooral de seizoenen die het werk dicteerden.

In oktober was er de grote retraite die een volle maand in beslag nam. De opleiding bestond uit het bestuderen van de grote theologen en driemaal daags de instructie door onze magister. Wij, novicen, mediteerden. We spraken alleen met de novicemeester. Hij vroeg ons onze roeping uit te leggen, waarbij hij telkens opnieuw doorvroeg: 'Hoe bedoel je?' En: 'Hoe bedoel je dat precies?'

De magister ging door met vragen tot ik alleen nog maar kon stotteren.

'Bid je wel voldoende? Bid je ook voor onze school?'

Deemoedig schudde ik het hoofd.

'Bid je genoeg om je geloof tot uitdrukking te brengen?'

Ik schudde opnieuw. Bidden, daar was ik nooit mee bezig geweest.

'Ik merk dat jij soms kwaad wordt,' zei de magister, 'maar je moet de vreugde oefenen, ook het medelijden, de ijver, de zelfzorg. Je moet milder zijn en meer gematigd.'

Dat had mijn moeder mij ook al gezegd.

'Leer leven met oponthoud en vertraging. Neem nederig aan wat anderen zeggen. Je moet de juiste woorden gebruiken, zodat je ook in je dromen de juiste taal zult spreken.'

‘In mijn dromen?’ vroeg ik. ‘Is dat dan mogelijk?’

‘Ja, natuurlijk kan dat.’

Ik vond dat gek. Ik kon niet aannemen dat je je dromen kunt controleren, dat je zelfs de taal van je droom kunt beheersen.

‘Als dat niet kan,’ zei de magister, ‘dan kun je het minstens proberen.’

Ik probeerde het. In de geestelijke oefeningen, met de juiste ademhaling riep ik telkens die nieuwe, kostbare stilte in me op. Ik kreeg minder behoefte aan praten, stelde ik vast, terwijl ze me vroeger de babbelaar van België noemden. Minister van gedane werken! Pietje Kruit!

Ik leerde mezelf ontleden als een vreemd lichaam. Ik leerde mijn ziel ordenen in een langdurig overdenken en afwachten. Ik leerde mijn gevoelens benoemen, om vervolgens onthecht en onverschillig te worden. Het begon te zinderen in me: ik wilde mezelf niet meer herhalen. Geen praten zonder waarheid, geen zinloze woorden zeggen, of kwaad spreken. Altijd voor en tegen afwegen, los van uitwendige druk. Niet snel beslissen. Altijd eerst stil worden en dan wachten.

Daarbij leerde ik innerlijke bewegingen in mezelf waarnemen, omdat daarin – zo werd gezegd – God te observeren is, en ook de goede en de kwade geesten. Alle kwaad zou zich oplossen, geloofde ik. Het kwaad zou zichzelf naar binnen zuigen en kolkend wegspoelen.

Ik oefende me in niet lachen, minder eten, verstervingen doen. Het lichaam tuchtigen met boetekleren, door geseling of verwonding – bij voorkeur ’s nachts – om het lagere aan het hogere te onderwerpen.

Tijdens de retraite leerde ik de kunst van de compositie; ik beeldde me situaties in en plaatste mezelf dan als persoon in de innerlijke landschappen. Het was zoals de kunstenaar Ensor zichzelf afbeeldde op zijn schilderijen. Ik las over de voetenwassing, de ezeltocht op Palmzondag, de opwekking van Lazarus, Jezus in de tempel, en elke keer werd ik een deel van dat verhaal. Als in een film observeerde ik mezelf. Zo leerde ik mijn prikkelbaarheid, mijn stemmingen begrijpen.

Toen ik op een nacht wakker werd liep ik door de onverlichte abdijgang naar buiten. Ik stond onder een heldere, verpletterende sterrenhemel. Ik keek op naar de sterren, de vlammende gloeiende lichtbronnen. Waren dat tekens? In het donker kon ik terugkijken naar de boerderij. Ik hoorde het zachte neurien van de koeien, het gerinkel van stalkettingen. In de schuur hoorde ik het ratje dat een liefje zocht. Ik hoorde voetstappen en stemmen, het waren mijn vader en moeder.

In mijn droom zeiden ze: 'Jij moet ons niet tegenspreken.' Ook al had ik niets gezegd.

'Kijk niet zo aanmatigend,' zei mijn vader.

Maar ik had mijn ogen dicht. Ik was nog steeds aan het slapen en droomde nu dat ik mediteerde onder de sterrenhemel. Ik keek in het desolate landschap en onverhoeds ging een lichtje aan in een verre boerderij.

Het was onze boerderij, opnieuw.

Ik zag mijn vader opstaan, die ging naar de stal omdat een drachtige koe ongedurig loeide. Ik huiverde. Wie heeft mij zo gestraft, vroeg ik, zoals mijn moeder dat ook had gevraagd, en dat schuldgevoel zou alleen stoppen als ik dood was, dacht ik, en er zat niet het minste geweld in die gedachte.

Achttien

Dat een achttienjarige jongeman zoals Remi zulk een drastische beslissing nam, was voor mij amper te begrijpen. Ik sprak daarover ook met andere mannen die korte tijd bij de jezuïeten waren geweest: een professor ethiek, een linkse politicus, een gerespecteerde Joycevertaler.

De jeugdjaren in afzondering hadden hen vooral sterker gemaakt. 'Het geloof was geen punt,' vertelden ze. 'In die tijd geloofde haast iedereen.'

En het celibaat dan? Dat probleem hadden zovelen voor hen ook al opgelost. Ook hun grote inspirerende voorbeelden. Dus waarom zouden zij dat dan niet aankunnen?

Alle drie hadden ze als jongeman *Het verschijnsel mens* van Teilhard de Chardin gelezen, in de Aula-reeks van Prisma. Een van hen noemde Albert Schweitzer zijn inspiratiebron. Het leven vastnemen, de wereld verbeteren, persoonlijk het verschil maken, daarover ging het.

Ik sprak met hen over de onderscheiding der geesten, hun methode om moeilijke levenskeuzes te maken. Dat was het stil worden en het wachten, zeiden ze, het kijken naar je eigen leven. Niet snel beslissen, alle voors en tegens afwegen. Ordenen. Pas als je alle elementen hebt weet je zelf in je hart wat het beste is.

'En jullie moesten de hele tijd zwijgen?' vroeg ik.

'Eigenlijk zou iedereen een jaar in stilte moeten leven,' vonden ze. 'De gevoelens, de stemmingen van jezelf analyseren, noteren. In de aard van het voelen wordt iets over jezelf meegedeeld. Je beseft dan pas welke geesten je drijven.'

Over de strengheid van de opleiding zei een van hen: 'De

verplichtingen helpen je soepel te worden, afstand te nemen van al wat je doet.’

‘Maar de idee van boete doen is toch voorbijgestreefd? Zo hopeloos ouderwets?’

‘Nee, want er wordt bedoeld dat je klein en nederig moet worden. Beschikbaar en inzetbaar zijn, en daardoor leer je afscheid nemen, loslaten.’

En verder: ‘Het leven toen zou men nu streng noemen, maar in die dagen voelde dat zo niet aan. Het was karig, maar er ontbrak ons aan niets. Wij werden ondergedompeld, schoongespoeld door de soberheid.’

19

Ik was zelfs een enthousiaste novice. Ik was ernstig en stipt, terwijl anderen soms doldraaiden van de strenge discipline. Die ontsnapten even naar de ontspanningskelder, om de voetbalpagina's in de krant door te bladeren. Twee of drie keer per jaar kwamen mijn ouders op bezoek. Ze wachtten onwennig, zelfs schuw aan de toegangspoort.

Ik gaf mijn vader een hand, kuste mijn moeder. Zij zagen het meteen: ik, een jongen van net negentien, voelde zich goed in het sobere, strenge uniform. Zwarte bottines, wit hemd en zwarte broek, geen das, met daarover de lange zwarte soutane tot op de grond. Elke ochtend sloeg ik de brede toga om me heen, maakte de singel om mijn middel vast en knoopte de witte boord dicht met twee haakjes.

Doodzonde, voelde ik moeder denken, ook al had ze nog niets gezegd.

'Doodzonde,' zei ze nu. Ze verborg haar doffe snikken.

Vader begon: 'Jij dacht dus dat je dat moest doen.'

Onmiddellijk bij die woorden verscheen achter mijn ouders het silhouet van onze hoeve, met de nabijgelegen grens, de zware handenarbeid, het drinken op zondag, de immer aanwezige oorlog. Er werd ginds nooit geoordeeld, tenzij met halve woorden, tegelijk vergoelijkend en verdachtmakend.

'Wij zijn in onze familie nooit zo kerkelijk geweest,' zei vader. 'We zeiden wel dat je altijd het goede moest doen.'

Stilte.

Hij voegde eraan toe: 'Het goede doen voor iedereen.'

Moeder schoof op haar stoel. Zwaar ademend. Eindelijk zei

ze iets. 'Het goede, daar kun jij je hier wel op toeleggen, denk ik.'

'Dat klopt. Ik wil het beter doen, terwijl jullie gewoon zeggen: "*Ça va*".'

Mijn vader trok zijn wenkbrauwen op. Weer een vervelende stilte.

Hij begreep niets van wat ik zei. Hulpeloos bracht hij uit: 'Ça va.'

Toen ze weer opstapten, kuste ik hen. Onbevangen keek ik hen na toen ze afscheid hadden genomen. Door de hoge witgekalkte gangen liep ik terug. Zie mij hier lopen, dacht ik. Ik beluisterde mijn eigen voetstappen, hoorde daarin echo's van een nieuwe, onbekende zuiverheid. De kou van de abdijmuren voelde aan als een warmtebron.

De stilte in de abdij was zo anders dan op de boerderij. Ze galmde. Er suisde een systeem in, een geleerdheid, het geloof zelf. Als ik 's morgens wakker werd overdacht ik mijn dromen. Ze waren al lichter geworden.

De magister wachtte me op aan het eind van de gang. Onverstoorbaar waakte hij. 'Kom mee naar mijn bureau,' zei hij.

Mijn magister was een nerveuze veertiger. Stevige brosse van zwart stekelhaar, bijzonder beweeglijke ogen. Soms stond hij lange tijd, met gespreide benen, te kijken naar de novicen, die niet wisten wat hij dan dacht. Zo dwong hij ons tot zwijgen.

Toen hij ging zitten lichtte hij zijn broek wat op, plukte er twee of drie pluisjes af. Hij wapperde stof weg dat op de tafel lag, tuitte zijn lippen. Nieuwsgierig keek hij me aan en peilde daarmee rechtstreeks al mijn gevoelens en dromen, mijn overmoed en schaamte. Ik hoefde zelf niet te spreken. Hij zag mij, alsof hij al wist wie ik zou worden. Toen keek hij even naar zijn eigen glimmende schoenen, dan weer naar mij, zeer verwonderd. Misschien licht afwijzend.

Zuinig zei hij: 'Veroordeel niemand, Remi. Heb mededogen.'

Ik knikte.

'Bekijk altijd de omstandigheden.'

Opnieuw knikte ik.

Soms leek het alsof wij, novicen, aan onzichtbare touwtjes hingen. We droegen de namen van overleden voorgangers in de nek van onze soutane.

'Jullie zijn als handelsreizigers,' zo zei de magister. 'Eenzaam, altijd onderweg, met een opdracht.'

'Kom, we gaan naar buiten.' Hij stak een sigaret op, ademde de tabaksrook in kleine, gecontroleerde wolkjes uit. We liepen de abdijtuin in, langs witgeschilderde serres en bedden van narcissen. De magister bewoog zich voort met grote efficiënte stappen. Toen hield hij plotseling stil en toonde me zijn eigenaardige, wat onzekere lachje. Ik kende dat intussen, ik wist dat hij dan stekende hoofdpijn had. Ik zei: 'Ik vraag mij af waarom ik bepaalde dromen heb.'

'Denk jij dat dromen een betekenis hebben?'

'Ja. Ik ben daar heilig van overtuigd.'

'Het gaat hooguit over wat je met je dromen doet,' antwoordde de magister.

Hij hield stil en zweeg weer. Als ik met hem sprak, waren zijn woorden altijd geteld, spaarzaam afgewogen. Ik vroeg: 'Waarom bent u eigenlijk ingetreden?'

Hij wreef over zijn slapen, legde zijn linkerhand tegen zijn hoofd, vertelde: 'Toen ik nog op school zat sprak ik op een dag met een novice. Ik was zestien of zeventien. Ik bewonderde die novice. Hij was maar een paar jaar ouder dan ik en hij vertelde me over zijn nieuwe leven. Plots zag ik in zijn gezicht...'

De magister sloot zijn ogen om het beeld weer op te roepen.

'Ineens zag ik het.' De handen van de magister beefden een beetje, zijn ogen brandden. 'Plots zag ik, in het gezicht van die jonge novice, de blik van God die mij recht in de ogen keek. God keek in mijn ogen. Ik kan dat nog altijd niet omschrijven. Als een hemels licht. Ik wist onmiddellijk wat ik moest doen.'

Zwijgend liepen we verder. Naderhand, zo vervolgde de magister in alle nuchterheid, had hij vernomen dat de jonge novice zelf uitgetreden was.

'Stortte je wereld toen niet in?' vroeg ik.

'Dat speelde voor mij geen enkele rol.' Mijn magister glimlachte.

Wij, novicen, mochten de abdij nooit verlaten, tenzij op woensdag, die 'villa-dag' werd genoemd. Te voet gingen we naar het buitenhuis in Luchteren. Steeds met z'n drieën, om ongepaste, al te persoonlijke gesprekken te vermijden.

Onderweg was er een centrum voor kunstmatige inseminatie, met een stier en een kunstkoe. Uit interesse ging ik even kijken. Het gebeurde allemaal nogal machinaal, was mijn besluit. Kwaad riep de novicemeester me terug. Hij noemde mijn gedrag geobsedeerd.

Geobsedeerd? Ik ben een boerenzoon, dacht ik.

In Luchteren voetbalden we, of speelden handbal, in een lange kakikleurige broek en een kort jasje. We mochten zwemmen, maar pas na het knielen voor een beeld van de heilige Stanislas. Dat was om verhitting tijdens het spel te vermijden, verklaarde de magister.

Op de terugweg, vlak bij het dorpsschooltje, raapte ik een verfrommeld, bekrabbeld papiertje op. Nieuwsgierig vouwde ik het open; ook binnenin was het driftig vol gekrast. Toen ik het verder openvouwde zag ik ineens wat het was: een vrouwelijk geslachtdeel. Ik draaide me om naar de novicemeester. Hij keek mij aan vol verbazing. Hij wist niet eens wat ik had opgeraapt, maar opnieuw voelde ik me betrapt.

In die tijd las ik de grote Russen als Tolstoj en Dostojevski, ook Graham Greene, Edgar Allen Poe, Camus en Sartre. Tegelijk mediteerde ik over de Bijbel. Ik leerde zien hoe Jezus over het water liep en zijn leerlingen dachten een spook te zien. Ik prentte me in hoe Jezus de zee bedaarde door die toe te spreken. Hoe hij bekoord werd door duivels in de woestijn, hoe hij bloed zweette terwijl de haan drie keer kraaide, en Herodes hing hem een wit gewaad om en Pilatus een purperen. Ze duwden hem een doornenkroon diep in de schedelhuid. Pilatus spotte: 'Ziehier de mens', en toen Jezus aan het kruis genageld was, verduisterde de zon.

Ik leerde de kracht ervaren van katholieke woorden en beelden. Mijn verbeelding werd kleurrijker, meer lichamelijk.

'Daarom moeten wij met achting spreken over de oude verhalen, de gezangen en de gebeden,' zei de novicemeester. 'We moeten de kerk en haar relikwieën verdedigen. Ook de kerkgebouwen, religieuze liederen en heiligenbeelden.'

'Persoonlijk vind ik het gregoriaans nogal elitair,' zei ik.

Mijn novicemeester vroeg wat ik daarmee bedoelde. Wat mij bezielde met die uitspraak?

Ik mocht enkele keren catechese gaan geven in een kleuterklas. Voor straf? Waarschijnlijk. Ik gehoorzaamde en discussieerde niet; in geen geval wilde ik tijd verliezen door obstructie. Op dat moment wilde ik worden zoals zij: rechtschapen en moedig, met een scherp intellect, wars van provincialisme. Het ascetische sprak me aan, deze mannen hoefden het nooit gezellig voor zichzelf te maken. Zij hielden van ongemakkelijke stoelen, blote baksteenmuren, een strikte orde en hard werken.

In juli, op het eind van het eerste noviciaatsjaar, verbleven we twee weken in het buitenverblijf te Luchteren. Er was een feestelijke avond met theater en muziek. Omdat ik geen zangtalent bezit, hield ik een spreekbeurt over Streuvels. Ik vertelde over het landelijke leven, de vruchtbaarheid, het meebuigen met de seizoenen. Terwijl ik sprak besefte ik mijn eigen weemoed. Het boerenverleden waarvoor ik vluchtte speelde op in mijn gedachten.

Zonder dat ik daarvan op de hoogte was, sprak de novicemeester met mijn moeder. Ik mocht een week naar huis, als ongevraagde gunst. Was het een verplichting, was het een test? Was dat om mijn moeder te troosten? Of moest ik mijn vader een helpende hand toesteken? Ik durfde het aan geen van hen te vragen.

Even was het leven voor mij op de hoeve zoals vroeger. Met de tractor reed ik naar het dorp; onderweg herkende ik meisjes. Ik zwaaide naar hen, niet verlegen maar toch onhandig. Zij hadden mij allang herkend.

Moeder vroeg: 'Weet je waaraan je verzaakt hebt?'

Ik verdedigde mezelf: 'Ik heb die zaken verdrongen.'

Of ik dan geen bekoring had, vroeg ze. Beproevingen?

'Dat loopt wel los,' verzekerde ik.

Terug in het klooster werden mij twee brieven bezorgd van meisjes uit het dorp. Deze brieven waren geopend, maar niet gecensureerd. Ik legde ze naast me neer. Natuurlijk twijfelde ik, betastte mijn lijf, schaamte overviel me en ik wilde dat oplossen. Op het zolderkamertje sloeg ik me met een zweep van hard, gevlochten touw. Ik vroeg aan de novicemeester de *catena* van ijzerdraad met haakjes, die ik 's morgens om mijn dij spande tijdens het gebed en de meditatie. Ik wilde dit allemaal begrijpen en controleren. Tonen dat de geest hoger is dan het lichaam.

Daarom sprong ik onmiddellijk uit mijn bed als de bel ging om vijf uur drieënvijftig. Ik oefende het dienstbare, nederige gedrag en vroeg penitentie aan de pater-minister. Ik zei *culpa* met de Latijnse formule *quia mea levitate damnum prebui olio*, 'door mijn lichtzinnigheid berokkende ik een ander schade.' Ik kuste de schoenen van andere paters onder de tafel. Soms zat ik met mijn gezicht naar de muur en medebroeders mochten opmerkingen maken om mijn koppigheid te straffen. Als ik een vers gewassen toga aantrok las ik in de boord de naam van een pas gestorven broeder.

Ik voelde dat mijn persoonlijkheid herschreven werd. Als op een wit blad papier.

Ik vervreemdde van mijn familie. Toen mijn moeder opnieuw op bezoek kwam bracht ze een regenjasje voor me mee. De dag erna zag ik een pater ermee rondlopen. Op een dag kwam mijn zus langs om haar verloofde voor te stellen. Ik vond dat fijn voor haar, maar toen zij trouwde, was ik er niet bij. Op dat moment verzorgde ik patiënten in een Gents hospitaal. Een van hen was een doodzieke Oostfrontstrijder met twee geamputeerde benen. Luid en gemeen vervloekte hij me toen ik hem waste. Ik bevochtigde zijn gesprongen lippen. De stervende man spuwde. Zijn gerochel werd sterker en terwijl ik naast hem zat te bidden, stierf hij. Het deed mij niet eens zoveel, moet ik bekennen. Ik kende die man niet, ik bad omdat mij dat was opgedragen.

Dit bleef merkwaardig: echt bidden deed ik niet. Ik was niet vroom. Ik kon mij overgeven aan de rust van meditatie en ademhaling, de stilte als discipline, maar daarmee stopte het. Ik besefte dat men mij elk moment kon roepen en meedelen: Ga jij maar naar huis, jongen, jij hoort hier niet.

Maar men riep mij niet.

Er traden ook minder novicen in. In het jaar voor ik intrad, waren er achttien geweest, in mijn eigen jaar nog acht. Tegelijk traden er steeds meer uit. Toen ons werd meegedeeld dat zelfs onze eigen novicemeester vertrok, gebeurde die mededeling zeer neutraal: 'Iemand heeft ons verlaten.'

Na twee jaar legde ik mijn gelofte af van armoede, zuiverheid en gehoorzaamheid. Ik was geen novice meer, maar een scholastiek. Voortaan zou ik me trainen in filosofie en theologie, welsprekendheid en klassieke talen. Met stijl droeg ik de lange zwarte soutane. Het haar mooi geknipt, opstaand, het voorhoofd en de oren vrij. Ik kon al in de zon kijken als een jezuïet en ook hun zelfbewuste, vorsende blik had ik me eigen gemaakt. Het monkelen, het tonen van de sterke kin, het schrandere, ongemerkt sluiten van de lippen nog niet.

Negentien

Ik vroeg het aan Remi: 'Toen jullie novicemeester uittrad, stortte je wereld dan niet in?'

'Welnee,' zei Remi, 'die man had gewoon zijn plicht gedaan. Hij kon vertrekken.'

'De novicemeester had veel macht over je.'

'Ja, en dan?'

'Accepteerde jij dat zomaar?'

'Hij was erg innemend, ontwapenend. Tegelijk ondervroeg hij me, waardoor ik hem spontaan alles vertelde. Ik hoefde geen bevelen van hem te ontvangen of uit te voeren; alles gebeurde vanzelf. Soms kom je in je leven mensen tegen wiens blik zich aan je vasthaakt, en daardoor blijven ze je altijd bij.'

Een daimon noemde hij hem, en het zou pas later voor me duidelijk worden wat hij daarmee precies bedoelde. Hij zei: 'Een daimon is iemand die je leven ingrijpend stuurt.'

'Sturen?'

'Ja, zelfs letterlijk. Ze zenden je naar een plek en daar gebeurt het dan.'

Remi zou daar later nog op terugkomen.

Dankzij zijn introductie ontmoette ik verschillende paters die de jonge Remi persoonlijk hadden gekend in deze periode van zijn leven. Ik vond hen in de kloosters van Drongen en Heverlee en in verspreide rusthuizen. Een keer dwaalde ik heimelijk rond door de hoge witte gangen van de abdij van Drongen. Ik luisterde er naar de stilte, bekeek er alle kamerplanten en de kleurloze, zestiende-eeuwse schilderijen.

Dood van Franciscus Xaverius, op het eiland Chang-Chuen-San.

Drie mirakelen van Jozef Anchieta.
Verschijning van de H. Drievuldigheid aan Ignatius.

Al deze paters waren oud, groot en mager. Sommigen van hen droegen excentrieke vliegeniersbrillen; hun kleren kwamen uit geheime fifties-winkels. En, ook opvallend, zij waren minzaam, nooit overdreven vroom. Nergens zag ik gipsen heiligenbeelden bij hen staan.

Allen hadden ze dat hele traject doorlopen: twee jaar noviciaat, drie jaar filosofieopleiding in het scholasticaat, het grootseminarie, twee jaar juvenaat met de opleiding in de klassieke talen. Dan de regentie, twee jaar leraar of surveillant in een college. Vervolgens vier of vijf jaar theologiestudie, om te besluiten met het tertiaat.

Ze vertelden mij hun hele leven. Na het gesprek dankten ze mij, waarna ik hen op mijn beurt dankte. '*Kabu kwaandi*,' zei een van hen, vanachter zijn donkere brillenglazen. Dat was Congolees voor: 'Dit is een geschenk.'

Hij bedoelde: Op een dag geef je mij een geschenk terug, en hij liep mij voor door de donkere gang, waarvan hij uit zuinigheid het licht niet aanstak.

Remi bekende dat als hij sommigen van hen terugzag weer tot hen behoorde. 'Ik ben nog altijd in hun hart, dat blijft.'

Ikzelf vond hen sterk, gedreven, onverstoorbaar zelfs. Het feit dat zij niets persoonlijks bezaten had hun een enorme vrijheid gegeven. Op ieder moment van hun leven waren ze klaar voor elke reis, ook voor de laatste. Soms noemt men hen elitair, maar ik vond hen nooit hooghartig. Ze controleerden, dat wel, en in de eerste plaats zichzelf. Niemand van hen zei één kwaad of cynisch woord, ze verspreidden geen roddels, maar deelden ook geen geheimen. Hooguit zeiden ze: 'Die heeft een andere mening', of ze vermeldden uitgebreid de verzachtende omstandigheden. Confraters noemden zij formidabel, magnifiek, genereus. Of als ze niet meteen iets wisten te zeggen: een buitengewoon mens.

20

In Heverlee lag, naast een keurig witte villawijk, het moderne klooster. Na Drongen werd het mijn nieuwe verblijfplaats. Het klooster was op de groei gebouwd, maar door de toenemende uittredingen was het absurd groot geworden. Ik zat samen met twee andere scholastieken in de hoge lege refterzaal, toen drie theologen uit de provincie Afrique Centrale binnenstapten. Hun entree was een plechtig schrijden, een nederdalen van drie kleine reuzen. Ze dansten haast, in hun verblindend witte toga's. Een van hen was Lecompte, bekend om zijn progressieve spreekbeurten over Afrika. Hij was een lange, forse man, en droeg een getrimde baard, een vlotte goudkleurige bril. Zijn huid was getaand. Na het tafelgebed kwam hij hulpvaardig aan mij vragen: 'Zal ik een eitje voor je bakken?'

Overal in die jaren stonden de deuren van kerken en kloosters wijd open. Velen twijfelden aan hun roeping en vluchtten, maar de mannen van Afrika bleven. Zij waren meer overtuigd. Na het eten kwam Lecompte bij me zitten en stak een sigaret op.

'Wij zijn de specialisten van Kwango.' Lecompte lachte luid en aanstekelijk.

Kwango? Ik vroeg waar dat lag.

Hij tekende in de lucht een denkbeeldige kaart van Congo. 'Kwango is de streek schuin onder Kinshasa. Destijds kozen de Scheutisten Boma en de twee Kasais. De Witte Paters kregen het oosten, wij namen de hoofdstad, Bas-Congo en Kwango.'

Het was voor het eerst dat ik al die streken van Congo hoorde noemen.

Lecompte vervolgde: 'Wij dringen binnen in het hart van een beschaving. Wie het hart van een beschaving doorgrondt kan er een draai aan geven.' Met zijn rechterhand gaf hij een forse slag tegen een onzichtbaar wiel. Hij stak een nieuwe sigaret op.

Lecompte was innemend, vinnig en hij vertelde hoe hij zijn oud-leerlingen van Congo bleef volgen, op hun vlucht vooruit, als waren ze zijn bloedeigen kinderen. Hij wilde weten hoe zij uitzwermden, hoe zij erin slaagden in verschillende werelden tegelijk te leven. Als leraar had hij duizenden jongens en meisjes leren nadenken en redeneren. Mensen door depressies geholpen, uit de tang van de duivel gehaald. Stiller voegde hij eraan toe: 'Omdat ik zelf een neiging tot depressie heb.'

Ik was meteen onder de indruk van deze Afrika-mannen, meer dan van de theologische studie. Over dat laatste twijfelde ik soms en dat voelde onbehaaglijk. Bidden lukte me niet, zo had ik vastgesteld, terwijl het anderen troost of zekerheid verschafte.

Ik studeerde filosofie, las gulzig alles wat ik onderweg kon vinden, van de achttiendelige *Sesam Wereldgeschiedenis* tot *Negersprookjes* van pater Ivo Struyf. Ik zag de rusteloze films van Bergman en Buñuel. Bij Freud vond ik deze gedachte: je haat diegene van wie je houdt en je houdt van wie je haat. Mijn verzorgde handschrift werd priegelig en onleesbaar voor anderen. Ik werd blijkbaar wie ik altijd al was: zoekend, introspectief, fijnbesnaard volgens sommigen.

Misschien daarom vroeg Lecompte mij of ik een pakje wilde bezorgen ergens in het Brusselse. Het was in een van de chicste randgemeenten van de hoofdstad. De huizen leken er op galjoenen, oceaanstomers, pakketboten.

Een oude man in een vuurrode, getailleerde debardeur haalde neuriënd zijn post uit de brievenbus. De man heette Maurice en hem moest ik hebben. Hij had kleine, spiedende oogjes. Zijn gezicht was breed en vol. Maurice keek de briefwisseling in en keerde terug naar de voordeur. Hij zette moeizaam kleine stapjes, in een vreemde, te losse broek; ik volgde hem naar binnen.

Zijn huis was iets tussen een woonhuis, een opslagplaats en een museum in. Beneden waren kale, lege vergaderruimtes en een binnenzwembad. Boven was een bureau met grote leren chesterfields rond een open haard. Tussen de traphal en de door hem bewoonde verdiepingen waren grote ijzeren tralies aangebracht. Ook de buitenramen waren betralied. Overal in het huis: Afrikaanse objecten. Ik herkende de penetrante geur van leer. In het midden van de woonkamer stond een groot Congolees beeld dat Maurice aan mij voorstelde als tante Germaine.

Hij sprak in lange, ingewikkelde zinnen. Ik verstond niet altijd zijn literaire, naar alle kanten uitwaaierende Frans.

'Telkens wanneer een nieuwe chef werd aangesteld in het dorp werd het oude beeld feestelijk vernietigd. Maar de twee

vorige keren was de bliksem ingeslagen tijdens de plechtige verbranding, en dat had de dorpsbewoners afgeschrikt. In ruil voor wat sigaretten had Maurice het oude beeld verworven.'

'Verworven?'

'Ja, gekregen.'

Nieuwsgierig betastte ik het houten hoofd van tante Germaine. Maurice greep direct naar mijn bovenarm. '*Ne touchez pas*,' beval hij.

Tussen de Afrikaanse museumobjecten stonden ook antieke erfstukken, afkomstig van Maurice' familie. Zijn vader was een befaamde handelsrechter in Brussel geweest; zijn moeder kwam uit een vermogende brouwersfamilie. Met hen had Maurice zijn leven lang afschuwelijke ruzie gemaakt. 'Ik was een rebel,' vertelde hij enthousiast, 'een beeldenstormer. Daarom verzamel ik hier nu wapens, fetisjen, maskers.'

Wij gingen zitten in de chesterfields.

Ik overhandigde hem het pakketje dat ik voor hem had meegenomen. Hij knoopte het direct open. Er zat een boek in, *Les sociétés secrètes chez les Bayaka*, van de jezuïet Michel Plancquaert. De titel intrigeerde me, maar het leek me indiscreet hem te vragen of ik het zelf mocht inkijken. Slechts even bekeek Maurice het, hij legde het snel en ongeïnteresseerd opzij.

In de oorlog, zo begon hij, had hij als kind vreemde dingen gezien. In de Brusselse straten werden Joden verplicht om en public hun geslachtsdeel te tonen. Wanneer bleek dat zij besneden waren, werden ze uitgelachen. Maurice had de vernederende scènes zelf aanschouwd. Afwezig keek hij door de tralies naar buiten, dan wierp hij een blik op mij. Hij woonde alleen, had geen vrouw of kinderen. Hij vroeg of ik snel iets wilde meeeten, dan zou hij me tegelijk zijn collectie tonen.

Ik zei ja.

Maurice had de grote politicus Lumumba nog gekend in Congo. In 1958 had hij de padvinderij in Kinshasa gelanceerd. Wat aarzelend, zacht tikkend op mijn onderarm: 'Als jongeman begreep ik dat ik elders volwassen moest worden. Het is Congo geworden.'

Was dat omdat er ginder minder vervelende toeschouwers rondliepen? Ik schoof wat achteruit.

Vandaag woonde Maurice hier in zijn villa, aan de rand van Brussel, te midden van zijn buitenissige etnische collectie. De man was oud en puissant rijk, maar tegelijk viel mij op dat zijn keuken klein, zelfs armoedig was. Zijn slaapkamer was een eenpersoonsmatras op de vloer in zijn kantoor, tussen de boekenkasten met daarbovenop dertig of meer grote, zeldzame maskers. Hij bezat een uitgebreide collectie zwepen en handboeien, waarop hij erg trots was. Hij toonde me de originele *chicotte*, de zweep van nijlpaardenhuid waarmee in het koloniale Congo de inboorlingen werden afgeranseld. Hij toonde ook een boek van Plancquaert over initiatieriten, *Les sociétés secrètes chez les Bayaka* van 1930.

'Maar dat boek heb ik toch net voor u meegebracht?'

'Ik had behoefte aan twee exemplaren,' zei Maurice kort. Daarna toonde hij een pas verschenen boek, *Basuku et Bayaka du Kwango*, van 1965, van de jezuïet Lamal. *De geheime sekte der Bakhimba's*, 1911, van Leo Bittremieux. *Pactes de sang et pactes d'union*, 1960, van Léon de Sousberghe.

'Die laatste was gefascineerd door peniskokers,' zei Maurice en hij smakte daarbij onsmakelijk met zijn tong.

Van Hans Himmelheber bezat hij *Negerkunst und Negerkünstler*, uit 1935. Er zat een originele foto in waarop Yaka-jongetjes enorme houten pikken vasthielden voor hun jonge lichamen.

'Is dat niet precies het volwassen worden?' vroeg Maurice. 'Een jongen ziet dingen die hij beter niet kan zien. Situaties die afschuw wekken, die hij aan zijn ouders niet kan vertellen. Juist daarover gaat mijn verzameling: de schaamte, de jeuk. Of hoe moet ik die zaken anders benoemen?'

Terwijl Maurice een voor een de verschillende Afrikaanse

objecten met dunne witte handschoenen tevoorschijn haalde en toonde, praatte hij over rellen en moorden in Congo. De *dipenda*, de strijd om Congo's onafhankelijkheid en zijn persoonlijke carrière bleken eenzelfde, intens vervlochten avontuur. Zijn hele biografie was getekend door afrekening, miskenning en frustratie. Hij toonde een gruwelijke foto van een verbrande helikopterpiloot. Gedetailleerd vertelde hij over de moord op André Ryckmans. Hoe die verslonden werd door krokodillen.

Ondertussen zat hij te speuren naar mijn reacties. Ik voelde me erg ongemakkelijk. Ik schoof opnieuw achteruit. Maurice' verhalen hadden op mij een verlammende uitwerking.

In Kwango had hij gevraagd om geïnitieerd te worden. Eerst vroeg hij de toestemming aan een lokale chef, Kha Ngwesi Masiala. Hij kreeg die, tegen forse betaling.

'Ik zal je wat foto's tonen,' zei hij, 'al mag dat eigenlijk niet.'

Onder een tafeltje met cassettes vol munten stootte hij opzettelijk tegen een houten koffer. Het was een kist vol houten penissen, die hij ooit gekocht had in een West-Afrikaans familiehotel. 'Dat was slechts om mijn zussen te plagen,' grijnsde hij. Hij vroeg me enkele roodleren fotoalbums uit de kast te pakken.

'Kom nu naast mij staan,' commandeerde hij.

Op de foto's herkende ik Maurice als een montere, bleke jongeman met floppyhoed en korte broek, tussen de zwarte jongens. 'Altijd voelde ik solidariteit met de verdrukten, *avec ces braves noirs*. In die tijd leefden de blanke Belgen apart. Zij gingen uit, dansten in witte Britse smokings, maar ik woonde liever tussen hen in de Cité. Ik had een zwarte assistent, Nicolas, die mij altijd vergezelde.'

Achter hem op de foto zag ik twee of drie boekenplanken met daarop uitsluitend lectuur over seksualiteit. Alles van Freud. De zwarte *Decamerone* van Frobenius, Malinowski's *Sex and repression in savage society*, De Sade, verschillende fotoboeken van Leni Riefenstahl.

'Ik ben een man van de savanne,' verklaarde Maurice.

Hij schikte nu grote zwart-witfoto's van de brousse op zijn bureau.

Indrukwekkende grijze vlaktes. De aarde versmolt er met de witte lucht, ter hoogte van de einder, als een vervagende, zwevende leegte. Eenvoudige zandwegen die daarin verdampten. Er waren luchtfoto's bij die hijzelf had gemaakt vanuit zijn privévliegtuigje. Soms stond de vliegtuigvleugel er onhandig ook op.

In Kwango had Maurice destijds een semi-industrieel veebedrijf opgezet. Hij voerde vee in en bouwde een gesloten kraal van 140 hectares, in de buurt van Ganga. Uiteindelijk hield hij vijfduizend koeien op zijn boerderij.

'Tegenwoordig is alles weg,' zei Maurice. 'Niets is ervan overgebleven.'

'Wat is er gebeurd?'

'Men bezorgde mij anonieme brieven. Over mij werd verteld dat ik geldbiljetten opat. De overheid bedreigde me, ik werd afgeperst door mijn compagnon. Ik moest onmiddellijk weg, of zou vermoord worden.'

Hij schonk zichzelf wat whisky in. Mij gaf hij Fanta. We aten samen: een Unoxsoepje, hamburgers met macaroni, kersen als dessert. Omdat ik de macaroni in stukjes had gebroken beweerde Maurice dat we samen hadden gekookt. Hij wees achter ons, boven op de vitrine- en boekenkasten, de authentieke Yakamaskers aan. Vijfenveertig stuks; niemand wist dat hij ze bezat, pochte hij. Alleen in het Afrikamuseum van Tervuren hadden ze er meer.

Deze Yaka-maskers toonden beschilderde gezichten. Rond de maskers zaten raffiavezels als uitbundige stralenkransen. Erbovenop waren telkens kleinere figuurtjes gemonteerd: buffels, honden, barende vrouwen, copulerende mannen.

'Normaal werden deze maskers na de initiatie verbrand,' zei Maurice, maar hij had ze in het geheim meegesmokkeld. Hij waarschuwde me, opnieuw met zijn hand op mijn pols: 'Jij mag ze niet aanraken. Ze zijn niet behandeld, alleen bespoten met haarlak', en hij maakte daarbij een obsceen gebaar.

Op de foto's in de roodleren albums zag ik vooral kinderen. Sommige jongens waren tien jaar oud. 'Door het koloniale schoolsysteem vervroegde de initiatie bij de Yaka,' haastte hij zich. 'Ik onderging de rite in het regenseizoen. Het was erg koud.'

Wij bekeken samen de foto's: degenen die de initiatie zouden ondergaan trokken naar een geheime plek in het bos. Ze vormden een ketting van twaalf ernstig kijkende jongens achter elkaar. Voorop een man met een tamboer om het ritme aan te geven. Elke jongen had een klein zweepje in zijn hand. Maurice reikte een loep aan: nu pas zag ik de tengere, bleke jongeman achteraan. Het was Maurice. Zoveel jonger. Zonder zijn dikke buik. Hij droeg alleen een raffia rokje; zijn gezicht was zwartgemaakt.

'Hebben ze jou ook besneden, Maurice?' vroeg ik lachend.

Heftig schudde hij het hoofd. 'In sommige Brusselse families worden jongetjes bij de geboorte al besneden. Anders hadden ze mij zeker ook onder handen genomen.'

Wat een eigenaardige man, dacht ik.

'Kijk mee verder,' zei hij. 'Hier loopt onze groep naar de Zembirivier. Plotseling riepen de bewakers: "De overledenen zijn daar." We gingen op onze knieën zitten en voelden hoe de doden van achteren aarde op ons gooiden. Hun klauwen trokken sporen op onze rug en billen. Daarna wasten we ons in de rivier. Maar vertel dit aan niemand, Remi, noem in geen geval de plaats of de tijd en zeker geen namen.'

'Dit is allemaal al lang geleden, toch?'

'Speelt geen rol,' zei hij.

Ik keek door het getraliede raam naar buiten. Ik vroeg wie deze foto's had gemaakt.

'Er was een leraar die een beetje gek was. Ik gaf hem mijn toestel, ze lieten hem z'n gang gaan.'

Ik zag op de foto's hoe de jongens eerst naar de *makhulu* gingen, gevorkte houtblokken op de graven van de voorouders. Vrouwen overhandigden fetisjen aan de kinderen. Men schoor hun hoofd, men spuwde op hun schouders, hun hoofd en navel om kracht te geven. Daarna volgde de besnijdenis met een scheermesje.

Ik kreeg nu veel foto's te zien, die Maurice een voor een voorzag van commentaar. Close-up van de piemels. Het mesje viel op de grond in het mulle zand; het werd ontsmet met geparfumeerd talkpoeder. De jongens verbeten de pijn. Twee trommelaars stonden op het dak van de initiatiehut en maakten een hels kabaal. Wekenlang leefden deze jongens in het initiatiekamp, in afzondering. Ze leerden over de jacht, het omgaan met vrouwen, het weven. Ze rookten hennep, kregen met een gloeiendheet ijzer een brandmerk op hun vel. 's Nachts trokken ze naar het dorp om hun moeder te beledigen. Ze liepen tussen de hutten en riepen haar toe: 'Je hebt een put die stinkt', en copuleerden in een gat in de grond.

In het boek van Plancquaert toonde Maurice een foto van de littekens op de rug van de jongens, en wees toen een klein litteken aan op zijn eigen arm. Hij legde mijn hand op het litteken. Rap trok ik mijn hand terug.

Op de laatste pagina's van het album volgden foto's van het publieke feest nadien. De geïnitieerden waren de helden van het dorp. Ze droegen de maskers, die hier op zijn boekenkasten stonden uitgestald. Er was een oorverdovend lawaai, vertelde Maurice. Iedereen lachte en droeg kippenveren in het haar. Er waren mannen met fluitjes, zonnebrillen en paraplu's, en Maurice danste met de chef. Ze noemden hem lachend *le Flamand*, ook al sprak hij geen gebenedijd woord Nederlands.

'Op slag was ik een man geworden', en hij bedoelde dat niet eens ironisch.

'Waarom worden jongens eigenlijk besneden?' vroeg ik.

'Omdat anders hun eigen kinderen later het hoofd niet rechtop kunnen houden. Hun hals is te slap.'

'Zeggen zij dat zo?'

'Ja, zo verklaren ze dat.'

'En jij?' vroeg ik. 'Jij bent toch geen Yaka? Waarom deed jij dan daaraan mee?'

'Door het ritueel was ik eindelijk geen *mundele*,' verklaarde Maurice. 'Ineens was ik geen blanke meer; dat was wat ik wilde. Ik vroeg hen zelf waarom ze deze traditie hadden. Ze verklaarden dat ze dat altijd al zo gedaan hadden.'

'Maar waarom deed jij het dan?'

'Ik wilde een van hen worden.' Dromerig keek hij me aan.

Uit de koelkast haalde hij een salamiworst en sneed er schijfjes van. Hij bood ze aan, maar at ze zelf allemaal op. Ik wilde daar zo snel mogelijk weg. In de betraliede entreehal namen we afscheid. Toen Maurice even niet keek, raakte ik snel een masker aan. Ik kreeg blauw pigment aan mijn vingers, dat ik afveegde aan de onderkant van de tafel.

Twintig

In mijn gesprekken met vijftien oude paters bleek al snel dat zij allemaal extreme oorlogssituaties hadden meegemaakt. Rebellen, gedrogeerde soldaten en aanhangers van opstandeling Mulele, vaak in conflicten op leven en dood. Na al die jaren vertelden ze dit, heel nuchter, zoals men een film kort samenvat. Als iets avontuurlijks in hun leven, dat wel, maar ze relativeerden het. 'We hielden ons sterk.' Hun illustere voorgangers stierven nog massaal aan de slaapziekte, legden honderden kilometers te voet af of per *tipoj*, en doorstonden steeds zwaardere malariacrisissen. Of ze stierven gewoon onmiddellijk na hun aankomst.

Maar deze paters zeiden: 'Wij zijn niet verloren gegaan.'

De meesten van hen hadden verbleven in Popokabaka, de hoofdstad van Kwango, de stad met de vrolijke Kuifjesachtige naam. De stad intrigeerde me.

De paters spraken ook over curieuze gebruiken, heftige dansen, over slaven die er nog waren in hun tijd, fetisjen.

Van de overleden paters die in Popo hadden gewerkt, raadpleegde ik de dossiers in het Kadoc-archief in Leuven. Elke pater had een uitgebreid, goed geschreven *In Memoriam* gekregen, uiterst persoonlijk en gedetailleerd. Zo las ik over Lecompte, die het blijkbaar in Congo tot rector zou brengen en er gewelddadig aan zijn einde kwam. In Kadoc vond ik ook een niet opengesneden exemplaar van Plancquaerts *Les sociétés secrètes chez les Bayaka*. Het was het boek dat de jonge Remi bezorgde aan Maurice. De archivaris stond mij toe het voorzichtig open te snijden met een scherp mes. Dat mes: alsof ik nu zelf, pagina na pagina, het initiatieproces voltrok in het zich verder ontwikkelende leven van Remi. Tegelijk werd voor mij steeds duidelijker hoe Remi zelf vooruitvluchtte en dat Congo hem riep.

21

Na mijn bezoek aan Maurice kwam ik verward terug in Heverlee. In zijn grijzige foto's van de savanne had ik een nooit eerder geziene eindeloosheid bewonderd. In de maskers het tegendeel ervan. Ik had me ongemakkelijk gevoeld bij die expliciete maskers en zijn besnijdenisverhaal. De afschuw die ik bij mezelf waarnam had me tegelijk gefascineerd en wrevelig gemaakt. Toen ik dat vertelde aan Lecompte, zei deze: 'Pas op voor mensen met geheimen.'

Ik schrok daarvan. Alsof ik pas toen besefte dat die man op de een of andere manier gevaarlijk was.

Lecompte haalde zijn schouders op. Zijn handen rustten, met lichte vingertoppen, op een Afrikakaart, opengevouwen op zijn bureau. Ik vroeg me af, zonder dat te zeggen, of ik ook naar Afrika kon gaan.

Ja, eigenlijk kon ik best ook naar Afrika gaan.

'Je voelde je een voyeur,' zei Lecompte, 'omdat die man zelf een voyeur is. Sommige mannen willen hun leven ongebonden vormgeven en dalen af in het gevaar. Een individu zonder schaamte is een triest persoon.'

In het vak filosofie hadden wij, scholastieken, het over mensen die je ontmoet en die je beïnvloeden, ten goede of ten kwade. We analyseerden Plato's *Symposion*, met daarin een opmerkelijke passage over de daimon. Daimonen waren in de antieke wereld wijze, doorgaans onzichtbare halfgoden die inspireren en beschermen. Zij bemiddelen tussen de echte goden en de mensen. Ze vertalen de goddelijke instructies en, omgekeerd, brengen de smeekbeden van de stervelingen naar boven. Daimonen zijn niet te verwarren met demonen.

Vanhove, onze filosofieprofessor, gooide in de les daarbij de volgende vraag op. Het was een losse, filosofische overweging, een vrijblijvende vraag. 'Als de goden, of meer algemeen God, niet zou of zouden bestaan, dan zouden logischerwijze ook deze halfgoden niet bestaan. In dat geval, wie zouden deze daimonen dan zijn?'

Zeer nadrukkelijk, bijna smekend, herhaalde Vanhove zijn vraag: 'Wie zouden daimonen dan zijn?'

Het was alsof hijzelf ook naar het antwoord zocht. Eén voor één nam hij de aanwezigen in het leslokaal op.

'Wie zijn in dat geval de daimonen?' vroeg hij weer en liet een retorische stilte vallen. Na enige tijd antwoordde hij zelf. 'Het gaat hier over bemiddelaars. Mensen die heen en weer reizen, tussen het aanwezige hier en het niets dat zich ginder bevindt.'

Weer een stilte.

'Want we veronderstellen nu even dat de goden of God niet bestaan. Niettemin reizen deze daimonen, want zij brengen boodschappen over. Opnieuw, wie zijn deze daimonen in dat geval?'

De andere studenten leken landerig, sloom zelfs, dit filosofische discours te volgen. Allen wachtten op het afwerken van de redenering. Ikzelf worstelde heftig met de vraag. Wat eerst leek op een luchtige, onbezwaarde gedachte, deed me belanden in een onbekende tussenwereld.

Kan men mensen ontmoeten die bijzondere boodschappen doorgeven?

Ging dit misschien over het genezen van mensen?

Het bleef pijnlijk stil in het leslokaal. Om de gedachteoefening vooruit te helpen, zei Vanhove dat er een onbekende metafysica bestaat van het niets, van het altijd donkere en dubbele, van het verlangen. Toen zweeg hij weer.

'Welke metafysica is dat dan?' vroeg ik.

'Weet ik niet,' antwoordde Vanhove direct. 'Die metafysica is onbekend. Maar we zien of voelen wel de beweging heen en weer. We weten niet waarheen ze gaat, of vanwaar ze komt. Er is een rusteloze migratie in onze gedachten en dagdromen, een nerveuze zoektocht in ons verlangen.'

Vanhove keek mij recht in de ogen. Hij zei: 'We weten best dat anderen al vertrokken zijn, maar het zijn wij die hier achterblijven. Wij blijven wachten op het antwoord. Soms keert iemand terug en brengt iets bevreemdends mee. Maar wat?' Hij zweeg lange tijd. 'Het is niet te begrijpen,' ging hij verder, 'men moet ook daarheen gaan om het te verstaan.' Opnieuw liet hij een koude stilte vallen.

'Wie zijn dan de daimonen?' vroeg hij onverstoorbaar, met klem. Hij verduidelijkte, niet eens als toegeving: 'Nee, daimonen zijn geen demonen; die kennen we ook wel natuurlijk. Ieder de zijne.'

De vraag bleef onbeantwoord. De les was ten einde.

Er waren verschillende paters in Heverlee met wie ik een goede band kreeg, maar vooral Vanhove sprak me aan. Wat deze man doceerde was vaag, vol schroom en haperingen, maar gedurfd. Er waren ook andere docenten, zo krachtig en intelligent met een onzeker betoog als van deze Vanhove dat ze ten onder gingen aan migraine en neurasthenie. Dat laatste leek een noodzakelijk offer. Ik wilde zelf net zo risicovol leven, denken, spreken. Vooral als de immer opgewekte Vanhove, gladgeschoren en welriekend, met zijn lachende, immer nieuwsgierige blik. Misschien was hij zelf wel zo'n daimon, zo'n bijzondere boodschapper?

Ik ging graag bij hem op bezoek in zijn kamer vol boeken.

'Ach, ik word gegrepen door mensen,' zei Vanhove vanachter zijn brede bureau. 'Als ik hun verhalen hoor stap ik daarin binnen als in een huis. Ik zoek de samenhang, de stuwing. Onlangs, met Halfvasten, sprak een vrouw me over het kind dat ze achttien jaar geleden had weggemaakt, onder druk van haar man. Ik kon niet eenvoudig zeggen dat ik haar vergaf. Ze moest zelf haar weg zien te vinden.'

Vanhove vertelde dit onbewogen. Ondertussen observeerde hij me, tot ik me ongemakkelijk voelde.

'Welke weg?' vroeg ik.

'De weg terug, tussen haar en dat kind.'

Vanhove verlegde enkele blaadjes papier op zijn bureau. Met vaardige bewegingen vulde hij zijn pen met inkt.

'Kunt u die mensen dan genezen?' vroeg ik.

Vanhove lachte breed. 'Ik kan geen mensen genezen, maar ik breng hen wel in beweging. Ik heb dat ginder geleerd.'

'Ginder?'

'In Congo,' zei Vanhove. Hij had daar lang gewerkt, maar de Afrikanen hadden zijn eisende stijl niet verdragen, gaf hij toe. Hij was te sober, te onthecht geweest. Hij vond dat ze moesten bidden op Oudejaar, terwijl zij dan liever bier drinken en dansen. Vanhove beet op zijn onderlip. Van het ene moment op het andere boog hij zich over een dossier op zijn bureau en begon geconcentreerd te schrijven. Stilletjes verdween ik.

De dag erna zei Vanhove: 'Jij sprak me gisteren aan over Congo. Kom mee.'

Vanhove nam me mee naar een donkere kamer op de kloosterzolder. Het was het kleine *Musée du Kwango des Pères Jésuites*. In feite slechts een opslagplaatsje van etnografische objecten, afkomstig van de missionarissen Renard, Lamal, De Beir, Van Roy, Van Gool en Plancquaert. Die laatste naam herkende ik van het initiatieritenboek.

In de ruimte stonden grote dozen en donkergroene metalen reiskisten vol Afrikaanse vliegenmeppers, kammen, hoofddeksels, kopsteunen, pijpen, maar vooral ook maskers en beeldjes. Er lagen enkele schriftjes bij, met summiere notities van de betrokken verzamelaars en twee boeken uit de jaren twintig: *L'art nègre*, uit 1927, van Georges Hardy, en *La sculpture nègre primitive*, 1929, van Guillaume en Monro.

Uit een groot wandmeubel trok Vanhove twee brede schuiven tevoorschijn. Het waren diepe houten bakken, geheel gevuld met beelden en beeldjes. Aan sommige objecten hing een papiertje met namen als Mbwuul, Halang, Mayaang, Nkonzo. Soms stond de vindplaats van het object erop genoteerd, zoals: ‘Verzameld in Mukalal, Katota.’

Ik sprak de namen hardop uit, om te proeven van de exotische klanken. Vanhove corrigeerde mijn uitspraak, legde tegelijk het belang van tonen uit in Afrikaanse talen.

‘Iemand zou hier ’s orde in moeten brengen,’ zei Vanhove. ‘Bij de kunstkenners zijn de Yaka vooral bekend om hun grote, opzichtige maskers met erotische taferelen erop. Maar in onze collectie zitten vooral de kleinere beelden.’

De beeldjes waren hooguit dertig centimeter lang, met bolle oogjes en opwippende neuzen. Op het hoofd zat een vogel, een aap of een kunstige wirwar van slangen. Al deze beeldjes leken sterk op elkaar, maar geen twee waren er identiek.

'Iemand zou de verzameling moeten sorteren,' vervolgde Vanhove. 'Misschien kan jij hierover de literatuur raadplegen en dan een inventaris opmaken. Wat dacht je, Remi?'

Ik moest onmiddellijk denken aan het verhaal van nonkel Marcel over Pius, over de houten beeldjes die hij destijds in onze werkplaats had vervaardigd.

Ik nam de opdracht aan, natuurlijk.

De gezichtjes van deze beelden hadden grote, brede oren als handvatten: rechthoekig, afstaand. Ze hadden opvallende kapsels als een haarwrong, een Europese hoed en soms zat er een arend of een ander dier op. Ze hadden armpjes die zichzelf vastpakten en geknikte knieën, opgezwollen buiken met duidelijke navel en een grote kont.

In 1945 had een zekere René Gaffé deze Yaka-beeldjes voor het eerst in de westerse geschiedenis beschreven. In *La sculpture au Congo belge* noemde hij ze 'eerder lelijk'. Hij sprak van 'hoekige, gebroken karikaturen' en 'groteske overdrijvingen'. Dat kwam omdat ze zulke verwrongen, gebroken gezichten hadden, en ook '*ce curieux nez qui défie le ciel, les lois de l'équilibre et celles, plus simples, de la beauté*'. Olbrechts had het over hun opvallende, overdreven wipneus en de bolle, uitspringende oogleden. In de ogen zat telkens dat typische spleetje. Professor Maesen noemde de ogen sferisch, Wingert sprak van ogen als kaurischelpjes.

In deze sculpturen vond ik steeds hetzelfde schema terug, dezelfde verhoudingen tussen hoofd, romp en benen. Wat dat betekende?

'Misschien brengt deze herhaling op zich al evenwicht aan,' zei Vanhove. 'Het ritme toont het leven in vastliggende verhoudingen. Tegelijkertijd zijn ze verschillend en het is dat wat ieder mens tot een individu maakt.'

(Deze uitleg vertelde meer over Vanhove dan over de beeldjes.)

'Sommige beeldjes zijn bijgewerkt,' zei hij licht spottend. 'Heb je dat al gemerkt?'

Ik vermoedde het al. 'Door wie?' vroeg ik.

'Door ons, zullen we maar zeggen. Soms is inderdaad een úitstekend lichaamsdeel verwijderd.'

Gedurende drie weken hield ik me bezig met deze inventaris. Toen ik bijna klaar was met mijn taak, hoorde ik een luid gestommel op de gang. Een omvangrijk gezelschap klom de trappen op. Voorafgegaan door de rector van ons klooster verscheen er een zwarte man. Hij was de eerste Afrikaan die ik in mijn leven ontmoette. Gebiologeerd keek ik naar zijn zwartbruine handen, niet ontsierd door plooien, haartjes, wondjes. De man droeg een modieus olijfgroen pak, misschien wat wijd, maar met perfecte snit.

Terwijl ik aan mijn lage tafeltje zat in een knullige houding, met een vingerdik potlood en een meetlat in mijn handen, boog ik onhandig het hoofd voor hem. Ik begreep meteen dat deze bezoeker zeer respectabel was. Hij was niemand minder dan de *Kyaambvu*, koning van de Congolese Yaka. Hij was in België voor een kleine oogoperatie, maar kwam even langs in Heverlee. De trotse rector wilde hem per se het kleine museum tonen.

Vanuit de hoogte keek de Kyaambvu op mij neer. Toen zag de Yaka-koning al die beeldjes, rond mij uitgestald.

In mijn handen had ik een klein slank beeldje. Eleganter van vorm dan alle andere. Het leek op een vogel, een abstracte vrouw, iets sferisch.

'Dat beeldje van Ndzaambi heeft de waarde van een kleine auto,' zei de Yaka-koning nuchter.

'Wie is Ndzaambi?' vroeg ik.

'Ndzaambi Phungu is de Yaka-naam voor God,' antwoordde de Congolese koning.

Daarna inspecteerde hij de andere beeldjes, een voor een. Op zijn gezicht verscheen een frons. Even waren zijn ogen opengesperd, zelfs verschrikt. Zonder spot of ironie zei hij: 'Ik blijf hier niet', hij draaide zich om en vertrok.

's Avonds liep ik langs Vanhoves kamer. Daarbinnen hoorde

ik iemand heftig huilen. Ik bleef staan. Een vrouwenstem, die veranderde in een luide, welhaast mannelijke schreeuw. Een dier opgesloten in een mensenlichaam, roepend vanuit een toegeknepen keel. Een stoel viel kletterend om. Iemand kreeg een mep, of viel op de grond met een harde slag. Ik hoorde hoe Vanhoves stem zich kwaad verhief.

'Keer terug,' riep hij, om dan luid een Onzevader in te zetten. Daarna werd het stil. Verward liep ik naar mijn kamer.

Een halfuur later zag ik Vanhove driftig rondlopen in de kloostertuin, diep in- en uitademend. Ik ging naar buiten. Voorzichtig vroeg ik hem of er problemen waren.

'Wat exact heb jij gehoord?' vroeg Vanhove. Zijn stem was schor, zijn gezicht vertrokken, zijn ogen opengesperd.

'Ik hoorde gegil, gehuil, ook het bidden van het Onzevader.'

'Ik had iemand op bezoek voor een gesprek,' zei Vanhove. Wantrouwig of nerveus knipperde hij met zijn ogen. 'Die mensen worden naar mij toe gestuurd vanuit het bisdom. Soms heeft iemand hun verteld een duiveluitdrijver te zoeken die sterker is dan de machten.'

'Kunt u echt mensen genezen?' vroeg ik.

'Mensen voelen zich slachtoffer van het kwaad. Die machten bedoel ik.'

'Zijn dat dan hersenschimmen? Beeldt men zich dat in? Bestaan ze echt?'

'Wat bedoel je, Remi?'

'Zijn die mensen bezeten?'

'Ik werk niet met wijwater en kaarsen, Remi. Ik loop geen drie keer rond hen als je dat zou bedoelen. Maar ik geef ze nooit de indruk dat bezetenheid zomaar iets is in hun hoofd. Mijn behandeling duurt minstens een uur.'

'Leerde u dat in Congo?'

Vanhove wuifde het weg: 'Ik ben er eigenlijk niet eens voor opgeleid.'

'Kunt u de duivel uitdrijven?'

'Wie zeg je?'

'De duivel, zei ik.'

'Degene die jij daar noemt, heb ik zelf nooit ontmoet. In mijn kamer krijgen mensen plotseling een crisis. Op de mat voor mijn bureau gooien ze zich huilend op de grond. Ze kwijlen, stampen in de lucht. Is dat dan bezetenheid? Is dat de duivel?'

'Hoe kan ik dat weten?' vroeg ik.

'Ik evenmin,' antwoordde Vanhove. 'Maar ik ga mee in hun verhaal; tegelijk laat ik voelen dat het mij niet mee de diepte in sleurt. Ik blijf luisteren, ook al ben ik er hevig door bewogen. Ik blijf rustig. Ik bid en weet dat het wel zal stoppen. Als het verhaal volledig verteld is, dan...'

Vanhove zweeg.

'Hoe weet je dat? Wanneer is het verhaal volledig verteld?'

'Eenvoudig, als de dingen terugkomen. Dan reageer ik. Ik hoor altijd wel iets wat ik kan vastgrijpen. Er zit een haakje aan, iets waarin een levende innerlijke energie schuilt.'

Met duim en wijsvinger greep Vanhove een denkbeeldige haak die tussen ons in hing. 'Zie je het?' vroeg Vanhove.

Ik schudde mijn hoofd. 'Wat had die vrouw dan gezegd? Wat was de haak?'

'Ze zei dat ze haar niet zouden krijgen. Ze zei dat vanuit haar geloof, haar fierheid. Dat was de reddingsboei. Ik wees aan hoe sterk die was. Ik zei: "Als je daarop verder vaart word je gered." Op het eind baden we samen, en ik pakte met mijn twee handen haar hoofd vast.'

'En was ze genezen?'

'Ze kon verder,' zei Vanhove.

Eenentwintig

Het was een tip die ik van Remi had gekregen: de tentoonstelling in het Brusselse Bellevuemuseum, getiteld *Reuzenmaskers uit Congo*. Drie grote kamers, sfeervol belichte diorama's en daarin een menigte *nkhanda*-maskers. Er waren ook reuze-*kakuungu's* van meer dan een meter hoog, met bolle wangen en uitpuilend voorhoofd, diepliggende spleetogen en lange wimpers. Ronduit schrikwekkend waren de scherpgetekende monden en jazeker, ook hier die blinde spleetogen, sinistere, pijnlijk zieke ogen die mij kwaad aanstaarden. Daaronder volle, gezonde wangen. Met haren overwoekerde smoelen. Er was ook het opgeblazen hoofd als een met bloed volgezogen teek, het hondenmasker *mbwa*. Sommige nkhanda-maskers deden me denken aan gasmaskers, door de wijd open ogen erin die me aankeken.

Tijdens de nkhanda-initiatie is elke persoon als struikgewas waarin plotsklaps iemand anders verschijnt, ineens volwassen geworden, als lid van de maatschappij.

De jongeman die de tentoonstelling toelichtte was de curator zelf. Op lichtbruine mocassins kwam hij vlotjes binnengewandeld, ging zitten achter zijn tafeltje, het hoofd steunend op doorbuigende vingers. Hij wachtte even tot het zaaltje volgelopen was met oudere mannen. Waren dat allemaal verzamelaars? Wetenschappers? De curator begon aan zijn conférence over de Yaka-etnografie.

Hij projecteerde een dia van een of ander etnisch beeldje, met vlak daarnaast de foto van een goedlachse pater, het bruinblonde haar golvend op het voorhoofd. In de jaren dertig had deze priester het beeld verworven. Zijn naam was Paricio. Ik herkende die naam, Remi had over hem verteld. Ik had zijn *In Memoriam* in Kadoc gelezen.

Dit beeldje was een fetisj werkzaam tegen hekserij.

'Verzameld door paters,' zei de curator en hij projecteerde een landkaartje, met daarbij een soortgelijke sculptuur, maar dan uit het oostelijk gebied, 'thans in een collectie in Iowa'. Hij wilde vandaag dieper ingaan op de verschillen tussen de oostelijke, de westelijke en de centrale Yaka-stijl.

Voor mij zaten twee Afrikaanse vrouwen. De jongste droeg een T-shirt met daarop *Black is beautiful.*

Ik vroeg me af hoe een beeld tegen hekserij kon worden 'verzameld' door een jezuïet in de jaren dertig? Kocht hij dat dan? Ruilde hij het voor wijwater?

Over zulke zaken sprak de curator niet. Hij had het uitgebreid over de iconografie, legde uit waarom dit beeld zo krachtig was en hoe de genezer, de *ngaanga*, de krachten daarvan kon benutten en controleren. De oudere man naast me haalde een briefje uit zijn kalfsleren portefeuille en noteerde daarop enkele Congolese woorden: 'ngaanga', 'nkisi', 'ndoki'.

Toen de curator drie kwartier later polste of er vragen waren, reageerde de oudere zwarte vrouw. Ze stond op. Zij stoorde zich eraan, verklaarde ze traag, hoe deze cultuur werd voorgesteld als primitief. De andere Afrikaanse zei zachtjes dat de curator dat niet zo letterlijk had gezegd. De oudere vrouw sloot daarop haar ogen, maar ze bleef staan. Ze nam de nodige tijd voor haar interventie, ze begon opnieuw. Het was door de woorden, de taal, de hele uitleg van de curator, zei ze, en er klonk een trilling door in haar stem, het waren de woorden *sorcellerie* en *nkisi* die haar verwarden en stoorden.

Het was de manier waarop hier gepraat werd, zei ze, dia's getoond van voorwerpen die in musea bestudeerd werden en die veel Afrikanen zelf vandaag als *moche* beschouwden. 'Beseft u dat?' vroeg ze aan de curator. Dat zij, de Congolezen zelf, verwijderd waren van hun cultuur, dat stoorde haar en in haar woorden klonk verontwaardiging, zelfs kwaadheid omdat ze zoveel moeite moest doen om die gevoelens en bedenkingen goed te formuleren.

De curator reageerde eerder onhandig, hij wimpelde de opmerkingen af, ontkende alles vlakaf. De oudere man naast mij fluisterde dat volgens hem dergelijke interventies uit de zaal niet de bedoeling waren.

Nadien vroeg ik aan de twee dames wie zij waren. Of ze allang in België verbleven, of ze lesgaven, of ze misschien ook schreven. Waren ze intellectuelen?

De ene heette Feeza, de andere Myriam. 'Wij zijn huisvrouwen,' zeiden ze bescheiden. Ze waren vooral boos door al die stereotypen over Congo en Mobutu. Dat hadden ze intussen wel gehad. Ik moest Mudimbe lezen, raadden ze me aan, en ook – vreemd genoeg – Placied Tempels, '*c'est lui que l'on nous a enseigné à l'école*'. Pater Tempels had hen *la philosophie bantoue* en *l'art nègre* doen begrijpen. Ze vertelden dat ze pas hier al die geschriften hadden gelezen, dat de kolonisatie vreemd genoeg hun cultuur had verrijkt en tegelijk vervormd.

Ik zei dat ik over genezers en hekserij wilde schrijven, over krokodillen in Popokabaka.

'Wat weet jij daarvan?' vroeg de vrouw die Myriam heette.

'Geloof jij dan in een onzichtbare wereld?' vroeg Feeza.

'Ja, natuurlijk wil ik meegaan in dat verhaal,' zei ik.

Ze zeiden dat deze weelderige tentoonstelling hen stoorde, omdat ze zelf zochten naar iets wat ze kwijt waren geraakt. Alleen dat zwart mooi was, dat wist Feeza zeker, *black is beautiful*. Op haar T-shirt stond dat ook zo geschreven.

's Avonds keek ik op veilingsites naar Yaka-maskers en beeldjes, en werd daarna nog weken achtervolgd door gerichte advertenties op het internet.

Net voordat het Afrikamuseum in Tervuren sloot voor een grondige renovatie, zag ik in hun museumshop een replica van een Yaka-beeldje. Het was van geschilderd hars of epoxy. De typische geknikte knieën, het opstaande neusje: ik herkende het uit een boek van Bourgeois.

Ik kocht het beeldje. Telkens als ik daarna werkte aan mijn onderzoek, plaatste ik het op mijn bureau. Ik bewonderde steeds meer Remi's jonge branie. Zijn keuze om in te treden had niets met gehoorzaamheid te maken, maar met een behoefte aan radicale verandering. Op een bepaald moment hadden Remi en ik het over Plato's *Symposion* en de daimonen. Hierover was Remi categorisch: daimonen bestaan en ze roepen rusteloosheid op, die leidt tot ontdekkingen, een noodzakelijke verwijdering van de oorspronkelijke bron.

In een onbewaakt moment vroeg ik me af of ik zelf naar Congo moest gaan. Ik zei het hem.

'Ik zal je de nodige adressen geven,' antwoordde Remi direct. Hij gaf me het mailadres en het telefoonnummer van jezuïeten in Congo, en ook van de Congolese zuster Espérance. Die was nu net op bezoek in België.

22

Op de feestdag van de Heilige Ignatius werden de nieuwe benoemingen officieel meegedeeld. De dagen daarvoor was het de zogenaamde *status* geweest. De rector riep eenieder een voor een bij zich. Sommigen mochten lesgeven, anderen werden surveillant. Iedereen gehoorzaamde.

Ik had al eerder aan de rector aangegeven dat ik graag weg wilde.

'Ah ja bon,' had hij geantwoord.

Dat ik graag naar Congo wilde, verduidelijkte ik.

'Zoiets is nooit uitgesloten,' had de rector toen ontwijkend gezegd.

Maar ik mocht naar Congo. Al diezelfde middag belde ik mijn moeder op en vertelde het haar. Het bleef stil aan de andere kant.

Ten slotte reageerde ze: 'Niemand vraagt je toch die ellende op te zoeken?'

Ik kon niet meteen iets antwoorden.

'Wie heeft jou zo gestraft?' vroeg mijn moeder ook deze keer.

'Ik heb hier diep over nagedacht,' zei ik. 'Dit is echt mijn keuze.'

De volgende dagen al mocht ik mijn koffertje maken, met daarin slechts een bijbel, brillendoos en een kostuum. Ik kreeg mijn persoonlijk horloge terug dat de *socius* al die tijd voor me had bewaard. Toen ik het opwond voelde ik dat nu pas mijn persoonlijke tijd begon te lopen.

In Brussel ging ik eerst nog langs bij een oudere Congolese zuster. Ik zocht haar op in hun eenvoudige verblijf, in de Frans

Gasthuislaan bij de paarsig verlichte Koekelbergbasiliek. De zuster, een onderwijzeres van achtenzestig, zuchtte onder vergevorderde botkanker. Ze werd verteerd door heimwee naar Congo. Toen ze hoorde van mijn reisplan zei ze onmiddellijk dat ik haar *petit frère* was.

'Ik zal naar Congo terugkeren in jouw plaats,' zei ik haar.

De zuster trok me dicht tegen zich aan. Ze zei dat ze mijn *grande soeur* was, dat ze mij in Congo de *pheembe* zouden geven, en intussen schoof ze traag mijn rechtermouw omhoog. Met een krachtige duim zalfde ze de binnenkant van mijn arm. Op mijn voorhoofd plaatste ze met duim en wijsvinger een kruisje. Ze zei: '*Que Dieu te bénisse.*'

Dat voelde als een gebaar van mijn eigen moeder. Toen ik afscheid nam, ging ze nog bidden in de kapel, een kleine donkere kelder in hun armoedige onderkomen.

Het was september toen mijn ouders mij naar de luchthaven voerden. Ik was net eenentwintig geworden. Ik droeg een potsierlijk witte, onhandig grote soutane. Vader was ontredderd en kon geen woord uitbrengen. Moeder liet haar tranen stromen. Ze vroeg: 'Moet jij nu echt zo gaan, in het wit?'

Een halfuur later zat ik op het Sabenavliegtuig, tussen andere paters en zusters met net zo'n vlekkeloos wit habijt. Verder zaten overal Afrikanen om me heen. Ineens maakte een jonge vrouw haar zwarte schouders en voeten bloot. Een Afrikaanse man droeg een fluorescerend lichtblauw pak, schitterend als petroleum in de zon. Ik moest me bedwingen om niet naar hen te staren. Al die donkere, glimmende, onleesbare gezichten. Een vervelende kerel achter me gaf commentaar op de pagnes van Congolese vrouwen. Hij had het over het verschil tussen *wax hollandais*, *wax anglais* en de *superwax*, 'maar de *hollandais* is de beste'. Er was ook een zestiger in een beige kostuum, door iedereen 'papa' genoemd. Congolese vrouwen kwamen hem even hun kindje toevertrouwen. Was hij een dominee? Een oud-diplomaat? Of was hij gewoon een der laatste kolonialen?

Tweeëntwintig

In het Waalse dorpje Limal had ik afgesproken, vlak bij de kerk op de Place Albert 1er. Espérance, die Remi me had aangeraden, wachtte me op in een volks café. Ze was bezorgd, vermoeid, bezwaard door al haar verplichtingen. Als jonge Congolese zuster-verpleegster beheerde ze in Popokabaka een weeshuis, met honderdveertig kinderen.

Espérance zei onmiddellijk dat ik bij haar kon logeren.

Ze had het hier koud, zei ze. Ze was even overgekomen voor een geldinzameling, voor haar weeshuis. We aten elk een croque monsieur met veel ketchup. Toen we na ons gesprek afscheid namen op het trottoir, schoot uit het niets een loslopende herdershond op ons af. Espérance liep in paniek de straat op, een naderende auto moest bruusk stoppen en toeterde met veel misbaar. In de verwarring van dat moment namen we afscheid. Espérance en ik stonden nog even stil onder de zachte natriumverlichting, in de kostbare blauwe schemering net voor de avond viel. De hond was verdwenen, de auto vertrokken. We slaakten allebei een zucht van opluchting. We vroegen gelijktijdig 'Ça va?' en lachten. We spraken af elkaar terug te zien in Popokabaka, we omhelsden elkaar alsof we elkaar nu al misten.

Ik reed naar huis door het uitgestorven Waalse landschap. Onderweg, langs de lange uitgestrekte weg voorbij Waver, verscheen een fel verlicht voetbalveld. Alsof zo meteen een ruimtevaartuig zou neerdalen op dat groene biljartlaken.

Naderhand mailden Espérance en ik elkaar geregeld. In december wenste ze me nog vanuit Congo '*beaucoup de paix, joie, amour, patience, courage, force, simplicité, vérité, justice, humour, santé et succès pour tout et en tout.'* Ze beloofde dat ik in al haar gebeden zou zijn. Daarbij drong ze erop aan dat ik voor mijn vertrek zou langsgaan bij haar Belgische medezusters, de Zusters van de Heilige Maria van Brakel en Popokabaka.

Ik gehoorzaamde haar.

Een week later al, in hun kleine klooster in de Vlaamse Ardennen, toonde zuster-overste me eerst de gloednieuwe keuken, vervolgens hun leefruimte waar een helder christelijk licht door de ramen viel. Rond de tafel zaten tien stokoude, magere vrouwtjes. Ze glimlachten vroom, of misschien waren ze in stilte aan het bidden. Op een vrolijk rood-wit geruite *toile cirée* met kerstmotief stonden boterhammen met kaas. Ze gaven me goede raad voor mijn Congoreis. Neem gedroogde worst mee; laat niets liggen op het dashboard; loop niet rond op de markt want ze omcirkelen je zonder dat je het weet; de Congolezen zullen je papa noemen.

En ook: 'Het zijn zulke fijne mensen.'

Zuster Gonzague schoof een dikke documentenmap over de tafel naar me toe en zei: 'Ginder zijn onze registers opgegeten door de termieten, verscheurd of verbrand, of ze worden gebruikt als inpakpapier op de markt.'

De documenten in de map vertelden de geschiedenis van hun orde in Kwango, nauw verweven met de jezuïeten. Toen de zusters er eind 1939 kwamen, noteerde zuster Wigberta het volgende. Ik schreef de passage letterlijk over in mijn schriftje.

Daar loopt de lange baan door de vlakke streek van Kwango. Onder dit volk zullen wij nu werken, aan hen zullen wij onzen besten tijd en krachten geven, op en top liggen zij nog ondergedompeld in den duistere nacht van bijgeloof. Wij rijden de baan van de missie op. De kinderen vormen een haag. Wij stappen uit. Daar staan onze meisjes; zwarte gezichtjes, zwarte lijvekens. Diep ontroerd stappen we door die bijna angstige, nieuwsgierige blikken. Heer, laat uw licht schijnen over deze mensen.

‘Wonderlijke historie, dit is allemaal zo lang geleden,’ zei ik vriendelijk.

Alle zusters schudden traag hun fragiele hoofden. Ze ontkenden dat, zuster Wigberta was amper dertig jaar geleden gestorven. Het voelde voor hen alsof dat vorig jaar gebeurd was. Ze wisten dat Remi ook in Popo had verbleven, maar waren niet zo geneigd mij hierover details te geven.

‘Heb je wat tijd?’ vroeg de kleine, vinnige Gonzague. ‘Dan rijden we nu even naar ons rusthuis in Marke, vlakbij.’

We reden door een heuvelend landschap dat groen en donker was van de regen. Mijn gps deed me de hoofdweg verlaten. Gonzague was verbaasd over de hoog-Hollandse vrouwenstem die opeens weerklonk in de auto. ‘Volg haar maar,’ zei Gonzague en ze vertaalde de gps-instructies in haar dialect. Ik moest trager rijden op de landwegen, vond ze.

Alle gehuchten leken daar Maria in hun naam te dragen.

In het rusthuis wachtte zuster Beata ons op, dromerig en wijs, in een grote stoel op wieltjes. Voor haar stond een rollator. Beata was negenentachtig, Gonzague eenentachtig. Beata zei: ‘Ik was in 1957 beschikt om naar Kwango te gaan.’

‘Beschikt?’

‘Ja, voorbestemd, geroepen. Ze hadden daar een vroedvrouw nodig.’

Aan de wand hing een kleine zwart-witfoto van de tienduizendste geboorte die Beata had begeleid. Ze gaf me een paar oude foto’s aan: een auto op een wankele houten brug over de Wambarivier, de koeien van bisschop Bouckaert, vissers op de Kwango, een geestenhuisje, zwarte en blanke zusters die samen proestend ananas aten. Ik kende dit soort foto’s natuurlijk, maar in deze kleine kamer begreep ik dat ze hun persoonlijke leven met mij deelden. Op een groepsfoto stond Remi. Ik herkende hem niet meteen.

‘Elke zondagnamiddag kaarten we hier en praten we over Popo.’

Popo, dat was Popokabaka.

De twee zusters vertelden hun verhalen, vooral over moeders die stierven en hun achtergelaten kinderen. Telkens zat er hetzelfde schema in: een vrouw overleed en liet een amper levensvatbaar kindje achter. Soms wilde men het kind levend begraven met de moeder, maar Beata zei dat zij het zouden redden. Dat lukte haar af en toe, zonder couveuse, met een verwarmde waterkruik. Ze somde alle namen van geredde kinderen op. 'Het is soms wreed.'

'Hartverscheurend,' knikte Gonzague. Intussen had zij speelkaarten uit een etui gehaald en schudde die. Ik zat vlak naast hen, we dronken koffie en zij vertelden over Popakabaka terwijl ze kaartten. In mij ontstond een beeld van het stadje, als een sepia prentbriefkaart, een herhaaldelijk vertelde herinnering, een plek waar ik dringend naartoe moest.

Ik zei dat ik binnenkort ook naar Yitaanda zou gaan, de plaats waar Remi had verbleven. Of ze die kenden?

Yitaanda? Ze hadden gehoord dat de christenen daar teruggekeerd waren naar hun voorouderlijke gewoontes. Er waren ook zusters die discreet iets van de familie bleven dragen, '*un blanc ne peut pas comprendre*'.

'Er wordt weinig over verteld,' zei Beata.

'Dat ligt heel gevoelig,' zei Gonzague.

Toen ik na een uur zei dat ik moest gaan, stopten ze prompt met het kaartspel. Ze stonden op, keken elkaar fronsend aan. Ze gaven mij grote en kleine enveloppes mee, twee dozen vol zware studieboeken, agenda's en ook compact ingetapete pakjes. Deze stapel stond blijkbaar al een tijdje voor me klaar, zonder dat ze me dat gezegd hadden of dat ik het had beseft.

'Je mag twee keer tweeëndertig kilo meenemen,' stelden ze me gerust.

'Maar wat zit erin? Mag ik dit allemaal zomaar invoeren?'

Op die vraag antwoordden ze niet. 'Geef alles daar gewoon aan Espérance, zij zal het wel uitzoeken.' Ook al kenden we elkaar amper, ze gaven me nog een pak cash geld mee. Dit ging allemaal plots snel. Ik durfde dit niet te weigeren.

'Je mag het geld niet doorscheuren,' zei Gonzague nog. 'Stop het in een linnen buidel in je broek.'

DEEL 3

IN CONGO

23

Het Institut de Philosophie van Kimwenza lag als een middeleeuws klooster boven op een heuvel, een eindje van de hoofdstad Kinshasa. Het klooster had middeleeuwse allure, maar het was nieuwbouw. Neoromaanse booggewelven met zuiltjes overdekten de gangen rond het middenplein. Het was allemaal zeer Europees. Gelukkig stonden in de voortuin twee massieve baobabs, met didactische kaartjes erop, *Adansonia Digitata Baobab.*

'Welkom in Kimwenza,' zei de rector plechtig. 'Het motto van ons instituut is *Rigueur et Qualité.*' Het was rector Lecompte die ik in België al had ontmoet. Op het grasveld stond hij te wachten op ons, de lichting van de nieuwe scholastieken. Opvallend: hij droeg een ruim lichtblauw luchtmachthemd met borstzakjes en twee epauletten. Het was de periode dat missionarissen versneld de witte soutane verruilden voor lange broek en overhemd. Voortaan leken ze op gewone burgers. Ze droegen alleen een klein zilveren kruisje op hun hemd of aan een kettinkje.

Toen ik aankwam voelde ik me een filmpersonage; ergens stond een camera die op mij inzoomde en mij oppikte uit de massa van de mensheid, in dat land van troebele, verzadigde technicolorkleuren.

'Ik ben er eindelijk,' zei ik hardop. Ik was eindelijk aangekomen.

'Ik heb iets voor je,' zei Lecompte. 'Volg me maar.'

In Lecomptes sobere kantoor hing alleen een kalender met grote zwarte en rode Helvetica-letters en -cijfers en een portretje van een schaterende paus. Lecomptes werktafel was kaal, de stoelen niet bekleed, geen tapijt. Hij veegde wat potloodslijpsel van het werkblad, hing een stempeltje recht in de stempelhouder. Met donkere ogen blikte hij me aan.

Zo vrolijk als onze eerste ontmoeting in België was geweest, zo gedempt en ingehouden gedroeg Lecompte zich hier. Hij zei: 'Destijds voerden we de Afrikanen met miljoenen, als dieren, naar Amerika. Vervolgens koloniseerden wij hen honderd jaar. Vroeger zeiden de Congolese jongens tegen ons: "*La peau noire est mauvaise*." Vandaag beweren ze dat niet meer. We hebben nu problemen met soldaten die ons afpersen. Wij mogen geen christelijke namen meer gebruiken voor de doopsels.'

Hij lachte even, zonder geluid. Met een traag gebaar overhandigde hij me de *Catalogus Provinciae Africae Centralis*. Het was een lange compacte namen- en adressenlijst. Mijn naam stond erin als *Stud. scient. soc. lic. 2*. Het was mijn eerste vermelding in de catalogus.

Ik ben er, dacht ik opnieuw, ik ben aangekomen.

Ik ben mij eindelijk aan het losmaken.

'Proficiat,' zei Lecompte. 'De opleiding bij ons duurt veertien jaar. Wie daarna niet uitgetreden is mag zijn zin doen. Maar eerst zal je afscheid nemen van alle ijdelheid, eerzucht en ongeregelde neigingen.'

Ik knikte, ik wilde dat best geloven. Ook al was ik niet zo gevoelig voor mystiek of liturgie, ook al ging mij de klassieke, ouderwetse vroomheid nog altijd moeilijk af. Ik bad nog steeds niet, maar alles zou op zijn tijd in de juiste plooien vallen, geloofde ik.

'Wij hebben de juiste mensen,' ging Lecompte verder, 'en jij bent een van hen. Ik merk jouw vastberadenheid, je bent veelbelovend, Remi. Drie jaar zal je hier in Kimwenza studeren, samen met Congolezen, Mozambikanen, Rwandezen, Burundezen en ook een paar Europeanen.'

Ik knikte, ik hoefde niets te zeggen.

Toen ik mocht gaan, installeerde ik me in mijn kamer. Dat

vergde amper tijd. Het was alsof ik een hotelkamer betrok; ik kon meteen het instituut verkennen.

Vlak onder het zinken dak was het kokend heet, maar in de studentenkamers en de leslokalen heerste een aangename koelte. In de binnentuin stond een kleine toren, met bovenin het waterreservoir. In de bibliotheek herkende ik kleine Yakamaskers aan de muur. Het waren zogezegd zedige versies, of ze waren bewerkt, dat kon natuurlijk ook.

In een boekenkast vond ik een verzameling ingebonden *Le Soir Illustré's*, met fotoverslagen van Brusselse huwelijken en ander societynieuws. Dat voelde gek aan, mijn mondaine vaderland hier terugvinden op een willekeurige boekenplank. Ik sloeg het boekwerk open en kwam op een reportage over de gloednieuwe campus Lovanium nabij Kinshasa. Ik zag de foto's van ultramoderne gebouwen, de kernreactor, een menigte leergierige studenten. De kolonisatie zou in Congo plaatsvinden op wetenschappelijke wijze, las ik. Er was ook de opvallende kerk in de vorm van een vis, katholiek natuurlijk, met als onderschrift: 'In de kerk doet de evenaarszon het altaar geheimzinnig oplichten.'

Dat was ook zo, op de foto straalde het altaar fragiel en vanillekleurig, in gele zonnestralen. Ik bladerde verder in de tijdschriften, vanuit de jaren vijftig naar de sixties. Het societyblad toonde de recente geschiedenis van Congo; de goedmoedige, kinderlijk lachende Congolees werd vervangen door beelden van rellen en uitgebrande auto's. Geen speerwerpers en pittoreske dansers meer, maar moderne betogingen in grimmig zwart-wit. De iconische Lumumba, volgens sommigen een zwarte god, volgens anderen de baarlijke duivel met zijn modieuze bril. Belgen in paniek bij vertrekklare vliegtuigen. Dode Congolezen, als oude kleren neergesmeten op het geteerde wegdek van het vliegveld.

Maar ook al was dit land nog maar pas onafhankelijk geworden, in ons klooster van Kimwenza aten wij nog altijd drie keer per dag uit een oer-Belgische keuken. 's Morgens koffie, wit brood en choco. De griesmeelpudding leek wel gemaakt naar een recept van mijn moeder. Achter in de tuin stond een stal met tweeduizend kippen, zodat broeder Jozef elke dag met zijn VW-camionette duizend eieren kon leveren aan de hotels van de hoofdstad. Soms reed ik met hem mee. Ik genoot ervan hoe de zwoele wind binnenwaaide door het open raampje.

Ik moest vooral wennen aan de broeierige tropenhitte. Op mijn kamer luisterde ik naar een regenbui: aanzwellend en explosief, met steeds diepere tonen roffelend op het dak. Traag, met grote tegenzin, daalde de koelte neer in mijn kamer. Feestelijk sproeide ik insecticide in het rond, *Super Killtox, for all flying and crawling insects.*

De bel voor het eten ging. Even bleef ik wachten achter mijn deur. Ik hoorde al de anderen voorbijschuifelen, babbelend met hun lage, sonore stemmen. Dan pas ging ik naar buiten. Het was alsof ik mezelf het toneel op duwde.

Dan werd ik een van hen.

Verwonderd stelde ik vast hoe snel de avond hier viel, kort, als een steen op de grond.

Aan tafel was het gezelschap zeer internationaal. Na het eten slofte de Congolese broeder Gerard naar zijn kamer en op een drafje kwam hij terug met een morsig fotoalbum, vol persoonlijke souvenirs. Sommige foto's waren gekreukt, gescheurd of gewoon slecht ontwikkeld.

'Maar waarom verfrommel jij toch al je foto's, broeder?'

'Omdat men mij geen fatsoenlijk album wil geven,' grapte hij. Een uur lang onderhield Gerard het gezelschap met gevleugelde uitspraken van overleden of afwezige paters. De stemming was opperbest. Samen noemden deze oude en jonge mannen zichzelf *la compagnie*. Zij waren één grote familie, altijd op doorreis of zending, elkaar vergezellend in steeds wisselende combinaties. Op de veranda kwamen deze mannen elkaar voeden en amuseren met hun berichten en gedachten. Hun zachte lachsalvo's, voluit of ingehouden, deinden in golfjes uit.

Terwijl Gerard zijn laatste foto's doorgaf, keek ik naar de blote voeten in hun sandalen. Plomp en donker waren die, stoffig, met ruwe gescheurde nagels. Het leek alsof deze *broussards*, met hun ontzaglijke bisdommen en provincies, dit grote land te voet hadden doorkruist. De rechtervoet van de oude pater Gonda had een vergroeide grote teen die onder de vier andere tenen wegkroop. Het deed pijn om het te zien, maar Gonda mankte slechts een beetje. Schommelend liep hij terug naar zijn kamer.

De oude mannen zwegen. Ze keken elkaar aan op hun lage houten stoelen. Een jonge scholastiek zat te lezen in Frantz Fanons *Peau noire, masques blancs*. Zijn lippen en ogen bewogen mee met de lectuur; soms maakte hij kleine handgebaren. Ik las *L'étranger* van Camus, onbewogen. Dan klonk alleen nog het gebrul van kikkers verderop in het moeras.

Drieëntwintig

Zelf ook naar Congo gaan? Op een bepaald moment had ik die intentie toevallig uitgesproken, maar soms voelde het alsof Remi mij die woorden in de mond had gelegd. Met zijn verhalen had hij me gewoon tot deze reis verplicht. Ik kon niet meer ontsnappen, ook al voelde ik eerst vooral angst voor dat onbekende land. Ik was er zelfs enkele keren in geslaagd mijn vertrek uit te stellen; omdat ik geen goed logeeradres in Kinshasa vond, omdat Espérance ziek was, omdat in het najaar zware regens de weg van Kinshasa naar Popo onbegaanbaar maakten.

Bij mijn aankomst in de luchthaven werd ik niet gefouilleerd. Eindelijk haalde ik opgelucht adem, met die dwaze dikke geldbuidel in mijn broek.

Mijn taxichauffeur reed over de schimmig verlichte Avenue Lumumba. Twee keer vier rijvakken. Overal propvolle, krakkemikkige busjes en jongemannen die zich soepel en krachtig vastklemden aan het achterportier, in de afkoelende avondwind. Ook al was het bijna nacht, er waren nog duizenden, tienduizenden mensen op pad in Kinshasa. Een jonge vrouw in wit trouwkleed stak roekeloos over, net als alle anderen, die het voorzichtiger probeerden, met angstig smekende blikken naar de voortjagende chauffeurs.

De taxichauffeur bracht het onderwerp op *nos amis les Chinois*. 'Zij doen nuttige zaken,' begon hij, 'maar ze zijn hondsbrutaal, pikken ons werk in en nu zijn ze ook actief in onze *petit commerce*.'

We reden voorbij de markt van Masina, met daarachter de sloppenwijken. Ik zag schaamteloos dure Mercedessen en de zware handkarren van de *pousse-pousseurs*. Aan de Place de l'Echangeur versmalde de brede autosnelweg tot een onverharde weg, met bulten en kuilen. In de duisternis rond de werkzaamheden zag ik het schraal verlichte monument van Patrice Lumumba. In het donker stond daar de bronzen volksheld, zwaar en massief. Ik had me hem slanker voorgesteld.

Aan de voeten van het standbeeld namen twee politiemannen net een dakloze gevangen. Hij droeg slechts een singlet en een korte broek aan flarden en naast hem wachtte zijn hond. Een scène uit een stripverhaal, met dik oranje touw bonden de politiemannen zijn handen vast.

In deze stad waren de bronzen koloniale beelden van Leopold II en Stanley allang onttroond, verwijderd en elders gedeponeerd. Dat was al gebeurd in Remi's tijd. Nu waren er andere boodschappen.

Op een auto las ik: '*Pas de causerie avec le diable.*'

Langs de weg stond op een muur geschreven: '*Cette parcelle n'est pas à vendre.*'

Ik zag armoezaaiers, maar ook schitterende *sapeurs* in designerkleren, Armani en Versace. Aan de andere kant van de rivier: de lichtjes van Brazzaville.

In Kinshasa logeerde ik in Servico, Avenue de la Justice, deelgemeente Gombe. Vroeger was Servico het grote depot van de jezuïeten geweest, met magazijnen, ondergrondse brandstofkelders en koelkamers, waar tonnen goederen uit België aankwamen om over Congo verdeeld te worden. In Servico woonden tegenwoordig dertien, doorgaans oudere jezuïeten. Er waren nog eens evenveel logeerkamers voor paters op doorreis.

Ik vertelde hun wat ik kwam doen: een onderzoek naar de krokodil van Popokabaka. Ze vonden mijn studie grappig, waarschijnlijk ook overbodig en futiel. Verschillende van hen hadden Remi goed gekend, op het eind van de jaren zestig. Ze knikten, waarderend, maar niemand zei me iets over hem wat ik nog niet wist.

’s Morgens aan de ontbijttafel zat broeder Cyprien naast me. Wit polohemdje en een dik gouden horloge los om de pols. Hij roosterde vier boterhammen. Geconcentreerd sneed hij een worst open om de inhoud te verdelen op zijn brood. Traag sopte hij het brood in zijn koffie. Kleine miertjes wandelden over de tafel. Hij had gehoord van mijn krokodillen.

‘Ach hekserij,’ zei Cyprien. ‘Soms is dat gewoon een manier van doen, een *leçon des gens*. Als je aan het werk bent, neem je een veld-nkisi, je wrijft ermee in je handen en opeens gaat het werk sneller.’

Zondagochtend ging ik naar een misviering. Dat voelde zeer onwennig.

Daarna begon ik rond te bellen, maakte afspraken en maakte een praatje met alle broeders en paters die met mij wilden babbelen. Velen van hen waren al eens in België geweest. Pater Thierry somde alle Brusselse metrostations op, terwijl een broeder intussen zijn haar knipte. Dieudonné had ook de Zoo van Antwerpen bezocht. ‘*Vous avez pris tous les animaux du Congo. Même l’okapi.*’

Op het lectuurtafeltje van de overdekte veranda lag de krant *Le potentiel*. De vuile inkt van het vezelige, bijna wasachtige krantenpapier kleefde meteen aan mijn vingers. Er werd uitvoerig, zeer omzichtig geschreven over het delicate herstel van de Congolese democratie.

De dag erna, vroeg in de ochtend al, stond ik met mijn chauffeur in een onoverzichtelijke file. Ik was op weg naar de universiteit om er een vriend van Remi te ontmoeten. Links en rechts waren de kleine winkeltjes, druk beschilderd met reclame, *Photo minute, La main de Dieu. La Sémence. La Modernité. La grande prophétie. L’opportunité.*

Overal massa’s mensen, gehaast maar niet geïrriteerd. Afval overal. De grond was zwart van de as van opgestookt plastic. Op de voorruit van een blauw-geel busje las ik: ‘*Dieu va tout faire.*’

‘*Dieu est fidèle,*’ stond op een ander busje.

Mijn chauffeur zei dat er die dag een betoging werd gehouden bij het Palais de la Nation. Het protest richtte zich tegen de parlementsleden; zij waren omgekocht door de president, om de verkiezingswet aan te passen. Traag schoven we voorbij een aanvalswagen met achterop zwaarbewapende militairen. Ze poseerden, languit liggend als luie, zelfzekere filmacteurs; ze staarden me aan vanachter grote zonnebrillen.

24

Aan het Institut de Philosophie van Kimwenza bestudeerden wij, jonge en veelbelovende scholastieken, in de jaren zestig het thomisme. Te beginnen bij Plato en Aristoteles. We doorgrondden Descartes, Kant en Hegel, ook de onvermijdelijke Freud, Marx en Sartre. We kregen geschiedenis, sociologie en fysica. We lazen de fameuze *Bantoe-filosofie* van Placied Tempels en leerden de basis van de Congotaal. Onze professor las voor uit recente Parijse boeken, van Senghor over de *négritude*, de gedichten van Aimé Césaire.

Het toeval wilde dat Vanhove, rechtstreeks overgevlogen, hier enkele maanden les kwam geven. Ons weerzien was hartelijk. Toen hij het in de les over Plato had, kwamen zijn geliefde daimonen weer aan bod.

De uitleg hierover begon nu als volgt: 'Daimonen, vooreerst, zijn geen demonen.' Dat was al anders geformuleerd, veel explicieter dan in België.

'Dat weten we,' zei ik. 'In de loop der tijden heeft het christendom dat ervan gemaakt.'

'Zou kunnen,' zei Vanhove koeltjes, fijntjes. Wat me meteen ook opviel: Vanhove opperde hier niet de hypothese dat de goden of God niet bestaan. Hij zei meteen heel nadrukkelijk wie die daimonen waren: 'Je kunt hen zien als overleden of levende helden. Meestal zijn het mensen die je ontmoet, of die je tegenkomt in je lectuur.'

Met grote stelligheid beweerde hij: 'Want soms kom je in je leven mensen tegen die een uitzonderlijke betekenis voor je hebben. Het lijkt een toeval dat je hen ontmoet, en jij bent de enige, zo blijkt naderhand, die hun indringende verhaal heeft begrepen. Zelfs diegene die het verhaal vertelt beseft misschien niet eens wat hij op dat moment doorgeeft. Zelf begrijpt de daimon amper wat het betekent. De enige die het weet ben jij. En soms pas nadien.'

Vanhove wachtte even, ging toen door. 'Maar als jij het verhaal aanhoort en in je opneemt, dan voel je je verrijkt en opgeladen.'

Vanhove keek indringend rond. Zijn laatste blik landde bij mij. Nu knipoogde hij.

Toen we een culturele avond organiseerden in het internaat zongen wij de liedjes van Harry Belafonte en John Littleton. Enkelen speelden gitaar en trommelden op kleine drums. Bij wijze van illustratie had ik de tekening van een Yaka-masker geplaatst op de gestencilde programmabrochure. Tot mijn verbazing deden drie Congolese studenten hierover hun beklag. En wel omdat ze het masker zeer ongepast vonden.

'Jullie, blanken, lachen ons uit,' meenden ze.

Ik kreeg het niet aan hen uitgelegd. Dat was toch juist zeer Congolees? Rector Lecompte moest tussenbeide komen. Om hen te sussen toonde de rector een etnografisch boek uit Tervuren, met kleurenfoto's van maskers en beelden van de Pende, de Luba, de Yaka.

De studenten vroegen: 'Als die voorwerpen zo waardevol zijn, waarom hebben jullie ze dan afgenomen en verbrand?'

Dat was een lastige vraag. Ik keek naar Lecompte. Die zweeg en wachtte. Hij deed een poging een afsluitend gebaar te maken met zijn handen.

Wat betekenden de blanken trouwens nog, in Congo? Zelf hoorde ik soms de oude neerbuigendheid, zeker de ergernis over domheid en bijgeloof. Ik merkte dat de herdershond van de oude blanke broeder alleen maar tegen zwarten blafte. Ik merkte het ook toen een Belgische docent kwam lesgeven over zijn etnografisch werk in Kwango.

'Kwango ligt onder de Kwilu,' zei de professor. 'In Bandundu, vlak tegen Angola aan.'

‘In Kwango wonen de Yaka,’ vulde ik spontaan aan.

‘Jazeker, en ook de Suku, de Pelende, de Lunda en de Holo. De Yaka zelf zijn tenger en pezig, terwijl de Lunda breder en rijziger zijn. De Yaka-man is niet zo groot, maar hij is onvermoeibaar. Zijn naaktheid is uiterst gecontroleerd.’

Een van de studenten, een zekere Frederic, zelf afkomstig uit Kwango, reageerde: ‘En hoe gecontroleerd dan wel?’

De docent lichtte bereidwillig toe. ‘Ik bedoel hiermee: bij de Yaka gaan broers niet samen zwemmen, omdat ze van hetzelfde bloed zijn. Of wanneer mannen naar de rivier gaan roepen ze vanaf een afstand om de vrouwen te waarschuwen. Een zoon mag geen katvis eten samen met de vader.’

‘Waarom niet?’ vroeg Frederic. Zijn toon was nog altijd neutraal.

‘Uit respect. Katvis wordt geassocieerd met vrouwen, omdat die vis zo moeilijk vast te grijpen is. Het betekent dat de zoon geen recht heeft op zijn moeder.’

Plotseling zag ik het: gegeneerd keken alle Afrikanen naar buiten.

Een student zei: ‘Leer ons liever iets wat wij niet kennen.’

‘Bestudeert u ons als wilde dieren?’ vroeg Frederic. Ik keek hem aan, hij fronste ernstig. De toon van zijn vraag was scherp, *malicieus.*

De docent roffelde met zijn vingers op de lessenaar, bladerde hooghartig heen en terug in zijn nota’s, zijn blik was donker. Hij was ontstemd door de interventie, die hij obstructie noemde.

‘Mag ik nog wat vragen?’ vroeg Frederic niettemin. Hij ging door. Er klonk een trilling in zijn stem.

‘Je doet wat je niet kunt laten,’ antwoordde de docent aan zijn kathedertje.

‘Waarom werden er nooit collegescholen gebouwd in Kwango?’

Een student viel hem bij: ‘In Kwango beweert men dat een missionaris ooit een vloek uitsprak: géén collegescholen voor de Yaka.’

'Onzin,' zei de docent.

'Neem ons niet kwalijk,' zei de student. 'Neem het niet zo persoonlijk. Maar soms voelen wij ons behandeld als een lagere mensensoort.'

In de pauze ging Frederic hierover door, deze keer alleen tegen mij. Hij vroeg: 'Waarom mochten wij van jullie in Lovanium geen rechten studeren? Waren jullie bang dat wij te slim zouden worden? Slimmer dan jullie?'

Ik hoorde hem 'jullie' zeggen tegen mij. Voor mij was dat een schok. Wie was ik als ik bij die ene groep werd weggezet?

'Wij willen niet door jullie geanalyseerd worden,' ging Frederic door. 'Die tijd is voorbij, weet je. We houden ook niet zo van Freud, jullie gedoe met de *pensée sauvage*.'

Hij knipperde met zijn ogen, excuseerde zich vervolgens voor zijn uitval. Ik zei dat dit niet hoefde, dat ik zijn opmerkingen begreep en dat was nog waar ook. 's Avonds schaakten we. Ik speelde met wit, Frederic met zwart. Het eerste spelletje won ik, het tweede hij.

'*Il faut la fermer de temps en temps*,' zei Frederic welwillend, zelfs behulpzaam. Ik knikte. De ochtend erna zongen we samen in de kerk, broederlijk, als er ingezet werd op het Hammondorgel. De melodieën waren zeemzoet, slepend; iedereen schuifelde mee. Twaalf misdienaartjes dansten op lichte voeten, in witte lange jurken. Boven op het oksaal wiegde het koor op de maat van de Latijnse hymne.

'*Asperges me*,' zong ook hier de priester. Het deed me denken aan onze dorpskerk in de Westhoek; alleen was alles hier veel explicieter, duidelijker en ik kreeg rijkelijk veel wijwater in mijn gezicht.

Na de mis kwamen we weer samen op de veranda. De oudste pater, Gonda, ook nu in zijn slobberige knalgele mouwloze vest, werd drieënnegentig en dat werd gevierd. Wij aten gesmolten roomijs, spritskoekjes en gebroken stukken witte chocolade. De rector trakteerde op lauwe champagne. Onhandig spatte en stroomde de helft van de schuimende drank op de betonvloer.

Gonda hief zijn treurige hoofd. Hij was zo oud dat door zijn korte grijze kroeshaar blank vel verscheen. Hij was al jaren doof, mankte en leek erg hulpeloos, maar hij weigerde alle hulp als hij het glas aan zijn lippen zette.

Hij zei alleen: '*Ahwoom.*'

De bel rinkelde twee keer. Gedisciplineerd gingen we aan tafel; we waren met bijna twintig. Er waren slechts enkele Belgische paters, alle anderen waren Afrikanen, vooral Congolezen. Rector Lecompte leidde het gesprek tijdens de maaltijd. Hij plaagde de jonge, verlegen studenten. Nederig ruimde hij nadien de tafel mee af.

Vooral tussen de jonge Congolezen voelde ik een hongerig zelfbewustzijn. Het sentiment was politiek, uitgesproken antikoloniaal, gekweld en krachtig. Het ging over machteloosheid en vernedering. Zij zwegen niet meer.

's Middags ging ik rusten om te bekomen van de tropische hitte. Languit op mijn bed opende ik de eerste brief die ik van thuis ontving.

Zij misten me, zeiden ze. Ook al zagen ze me even weinig als in België, bedacht ik. Een nieuwtje: onze hond Baron was van de ene dag op de andere verdwenen. Moeder vreesde dat hij vergiftigd was door stropers, zoals Mirza destijds, maar de smokkelaars hadden dat stellig tegengesproken. Vader schreef eronder: 'Of keerde onze zwarte Baron terug naar Frankrijk? Hij zal niet terugkomen om het ons te vertellen.'

Ik schrok. Boven mij gooide een roofvogel zich op het zinken golfplaten dak, met een rauw krassend geluid. Onder de baobab zag ik een stokoude pater onbeweeglijk zitten op een houten stoel. Het was pater Michel Plancquaert, de auteur van het boek over de gesloten gemeenschappen van de Bayaka. Was hij aan het bidden? Mediteerde hij? Of deed hij gewoon zijn middagdutje?

Vierentwintig

Op de eerste pagina's van het boek *Les Yaka du Kwango*, van Jacques Denis, ook een jezuïet, vond ik een typering van de Yaka. – Remi had dit boek, verschenen in 1964, aan mij uitgeleend. –

> *De stature modeste, souvent maigres, presque toujours pauvres et vêtus à la diable, on les voit, dès avant le lever du jour, trotter vers quelque chantier où les attend un travail de manœuvre, rude et mal payé.*

Zoveel jaren later sprak ik over diezelfde Yaka met professor Nlandu, een goede vriend van Remi, aan Unikin, de universiteit van Kinshasa. In 1959 heette deze universiteit Lovanium, een verwijzing naar de Belgische universiteitsstad Leuven, en ze werd geroemd als de mooiste van Afrika. De universiteit was gehuisvest in grote betonnen gebouwen in grijs en geel, à la Le Corbusier, maar dan met Belgische zwaarte. Dit was allemaal op de groei gebouwd.

Die dag was ik er de enige blanke tussen de Congolezen. Politiemannen knikten mij toe, op een vreemd respectvolle wijze.

Professor Nlandu, schrijver en professor Engelse talen, bekende dat het slecht ging met zijn faculteit. Zijn bureau was een laag tafeltje in een donkere, stoffige hoek van de rechtsfaculteit. Naast hem hing een dun plankje met oude handboeken Engels. Voor zijn bureau twee stoelen, als in de wachtkamer van een dokter. Zijn secretaris regelde de toestroom van studenten, maar ik was de enige bezoeker. Hij gaf toe: hij had amper nog studenten die bij hem Engelse literatuur wilden studeren.

Ik begon over Senghor en Fanon, maar professor Nlandu had een voorkeur voor de vrijgevochten, romantische D.H. Lawrence, op wie hij was gepromoveerd. Hij begon over Joseph Conrad, die in zijn *Heart of Darkness* Congo voorstelde als een land van wreedaardige mensen, krokodillen en slangen.

‘Bestonden er in Congo echt menseneters?’ vroeg ik.

‘Dat is altijd zo geweest in de blanke verbeelding. Alles wat gevaarlijk en wreed was, dat waren wij.’

Hij keek me diep in de ogen. Ik had hem verteld over mijn scriptieonderwerp. Vond hij dat ik, banaal en zelfs racistisch, hetzelfde deed met mijn krokodillenonderzoek? Want in die verhalen en voorstellingen komen toch alle clichés over domheid en bijgeloof samen?

Samen liepen we over de campus. Professor Nlandu toonde me het auditorium Gillon en de bibliotheek. Alles wat ooit groots en hoopgevend was, leek nu krachteloos. In de bibliotheek, op diep doorbuigende planken, stonden alleen nog boeken die niemand wou stelen. Drie computers die het niet deden. Er was wifi, maar die was onbetaalbaar voor de studenten. De professor zei dat hijzelf een Yaka was. Een half miljoen Yaka leefden in Kwango, driehonderdduizend in Kinshasa. Zij waren altijd gekend geweest als trots en weerbarstig. Toen de kolonisator hun handelsrol inpikte, werden de Yaka beschouwd als hinderlijk en minderwaardig.

Nlandu werd gebeld. Hij zonderde zich even af. Hij fronste toen hij bij me terugkwam. ‘We hebben op dit moment grote politieke problemen,’ fluisterde hij.

Hij excuseerde zich, gaf mij door aan een van zijn toevallig passerende studenten, Denis. Met hem liep ik toen maar verder. Denis toonde me de studentenverblijven, het volley- en basketbalterrein, het lege zwembad en de vroegere villa’s van dokters en professoren. Overal zaten groepjes studenten op het gras met hun prof.

‘Zijn er steden in België?’ vroeg Denis aan mij in accentloos Engels. ‘Zijn er in België wegen? Hoe geeft men les? Kan ik bij jullie komen studeren?’

Onderweg werd hij twee keer gebeld door een meisje. Denis wimpelde haar af. Hij zei haar twee keer op vriendelijke toon dat ze lui was.

‘Is ze mooi?’ vroeg ik. Denis reageerde niet. We dronken cola aan een knalrood plastic tafeltje, ook van Coca-Cola. Hij bleef mij verder ondervragen over België en studiemogelijkheden. Hij vertelde ook nog dat de stad Lovanium gebouwd was door de Yaka.

25

Pater Michel Plancquaert was de meest klassieke verschijning van een missionaris: hij was zo'n oudtestamentische profeet in witte soutane, met aanzienlijke Mozesbaard. Hij was oud en mager, zijn groene ogen waren roodomrand, maar nog steeds werd hij door zijn confraters de grote vuurvreter genoemd. Hij was halfblind, als gevolg van slecht behandelde malaria. Toen ik binnentrad in zijn kamer, zei pater Michel: 'Remi, als je een lichte wind langs je voelt strijken, beweren ze dat God langskomt.'

Ik had niets gevoeld. 'Wie zegt dat dan?'

'De Yaka zeggen dat. God passeert ook als er een vreemde stilte valt in het gesprek en iedereen kijkt elkaar verrast, een beetje beschaamd aan. *Ndzaambya Phungu hyokele*, de almachtige god komt langs. God is in de stilte, in de onzichtbare wind. Vertel me, Remi, waarom kom je mij opzoeken?'

Ik wist niet goed wat te zeggen.

'Zeg me, wat wil je van me weten?'

'Ik kwam gewoon kennismaken,' zei ik geïmponeerd. 'Ik ga uw boek lezen,' stamelde ik.

De oude pater ging staan achter zijn bureau. Met een troebele blik bekeek hij me. Hij zweeg, wachtte af, frunnikte aan zijn mouw. Zijn kamer was spartaans ingericht; boven een grote trommel uit één stuk hing een groot masker en een verbleekte kleurenfoto van een Russische icoon, dat was alles. Op datzelfde moment werd er op de deur geklopt. Een verpleegster kwam binnen om zijn bloeddruk te meten. Terwijl zij Michels mouw deskundig omhoog friemelde, bleef Michel met zijn rechteroog naar mij loeren. Hij zette zijn bril af en met het pootje van de bril wees hij naar zijn linkeroog, dat in de ijlte staarde.

Gloedvol vroeg hij: ‘Zag je zonet de oude Gonda passeren achter het raam?’

Ik knikte.

‘Ik niet. Maar ik herkende wel het geluid van zijn voetstappen. Kom, we lopen naar buiten, help me even.’

Michel en ik liepen naast elkaar het instituut uit, ik gaf hem een steunende arm. We gingen met kleine, hortende stapjes voorbij de twee baobabs. Op straat liepen enkele zingende mannen achter elkaar aan. Ze waren haveloos, mager en uitgeput. Met een zwaar pak op het hoofd, een dunne stok in de hand, liepen ze daar in hun blote bovenlijf. Ze droegen amper een slordige halve lendedoek, daarboven een klein, openhangend gilet. Het was enigszins potsierlijk: een van hen droeg een oude bolhoed. Ze zongen.

‘Die mannen zijn Yaka,’ zei Michel.

‘Hoe weet u dat?’

‘Ik herken het liedje. Al in de jaren dertig trokken ze te voet vanuit Kwango naar de hoofdstad. Vandaag wonen ze in de *bas-fonds* van Kinshasa Cité. Zonder riolering, water of elektriciteit. Zij maken van de hoofdstad weer een dorp. Ze zijn hier thuis, maar ze blijven de Yaka van Kwango.’

‘Ik heb al veel over hen gehoord.’

‘Zonder hen te zien voel ik hoe ze ons aankijken. Ze zijn weemoedig. Ze dromen dat het beter zal worden. Een kinderlijke kwaadheid overmeestert hen soms, waarop wij dan vaderlijk reageren. Dat is een misplaatste reactie onzentwege.’

Michel vertelde hoe de Yaka te voet de vijfhonderd kilometer vanuit Kwango aflegden om in Kinshasa hun koopwaar te slijten. ‘Hier verkopen ze zich als goedkope werkkracht. Ze zijn nachtwakers of koksjongens, ze leven karig om te kunnen sparen en snel terug te keren. Ieder misprijst hen. Yaka is een scheldwoord, *Woo Muyaka* een belediging.’

Geïntrigeerd keek ik de mannen na.

Enkele dagen later ging ik Michel enthousiast vertellen dat ik zijn boek over de initiatie had uitgelezen. Hij haalde zijn schouders op, bescheiden. 'Ik dacht dat het zinvol was die dingen te bewaren.' Toen richtte hij zijn hoofd op en wees naar een manuscript midden op zijn bureau. In grote rode letters stond erop: LE RÉALISME MERVEILLEUX. Hij zei: 'Ik ben aan iets nieuws bezig.'

Pater Michel had in zijn leven veel missieposten gesticht, massa's kinderen gedoopt en volwassenen getrouwd. De dorpsoudsten respecteerden hem, vertelde hij, omdat hij de oude dynastieën soms beter kende dan zijzelf. Zijn groene ogen glansden wanneer hij dat zei.

'Ik moet je iets vertellen,' zei hij na een tijdje. 'Zie je dat masker?' Hij wees naar het grote okerbruine masker achter hem.

Ik ging er vlak voor staan. Het had de typische kauri-spleetogen en een kleine ringmond met scherpe houten tandjes. De neus van het masker was bijna realistisch, maar de oogspleten daarboven waren diepzwart. Ik huiverde. Het was dwaas, maar het voelde alsof daarachter iemand mij aankeek. Ik moest zelfs even het masker van de muur haken en erachter kijken, om mezelf gerust te stellen. Ik verrichtte deze handeling zo neutraal mogelijk, maar Michel had het wel gemerkt.

Ooit was hij als broussepater op zijn ronde in een dorp geweest, vertelde hij. Na de misviering vroeg hij aan de dorpsbewoners: 'Hebben jullie hier grote beelden?'

'Nee, wij hebben niets,' antwoordde de dorpsoudste formeel. Tijdens het eten stelde Michel zijn vraag opnieuw. 'Hebben jullie hier echt geen grote beelden?'

Ten slotte wees de dorpsoudste naar een oud, ongebruikt toilet. 'Misschien hangt daar nog wel iets,' zei hij onwillig.

Michel ging kijken en bracht een masker in het daglicht. Zijn dragers sprongen weg, ze gilden luid. Zij gruwden van wat pater Michel in zijn handen had. Wie het droeg of zelfs maar aanraakte zou onvruchtbaar worden, riepen ze.

'En nu hangt dat masker hier rustig achter mijn rug,' zei Michel. 'In datzelfde dorp toonde een man mij een grote voetwond, die maar niet genezen wilde. Rond zijn been droeg hij een dikke, strak zittende ring gevlochten uit een twijg.' 'Je kunt die ring maar beter afdoen,' had Michel hem gezegd.

'Mag niet,' antwoordde de man.

'Geef me een mes,' had Michel bevolen en hij sneed de ring door, om die onmiddellijk in het vuur te smijten. Knetterend schoot de ring in brand. Vol afgrijzen deinsde iedereen achteruit.

'En nu ga jij naar de dokter,' had Michel kordaat bevolen. 'Die fetisjen brengen het hoofd van de mensen op hol. Wist jij trouwens,' wendde hij zich tot mij, 'dat de Yaka de beste genezers en waarzeggers hebben?'

Ik begon over zijn boek, over het verhaal van de nkhanda-initiatie.

'Een verhaal?' vroeg Michel. 'Je bedoelt de inwijdingsfeesten. De jongens drinken doods- of slaapdrank. Ze worden beschilderd met witte aarde. Ze dragen pezenrokken.'

'Pezenrokken?'

'Een rok van lange palmvezels, gevlochten in een hoepel van twijgen. Sommige jongens sterven zelfs in het inwijdingskamp. Als ze man zijn geworden, spreken ze met geheime woorden.'

'Spannend,' zei ik.

'Tweehonderd heb ik er genoteerd,' zei Michel. 'Maar ik heb mijn notities nooit openbaar gemaakt.'

Hij keek rond in de kamer, alsof hij plots iemand zocht. Of wilde hij verifiëren dat er niemand anders in de kamer was?

'Ik heb de notities aan elkaar genaaid,' fluisterde Michel. 'Met grove steken een naald erdoor, dichtgenaaid, zodat niemand het document nog kan raadplegen. Er zijn ginder *des revenants*.'

'Revenants?'

'Wandelende doden,' zei Michel. Hij knipoogde naar me.

'Wist jij dat Afrikanen niet kunnen knipogen?'

'Maar waarom doen zij al die initiatieriten?'

Michel keek verbaasd op van mijn vraag. 'De nkhanda? Om volwassen te worden *tiens*. Wat denk jij trouwens dat jij hier komt doen?'

Michel sprak over 'avergeloof' en 'maagschap'. Tatoeage noemde hij 'huidprikkeling'. 'De genezer is een betoveraar,' fluisterde de pater. 'De ngaanga is geen heks maar een priester zoals wij dat zijn, een priester-genezer.'

'Ik ben geen priester,' zei ik.

'Ik had het even niet over jou,' zei Michel. 'Een genezer kan ruiken wat de oorzaak is. Hij is sluw en machtig. Hij kan genezen, waarzeggen, hij is een therapeut. Daarom: zeg nooit heks tegen een genezer of een waarzegger. Trouwens, heksen kunnen zowel mannelijk als vrouwelijk zijn.'

De oude pater was intussen opgestaan. Met zijn wandelstok kwam hij achter zijn bureau vandaan en ging naar het midden van de kamer.

'Als een hond schudt de heks de druppels uit zijn vacht. Rillend trekt hij zijn mensenvel uit en hangt het aan een spijker in de hut. Hij vertrekt, vliegt op als een roofvogel die ons beneden ziet lopen in de regen. Het regent, maar ook God zegent, en de pannen worden nat, en soms is het water giftig en soms is de regen Gods zegen die op de wilde dieren uit de hemel valt.'

Ik begreep niet goed hoe ernstig deze oude pater nu sprak. Het begon ineens allemaal zo te rijmen. Alsof hij wilde zingen en zocht naar de melodie van het liedje. In feite had de pater zelfs gezegd: 'Wilde dieren tiereliere.'

Michel zei nu levendige dialogen op, en terwijl hij blijkbaar opkeek naar een overvliegende heks-betoveraar, 'allemachtig kijk, daar komen ze, zie hen vliegen in de nacht', ondervroeg hij en commandeerde hij voor mij die onzichtbare geesten.

Zijn theaterstuk leek wel op een trance, en tegelijk zat er een grote gratie in het massieve lijf van de oude man.

'Ga weg,' zei Michel, 'stop met dat wringen en wikkelen, ga weg achter mijn rug', en dansend draaide de oude pater zich om, mepte met zijn stok op iets wat alleen hij kon zien. 'En ook die kwalijke hond, doe die hond weg, sla hem de kop in.'

Met grote ogen stond ik te staren naar de pater.

'Ik moet je iets vertellen,' zei hij.

De pater transpireerde, misschien omdat hij een malaria-aanval kreeg. Zijn roodomrande ogen vernauwden zich. Samenzweerderig zei hij: 'De stelsels snabbelen in mijn hoofd. Ik zie je vreemd naar me kijken, Remi, maar dit is de enige manier waarop ik je dit kan vertellen.'

Soms gebruikte hij Franse woorden, of zelfs Latijn als hij het had over de *pars virilis*, of de *partes* van de vrouw, want de manier waarop zij dansten beschreef hij als uiterst onzedig. 'Ik heb de afzichtelijkste nabootsingen moeten zien,' zei hij preuts, plots. Het daaropvolgende moment knipoogde hij alweer.

Knipoogde hij, of was dat een *tic nerveux*? 'Het is het fetisjisme, het totemisme,' verklaarde hij. 'Het is een toververdrag, het is de verbeeldende, overnatuurlijke maagschap.' En na een korte stilte zei hij nog een keer: 'Ik moet je iets vertellen.'

Misschien was deze oude pater gewoon verward in zijn hoofd. Hij noemde bijvoorbeeld het oerwoud het oorwoord. Hij had het over een 'stronkeltuit', een 'schie', een 'jeukte' die beet op zijn borst, en ik knikte alsmaar. Ik kon me niets voorstellen bij de door Michel gebruikte woorden als geestesverhuizing, duivelsinspraak en na-zielen. In éénzelfde zin had Michel het over bliksempis, haneneieren en christelijke vergiffenis.

Het klonk als wonderbaarlijke onzin.

'Dat weet ik zo niet,' zei Michel, die mijn gedachten las. 'Je moet niet alles ervan geloven. Maar alle Congolezen geloven het wel; en misschien is het even uitzinnig alles vooraf te verwerpen dan het zonder streng onderzoek te aanvaarden.'

Hij keek gejaagd om zich heen. In zijn waterige ogen stond paniek. Op zijn vraag bracht broeder Thierry een grote kartonnen doos van Delhaize binnen. Daaruit diepte Michel een kleinere witte schoendoos op. Hij opende die en tastte er voorzichtig in. Zijn bewegingen werden langzamer. Na een minuut schudde hij zijn handen af, op hygiënische wijze.

'De nkisi is een fetisj,' doceerde Michel. 'Tegelijk een geest, een toverding en een geestelijk krachtvoorwerp. Nkisi kunnen stenen zijn, planten of dierlijke producten, maar ze zijn beïnvloed door een geest. Ik zal ze je tonen.'

Alle fetisjen in de Delhaizedoos waren keurig, stuk voor stuk, verpakt in krantenpapier. Eén voor één pakte Michel ze bedachtzaam uit. In mijn keel en aan mijn hals voelde ik onbehaaglijke spanning ontstaan. Ik schoof wat achteruit. De fetisjen waren kleine, roodbruine of zwarte voorwerpen, met doekjes en touwtjes aaneengebonden. Ze waren als kleiachtige, vogel- of vleermuisachtige lijfjes. Soms staken er tanden of tandjes uit, als de fossiele of gemummificeerde bek van een klein roofdier. Er waren ook samengebonden pluimen, het vieze pelsje van een civetkat. Ik moest verder naar achteren schuiven van Michel.

'Dit zijn monstrueuze fetisjen,' zei hij terwijl hij ze blind betastte. 'Zij zijn ontstaan in daden van geweld; ze zijn doordrenkt met menstruatiebloed en speeksel, ze zijn bevlekt met schaduw, as, afgeknipte nagelranden, uitwerpselen van een kolerieke...'

Behulpzaam wilde ik ook een fetisj uitpakken, maar Michel belette dat: 'Ze zullen pijn doen aan je handen en je ogen.'

Tien of meer voorwerpen lagen al uitgestald op het bureau. Verschillende ervan wilde de pater niet verder uitpakken, want dan zou hij ze vernietigen, verklaarde hij.

'Maar wilt u dat dan niet?'

'Ik kan dat niet,' zei Michel. Dat klonk dubbelzinnig. Snel pakte hij de fetisjen weer in met het krantenpapier. Hij zei: 'Kwade geesten zijn een onvermijdelijk deel van het leven.'

Hij zweeg. Hij voelde zich niet goed, mompelde hij. 'Het kwaad is niet gericht, het is gevaarlijk. De afgrond trekt ons aan.'

'Ik moet dringend gaan liggen,' vervolgde hij. Op dat moment draaiden zijn ogen naar boven en vervolgens gewoon weg. Hij plofte neer op de stoel die broeder Thierry nog snel onder zijn zitvlak kon schuiven. Slap sloeg zijn hoofd achterover. De broeder en ik droegen hem, gezeten op zijn stoel, voorzichtig naar zijn bed, waar hij traag weer bij bewustzijn kwam. Beduusd keek hij me aan.

Vijfentwintig

Voor ik naar Congo vertrok had ik met Remi een lang gesprek gehad over genezers, fetisjen, waarzeggers en heksen. Remi kwam vaak terug op deze kwestie. Hij verzette zich sterk tegen elke vorm van exotisering, of primitieve voorstelling. Het woord 'tovenaar' vond hij ongeschikt, ook al gebruikte hij het soms zelf. Hij sprak liever over genezers, waarzeggers en heksen, en hij gebruikte liefst de originele Yaka-termen.

De genezer, of *ngaanga phoongu,* is de priester-genezer die optreedt als er een probleem is in de clan. Hij gebruikt nkisi, witte magie, maar opnieuw, Remi hield absoluut niet van het woord magie. 'Nkisi is een fetisj,' zei hij, 'en wordt ook talisman genoemd, in het Engels *charm.* Een juistere omschrijving is: een krachtvoorwerp.'

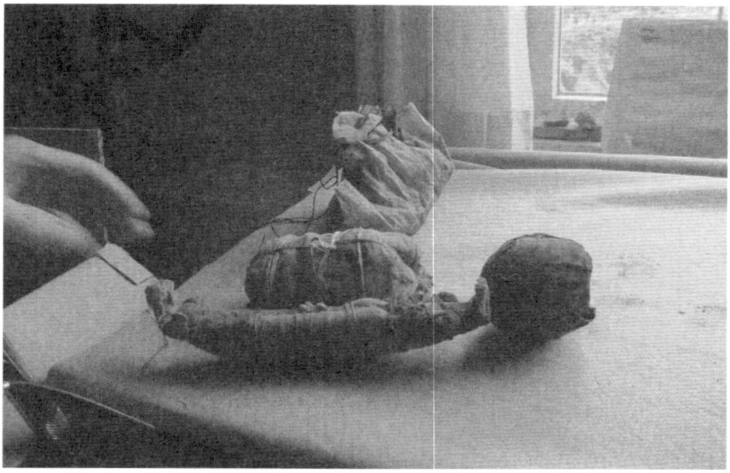

Het gaat, opnieuw volgens Remi, om 'magische middelen, rituele voorwerpen'.

'Magie, nu zeg je het weer,' zei ik hem.

'Ja, ik weet het, maar we beschikken gewoon niet over de juiste woorden. Fetisjen veroorzaken crisissen; mensen huilen, vallen flauw of kruipen plots op het dak van een huis. Fetisjen kunnen mensen gaan bezitten, zodat die mensen zelf ook genezer worden.'

Vervolgens is er de waarzegger, of *ngaanga ngoombu*, zo werd me door Remi uitgelegd. Hij is een sjamaan, een ziener. Hij vertelt of verklapt in orakels vanwaar het ongeluk komt, wat het betekent. Hij voorspelt niet, hij ontwart veeleer. Hij leest en interpreteert de tekens. Hij kan schaduwen lezen, hij ziet datgene waarop de familie geen greep meer heeft. Hij ontdekt het kwaad of het lot en zoekt de oorsprong ervan. Hij kan zien welke patronen bij welke families horen, soms tot twee of drie generaties terug.'

'Is dat, Remi, zoals jij werkt als psychoanalyticus?'

'Dat zou je kunnen zeggen. De waarzegger werkt als een therapeut of een psycholoog en hij geeft aan welke middelen tegen het kwaad kunnen worden gebruikt. Men zegt ook: gebruik liefst een waarzegger van een andere streek.'

Ik noteerde dit allemaal, woord voor woord, in mijn Mujischriftje.

'Vervolgens,' zei professor Remi, 'is er de kwaadaardige tovenaar, de heks, de *ngaanga buloki*; de *kindoki* is dan de kwaadaardige magie.'

Magie? Ik zei niets.

'De heks mobiliseert,' ging Remi onverstoord door, 'en stuurt de kwade krachten. Hij of zij gebruikt genezende of dodende fetisjen. De heks zuigt de levenskracht uit familieleden en leeft asociaal. Hij of zij heeft psychische krachten, maar bezit ook een geheime kennis van gif en drugs.'

Uitermate interessant vond ik dat allemaal. In Franstalige

teksten over hekserij en fetisjen kwam trouwens, zo stelde ik vast, het woord malice soms voor.

'Bestaan heksen dan?'

'Ja, het is de volksverbeelding die in het reine wil komen met het kwaad. Met woede, angst en afgunst, met ongeluk en de slechtheid die je tegenkomt op je levenspad.'

'Kunnen ze dan echt beheksen?'

'Ja natuurlijk, elke ouderling is in principe in staat om krachten op te wekken en tegen iemand te gebruiken, als hekserij.'

De heks, of ngaanga buloki, bestaat ook bij ons, zo overtuigde hij me. Mensen maken elkaar ziek met kwaadaardige woorden, in negatieve relaties of krachtenvelden. Je hebt hier toch ook boosaardige mensen? Ze zijn driftig, giftig en onbetrouwbaar. Ze zijn belust op weerwraak en je weet niet eens waarom. In Congo zegt men over heksen dat niemand weet wie ze zijn, maar als je beschuldigd wordt ben je er een. In onze gesprekken herhaalde Remi dat vaak.

'Want er zit kwaad in ieder van ons,' zei hij. Vrolijk knipoogde hij naar me.

26

Na mijn ontmoeting met pater Michel Plancquaert heb ik opnieuw zijn boek *Les sociétés secrètes chez les Bayaka* gelezen. Ik wilde het gebeurde beter begrijpen. Ik had de beklemming waardoor hij flauwviel zelf in mijn lijf gevoeld. Bij Placied Tempels las ik over 'de ontaarde mensch, de levensverdelger *ndoki*' en over 'de boosheid in den vollen zin des woords, de slechtheid in den hoogsten graad'. Ik vroeg me af: wat doet een fetisj dan precies?

Kan een fetisj een ziener helpen om gedachten te raden en te ontrafelen? Kan zo'n krachtvoorwerp aan een ziener tonen wat het probleem is? Is dat zoals een hond de menselijke gevoelens en gedachten kan aanvoelen?

Ik ga nog verder: bezit een fetisj een zelfstandige kracht? Ja, zouden beelden en fetisjen, door dagelijks intens met ze om te gaan, op zich een zekere intelligentie kunnen verwerven?

De beeldjes die ik destijds in het kleine museum had gerangschikt waren voor mij esthetische voorwerpen geweest. Ik had hun vormen opgemeten en nagetekend. Maar deze fetisjen, die van Michel, konden schaden, zo had ik nu zelf kunnen waarnemen. Ook al deden paters daar graag meewarig over. In een gesprek noemde rector Lecompte de hekserij in één adem met andere Congolese kwalen als afgunst, chantage, diefstal en het gebrek aan discipline. En nog een paar andere gebreken erbij.

In de Afrikaanse zon trilde een dubbelzinnige schaduw naast mij op de grond. Onder mijn handen zag ik, meende ik, op het tafelblad een vreemde donkerte bewegen. Het was de schaduw van mijn handen, maar de schaduwen klopten niet, dacht ik.

Vorsend keek rector Lecompte me in de ogen. Hij waardeerde mijn betrokkenheid bij de oude zieke Michel, zei hij.

'Is pater Michel dan ziek?'

'Ja, natuurlijk is hij ziek,' stelde Lecompte. 'Die man is doodziek.'

Lecompte zei dat hij mij erg nauwgezet vond in mijn handelingen, voorzichtig in uitdrukking en oordeel, en met een diep inzicht. Hij corrigeerde zichzelf: met een diep verlangen naar inzicht. Maar ik mocht me niet afsluiten, zei hij. Bij wijze van doktersvoorschrift voegde hij daaraan toe: 'Innerlijk onderzoek, drie keer per dag.'

Ik knikte.

Lecompte zei ook: 'Ik denk trouwens niet dat jij genoeg bidt.'

Korte tijd later verzwakte Michel. Leunend in dikke kussens, onverstoorbaar en misschien zelfs ongeduldig ging hij op zijn einddoel af. Hij stopte gewoon met eten. Pas nog hadden ze een ernstige hartafwijking bij hem vastgesteld, deelde hij me grijnzend mee. Van de ene dag op de andere werden zijn ogen dof en zijn broze, bloedeloze handen trilden aanhoudend. Vanaf toen hield ik hem vaak gezelschap op de veranda, zittend vlak naast hem op een houten stoel. Zijn humeur werd soms hevig verstoord door kribbigheid. Hij mopperde: 'Overal in dit land zie ik leugens. Met hun radicalisme maken ze veel kapot, maar ze doen maar. Het is tenslotte hun land.'

Hij vertelde me hoe hij ooit op zoek ging naar de oude slavenroute, die vanuit het Oosten naar de zee voerde.

'En hebt u de route gevonden?'

'Ja, want langs de slavenweg staat een bepaald soort bomen, de *boa*. Plotseling merkte ik in het landschap al die bomen op. Voor mij een grandioze ontdekking. Voor de Congolezen niet, want zij kenden de route nog vanuit hun overlevering. Ze waren zo tactvol geweest mij daarover niet te spreken.'

Toen hij nog in de brousse zat schreef pater Michel elke maand twee brieven, vertelde hij. Eentje naar zijn moeder, waarin hij meedeelde dat alles in Congo naar wens verliep, eentje naar zijn zus over zijn neiging tot neerslachtigheid. Op een keer verwisselde hij domweg de twee brieven. Zijn oude dikke buik schudde van het lachen.

Vroeger in Popokabaka had hij een gregoriaans koortje opgericht. Met twaalf polyfone zangertjes oefende de pater de verschillende stemmen in. Ze oefenden in zijn lerarenkamer, waar een plastic menselijk geraamte in de hoek stond. Een van de jongens had ernaar gewezen, beweerde plotsklaps dat Michel een menseneter was. Ineens was het stil geworden in het zanggroepje. Een van de jongens noteerde enkele woorden op een blaadje papier. Een andere jongen voegde er nog twee andere aan toe. Hiermee hadden ze het gevaar van het skelet verbannen.

Deze formules waren aanroepingen, zegeningen, verwensingen, zei Michel. Hij verzamelde nadien nog meer van deze traditionele bezweringen en vervloekingen in een schoolschriftje. Het had hem geïntrigeerd hoe sommige woorden kracht, zelfs geweld konden uitoefenen. Het waren *misaasu.*

'Met woorden,' zei hij, 'kan men liefhebben, beschermen, genezen maar ook efficiënt doden, zonder elkaar aan te raken.'

Het prikkelde mijn nieuwsgierigheid.

'Mag ik dat schoolschriftje zien?' vroeg ik.

'Op de kaft staat een tekening van de jonge Boudewijn.' Hij leek mijn vraag niet goed te begrijpen.

'Jazeker, maar mag ik het schriftje eens inkijken?' vroeg ik.

'Het ligt nog in Popo,' antwoordde Michel, kreunend nu.

'Hoe zit het met de kladtekst?' vroeg ik. 'Hoe vordert *Le réalisme merveilleux*?'

Michel masseerde zijn voorhoofd met de vingertoppen. 'Dat zal een *brouillon* blijven. Maar ik wil je nog iets anders vertellen.'

Hij zweeg.

Ik zei dat ik luisterde.

Dat was al voldoende om hem te irriteren. 'Als je zegt dat je luistert, dan spreek je.'

Ik zweeg. Met grote open ogen keek ik hem aan.

Hij zei: 'Ik moet je iets toevertrouwen.'

Peinzend plukte hij aan zijn baard. Met zijn linkerhand harkte hij het wilde haar onder zijn kin bijeen. Hij zei: 'Ik heb een dode geslagen.'

Ik begreep hem eerst niet goed. 'Wat? Hebt u iemand doodgeslagen?'

Michel reageerde tegelijk nijdig en droevig. 'Ik zei dat ik een dode heb geslagen.'

Ik wist niet hoe hierop te reageren. Dit klonk als een biecht, of de aankondiging ervan. Ik had daar geen ervaring mee.

'Ik was nog niet zo lang in Congo,' vertelde hij. ''s Nachts hoorden we trommels van een rouwplechtigheid. Er was een waarzegger gestorven, zo werd er gezegd. Met mijn catechisten ging ik ernaartoe. Ik werd kwaad, verloor al mijn zelfbeheersing. Ik wilde hun gewoon een lesje leren. Als ik dat ellendige bijgeloof kon uitroeien zou deze streek voor de kerk gewonnen zijn. Ik ranselde het lijk af. Herhaaldelijk sloeg ik op de dode, maar dat betekende een vloek, leerde ik later, want wie een waarzegger slaat ontbindt het weefsel en verwekt onheil. Door mijn dommigheid stierf de overledene een tweede keer.'

Michels ogen waren vol onrust nu. Zijn pupillen schoten heen en weer, zijn neusvleugels en lippen trilden.

Ik zweeg. Ik durfde nog altijd niets te zeggen.

'Paters die te hard optreden,' vervolgde hij, 'worden verwijderd en onverbiddelijk teruggestuurd naar Europa. In geen geval mogen wij nerveus of kwaad worden. Laat staan de dode mensen slaan. Het was een ernstige fout van mij. Ik heb dit nog nooit aan iemand verteld. Ik loog hierover tegen mezelf.'

Ik wist vooral niet wat ik hierop moest zeggen.

'Iedereen was zo tactvol het mij niet te verwijten.'

'Een verkeerde inschatting van dat moment,' probeerde ik vergoelijkend.

'Het is al goed.' Michel wilde verder met rust gelaten worden.

Toen ik de dag erna aanklopte en zijn kamer binnenging, stond Michel rechtop naast zijn bed, met bezweet aangezicht. Met zwarte ogen staarde hij voor zich uit. Hij hield zijn armen en handen op zijn rug als waren ze daar strak vastgebonden. Hij praatte stil en dwangmatig in zichzelf. Op dat moment begreep ik dat hij in die stilte, alleen in zijn kamer, gesprekken voerde met onzichtbare mensen. Michel schrok toen hij mij opmerkte. Hij vroeg mij onmiddellijk de kamer te verlaten. Zijn strengheid schokte me.

De dag erna keerde ik terug. Opnieuw stond Michel daar in het midden van de kamer. Werktuiglijk kauwend, bang en getergd, leek hij weer verdwaald in zijn innerlijke wereld. Opnieuw ten prooi aan onvermijdelijke gesprekken.

'Voor waken is het te vroeg,' gaf Michel me kortaf te kennen. 'Ik heb niets met je te regelen.'

Ik draaide me om, treuzelde even en verliet de kamer. Maar Michel riep me deze keer terug. Hij zei dat ik tegenover hem moest gaan zitten en luisteren.

Hij vertelde me een fabel uit Kwango over een moeder die een kind kreeg, maar het kind stierf kort na de geboorte. De bedroefde moeder begroef het kind en ging over haar verdriet klagen bij Ndzaambi Phungu. Dat is God, het opperwezen. God zei haar: 'Je hebt je kind begraven, dat is goed, maar je mag het graf van je kind de komende drie dagen niet bezoeken.'

De moeder gehoorzaamde. Zij wachtte, maar ze kon haar ongeduld niet beheersen en sneller keerde ze terug naar het graf. Het kind leefde nog, de moeder riep haar vreugde uit, maar door haar ongehoorzaamheid stierf het kind nu voorgoed.

Na enkele minuten zwijgen zei Michel: 'Ga maar, jongen.'

De dag erna mocht ik zijn kamer onder geen enkel beding meer binnen. Alleen de verpleegster mocht langskomen voor het hoogstnodige. Ik waakte op afstand. Ik wist: de stervende

Michel ondervroeg en werd ondervraagd door zijn daimonen, zo stelde ik me voor. Hij deed ook al zijn laatste gesprekken met ouders en voorouders, dorpsgenoten van vroeger, paters en broeders, grote Congolese *chefs coutumiers*, dragers en chauffeurs, catechisten en ten slotte alle door hem gedoopte kinderen die in lange rijen voor hem aanschoven. Hij gaf zijn finale boodschappen door, hij bemiddelde en ruilde goddelijke instructies voor smeekbeden en omgekeerd. De pater moest, ja, zo stelde ik me voor, uitmaken wie van al die aanschoven nog leefde en wie al dood was, en steeds vaker kwam hij terecht bij de laatste, belangrijkste vraag, namelijk of hij zelf nog wel leefde.

Op mijn kamer zat ik in mijn eentje, verstrooid en afwezig, te lezen in Michels boek over de initiatiegenootschappen. Ik wilde met hem praten, hem troosten, hem ondervragen, maar ik mocht niet.

In zijn boek beschreef Plancquaert hoe op het zorgvuldig gewiede dorpsplein de met witte klei gepleisterde jongens samenkwamen en dansten, en pater Michel stond gewoon tussen hen in, zo zag ik het voor me, en met luide stem zong hij een onverstaanbaar lied en gooide zijn eigen woorden ertussendoor als simultaanvertaling, persoonlijk voor mij.

Ik viel in slaap met mijn hoofd op het boek.

Later die avond vond de verpleegster Michel Plancquaert dood op de vloer.

Na een krachtige onweersbui verschenen vliegende mieren uit de grond, langs de rode aardeweg naar Kimwenza. De Congolezen oogstten de lekkernij. Ze noemden het *le dernier cadeau du père Michel.*

Na Michels overlijden wilde ik, met nooit geziene ijver, alle beschikbare publicaties over de Yaka bestuderen. In mijn kamer hing ik een kaart op van Kwango, waarop ik de plaatsnamen aanwees, noemde en memoriseerde. De mensen van Kwango fascineerden me, terwijl ik de meeste van de paters hooguit interessant vond. Soms ergerden zij me zelfs door hun voorbeeldige beheersing. Terwijl zij streefden naar vooruitgang, via opvoeding en de opbouw van het land, interesseerde ik me voor kleine, ingewikkelde dingen die om mij heen gebeurden. Het ging om onverwachte, tegenstrijdige gebeurtenissen. Vaak betrof het de tovenarij, die volgens deze paters wel zou uitdoven.

Zo gebeurde het volgende: in de misviering van een begrafenis dronk een jongeman petroleum en hij spuwde vuur naar de familieleden.

En dit: een schooldirecteur uit Kwango kwam naar de hoofdstad om zijn grote aankopen voor de school te doen. Op het Ngabaplein in Kinshasa kwam een auto op het trottoir terecht en de schooldirecteur uit Kwango werd erdoor verpletterd tegen een huis. Onmiddellijk beschuldigden zijn zonen thuis de moeder van de directeur. Hun grootmoeder had op afstand haar eigen zoon vermoord, beweerden ze.

Ook werd een gek met een touw vastgebonden aan een boom.

Zesentwintig

Ook al is het schrijven van een scriptie een ernstige onderneming, ik geef toe dat mijn notities in het Muji-schriftje soms niet zo duidelijk zijn. Ik weet niet meer precies of Remi die ene tekst, *Le réalisme merveilleux*, daadwerkelijk zag liggen op Michels bureau. Het zou ook kunnen dat ikzelf die heb gezien in Servico, op het bureau van de oude pater Metena, die mij een boek over de Yaka-koningen leende.

Later las ik zelfs dat de term 'réalisme merveilleux' een andere benaming is voor magisch realisme, als literair genre.

Had Michel dat bedoeld? Slechts dat? Dat viel mij tegen.

Ik had begrepen, misschien naïef, dat de werkelijkheid zélf wonderlijk en betoverend kan zijn. Want na mijn gesprekken met Remi is dit steeds meer mijn overtuiging: dromen kunnen ons iets vertellen over de dingen die gebeuren, feiten waardoor de werkelijkheid zelf wonderlijk wordt.

Remi zei daarover, en nu schrijf ik letterlijk zijn woorden over uit mijn Muji-schriftje: 'De droom is een manier van zien, van inzicht krijgen. Niet technisch of letterlijk, maar de droom gaat je gewoon vooraf. De droom wijst niet letterlijk naar de toekomst, maar heeft een aanzuigende kracht en geeft suggesties voor je toekomst. Bij het ontwaken heb je soms scherpe inzichten, toch?'

27

Na het overlijden van pater Michel ging Lecompte diens bureau leegmaken, een werkje dat hij onmiddellijk aanvatte, en het was alsof hij daarbij naar iets zocht.

Ik ging hem vragen of hij bij het opruimen *Le réalisme merveilleux* had gevonden.

Dat zei Lecompte niets. Hij had wel de Delhaizedoos met fetisjen gevonden, die hij zou doorsturen naar het kleine museum in België.

‘Of een dichtgenaaid schriftje dan?’ vroeg ik. ‘Zegt dat u niets?’

‘Evenmin,’ zei Lecompte. Hoewel, in Michels papiermand had hij veel kleine snippers aangetroffen. Sommige hingen met garen aan elkaar. Hij vond ook een door Michel eigenhandig ingebonden schriftje, met op de bruine kaft zwierig gekalligrafeerd *Spreuken der Bayaka, Popokabaka, 1937-1945*.

Hierover had Michel mij niets verteld, maar Lecompte wist er wel van. Lang geleden had de pater achthonderd spreuken fonetisch genoteerd op achterkantjes van oude facturen. Naast de spreuk had hij telkens zijn eigen vertaling geschreven. Er stond bijvoorbeeld: ‘Waar moeder geit voorop gaat, daarheen volgt ook de ganse troep.’

Of vrolijker nog: ‘’t Geitje huppelt in het groen, en zo zal ook haar jongske doen.’

De daaropvolgende dag verdiepte Lecompte zich meteen in Michels vertalingen. Hij vond ze veel te vrij, zei hij, zelfs slordig, en dat kwam ongetwijfeld door Michels rijmdwang. Lecompte wilde persoonlijk dit vertaalwerk, ondanks zijn drukke bezigheden als rector, overdoen. Twee dagen later al had hij een zekere Timothé van straat geplukt, een arme Yaka die in de Cité de kost verdiende met afwassen en strijken.

Lecompte en Timothé zaten tegenover elkaar aan de tafel. Timothé, een tengere volwassen man van dertig, voelde zich ongemakkelijk onder de aandacht. Hij zat onbeweeglijk voor Lecompte, die plechtig het oude schriftje opensloeg.

De rector las spreekwoord nummer 27 voor: '*Tweenda taata, mwanaaku. A taata, phiingila, mwanaaku.*'

'Wat betekent dit?' vroeg hij aan de arme man. Het gesprek verliep in het Kiyaka, de taal van de Yaka, en af en toe vertaalde Lecompte het gesprek voor mij.

Timothé ging nu rechtop zitten, legde zijn handpalmen even tegen zijn wangen. Hij zette uiteen hoe kleine kinderen doorgaans bij hun moeder in het dorp blijven, maar soms vergezelt een leergierig kind zijn vader bij het werk in het bos. 'Wat zegt de vader dan?' vroeg Timothé. Hij trok zijn vuile, donker bevlekte gilet recht.

'Ja, wat zegt die vader dan?' moedigde Lecompte hem aan.

'*Tweenda taata, mwanaaku. A taata, phiingila, mwanaaku,*' zei Timothé, als een logisch antwoord op die vraag. Lecompte voegde een komma toe in de transcriptie van Michel. Hij plaatste accenten op de klinkers.

'Zegt men dit vaak?' vroeg hij.

'Soms.'

'Heeft jouw vader dit vroeger ook aan jou gezegd?' vroeg de pater. Met zijn tongpunt ging hij langs zijn mondhoeken.

Timothé wachtte en dacht na. Hij knikte. Timothé verduidelijkte dit door twee situaties te noemen: een vader gaat op jacht, of hij zuivert stukken grond in het bos. 'Het kind wil ervaring opdoen. Het wil zijn zoals de vader.'

Als letterlijke vertaling noteerde Lecompte uiteindelijk: 'Laten we gaan, papa, het is jouw kind. Papa, wacht op me, ik ben je kind.'

Ik observeerde de twee mannen tijdens deze vertaaloefening. Ik kon amper volgen wat ze zeiden, maar af en toe lichtte Lecompte enkele zinnetjes aan me toe. Dit waren voor mij bijzondere momenten, want zo verwierf ik mijn eerste noties van het Kiyaka. Ik noteerde alles. De beide mannen besteedden telkens minstens een kwartier per spreekwoord. Elke dag een uur. De gesprekken gingen over voorouders, broers en ooms, of affaires tussen mannen en vrouwen. Bij moeilijke spreekwoorden hield Timothé langdurig de vingertoppen tegen elkaar. Met veel omwegen formuleerde en herformuleerde hij. Lecompte leunde dan voorover, greep met zijn hand in de lucht om de betekenis te vatten. Behulpzaam tekende Timothé met zijn vinger cirkeltjes rond woorden op Lecomptes papier, ook al kon hij niet lezen of schrijven.

Als Timothé weg was, toonde ik aan Lecompte mijn notities. Hij verbeterde de fouten. Als ik echt Kiyaka wilde leren moest ik dat serieuzer aanpakken, zei hij.

Ik begreep niet waarom Lecompte zich plotseling zo geconcentreerd op deze vertaaloefeningen gooide. Had hij die oude spreekwoordenlijst nodig om met de overleden Plancquaert in contact te treden? Of zocht hij aansluiting bij de Yaka zelf?

Het was een maand dat het alsmaar regende, ik had het zelfs koud en ik verdiepte me in de cultuur van de Yaka. Al lezende daalde ik dieper af in het onbekende, onbereikbare Yaka-universum. Ik begreep er amper iets van. Verspilde ik mijn tijd?

Ik zei dat voorzichtig aan Lecompte: 'Ik heb het zo stilaan gehad met de thomistische filosofie.'

'Wat je daar zegt klinkt eerder arrogant,' zei Lecompte.

'Ik bedoel: ik vind de theologiestudie wereldvreemd, als ik dat mag zeggen.'

'Je mag alles zeggen, natuurlijk. Iedereen mag dat.'

Ik probeerde opnieuw: 'Ik wil liever naar Popokabaka, naar Kwango.'

'Ik zal je laten weten wanneer het uitkomt,' antwoordde de rector.

Klonk dit antwoord afwijzend of vriendschappelijk? Ik wist het niet en ik zou het ook nooit te weten komen, want een week later werd iedereen in Kimwenza in het holst van de nacht gewekt. Er was grote paniek. Studenten klopten bij elkaar op de deuren, liepen ontzet hun kamers uit. Helder maanlicht viel tussen de zuilen op de veranda. In de toegangshal lag een spoor van bloedvlekken. Ik kon nog net zien hoe een lang, fors lichaam de ziekenboeg in werd gedragen. Het was de zwaargewonde rector Lecompte, die overvallen was op de terugweg van Kinshasa. Hij had zich verdedigd en had geweigerd zijn autosleutels af te geven.

'Het was niets politieks,' werd meteen gezegd. 'De moordenaar was een ordinaire gangster.'

Op Lecomptes lichtblauwe hemd was een zompige bloedvlek zichtbaar. De vlek groeide onheilspellend verder aan, maar Lecompte was al overleden.

Ik was zeer bedroefd daarover. Lecompte was de vriendelijke boodschapper of daimon die mij naar Afrika had gestuurd, of getrokken, ik weet het niet. De ochtend erna werd ik wakker met stekende hoofdpijn. Rond halftien zag ik in mijn ooghoek een kleine zwarte slang verschijnen. Ik draaide mijn hoofd. De slang was weg.

Ineens was de slang er weer en ze trok een duidelijk beweeglijk spoor van zwarte inkt. Het was een dunne zwarte draad die grillig uitwaaierde en toen uit het blikveld glipte. Was er iets mis met mijn rechteroog?

Later die week, na de aangrijpende begrafenis, ging ik op een vooravond een luchtje scheppen aan de Congorivier, waar een groot passagiersschip de haven verliet. Op het dek zwaaiden toeristen uitgelaten. Dachten ze dat ze mij kenden?

Dit gebeurde allemaal zo snel: de dood van Plancquaert, daarna de gewelddadige moord, de verbijstering bij de begrafenis. Ik kon geen hoogte krijgen van deze schimmige, koortsige wereld. Ik liep langs de Boulevard du 30 Juin. Ik slenterde in de laaiend hete zon, het stof en het verkeerslawaai. Er stonden auto's op het voetpad. Traag stapte een agent erop af om ze te bekeuren, maar dat was slechts om een fooi te eisen. Straatvegers, in hun grote, zakkige uniformen en met een vies mondkapje om, veegden stuifzand op met te kleine vuilnisblikken. Overal stonden verkopers van drank, brood, T-shirts of frivole dassen, maar niemand kocht wat. Ook op het voetpad aan het chique Memlinghotel maakten schoenen- en pettenverkopers eenzelfde zinloze drukte. Niemand kocht iets, niemand. Iedereen wachtte, net als ik.

Zevenentwintig

De zogenaamde ontdekking van Kwango gebeurde op 3 april 1854. Op die dag arriveerde David Livingstone bij de oevers van de Kwangorivier. De kennismaking met de Belgen en de kolonisatie gebeurde later, toen luitenant Francis Dhanis, ingehuurd door Leopold II, in Kasongo-Lunda protocollair ontvangen werd door hun koning, de Kyaambvu.

Haast fotografisch staat die scène beschreven in de koloniale geschiedenisboeken: de Kyaambvu zit op een breed en laag podium, dat geheel bedekt is met luipaardvellen. Hij draagt een eenvoudige heupdoek en enkele pluimen in zijn kapsel. Rechts van hem staan grote trommels en fluitspelers, daaromheen dansen keel-gillende vrouwen en honderden gewapende mannen. De Kyaambvu drinkt. Hij deelt mee aan Dhanis: 'Ga niet verder, want dat zou mij vernederen; een grotere leider dan ik bestaat er niet.'

Maar Dhanis trok wel verder. Hij sloot verdragen met de leiders van de Wamba en ook met een Portugese expeditie vanuit Angola. Op zijn terugtocht stichtte hij in 1890 Ngoa of Ngowa Café, de eerste naam van Popokabaka. Op die manier brak Dhanis, luitenant van Leopold II en bijgenaamd 'veel zweepslagen', de macht van de Yaka-koning.

Vanaf dat moment dook de Kwangoregio op in de koloniale geschiedenis. De zandgrond was er weinig vruchtbaar, er waren amper exportproducten. Vrouwen verbouwden maniok, wortelknollen of zoete patatten, bonen, ananas en aardnoten. De mannen joegen met pijl en boog, of met antieke karabijnen die ze kochten van de Portugezen. In mei 1915 begon de kerstening toen de jezuïet Hanquet een catechist stuurde naar Ngoa. De jezuïeten waren gehaast, omdat naar verluidt de protestanten ook activiteiten ontwikkelden in de streek.

In 1920 had de Mission de Ngoa, de missiepost, al 4310 gedoopten.

Twee keer per jaar bezochten afgevaardigden de dorpen, zij entten de mensen in tegen tropische ziekten. Heel het dorp draafde op en liet zich vaccineren. Slaapziekte, tbc en malaria werden bestreden. Verder bemoeiden de Belgen zich niet of amper met de bevolking, tenzij om de mensen van Kwango op te eisen voor dwangarbeid voor de spoorlijn Matadi-Leopoldstad of de tinmijnen van Maniema. Vanaf 1942 kregen de Yaka zware quota van rubber opgelegd. Om de verplichte tewerkstelling te ontlopen, vluchtten ze steeds vaker diep de brousse in. Overal waar het stoombootje van de Belgen verscheen, verdwenen de Yaka in het woud.

'*Opposition occulte et passive au regime colonial,*' noteerde de Belgisch-Congolese administrateur. Gouverneur Pétillon zei over Kwango: '*Pays pauvre, gens pauvres et difficiles à civiliser. Beaucoup de travail.*'

Adjunct-gewestbeheerder André Ryckmans schreef: '*Les Bayaka sont une race vive, artiste, malicieuse.*'

28

Na de dood van rector Lecompte ging ik naar Servico in Kinshasa, in de Avenue de la Justice. Ik wilde duidelijkheid over mijn situatie. In de binnentuin hoorde ik de oude pater Bernard, de nieuwe rector, driftig tikken op zijn mechanische typemachine. De deur van zijn kantoor stond open, hij werd opengehouden met een houten antilopebeeldje. Ik klopte aan, ging pal voor hem zitten. Ik zei dat ik het liefst naar Kwango wilde vertrekken.

'Om wat te doen?' vroeg Bernard. Hij schoof wat papieren aan de kant, keek mij aan. Hij had wit golvend haar, was goed geconserveerd, maar zijn hoofd en armen waren bezaaid met ontelbaar veel ouderdomsvlekjes.

'Ik wil hun taal leren. Rector Lecompte steunde mij daarin.'

Eventjes schudde Bernard zijn hoofd. Na enig aandringen van zijn kant gaf ik toe dat mijn parcours begon te lijken op een vlucht vooruit.

'En als je dan hun taal kent, wat dan?'

'Dan zien we wel.'

'Ja, dan zien we wel,' zei rector Bernard. Hij stond op en ik liep met hem naar buiten. Op het immense terrein van Servico lagen scholen, een prestigieuze bibliotheek, residenties en sportvelden. In het midden van het domein was zelfs een ongerept stukje tropisch oerwoud overgebleven. In de Congolese eiken zaten vette hagedissen, blauw glanzende kolibries en grote vogels die schetterden als brandweersirenes. Onder een immens bamboebos lag een kapel. Bernard en ik liepen langs het altaar in natuursteen en een oude termietenheuvel over een smal weggetje naar boven.

'Dit is mijn pad,' zei hij, 'ik heb het zelf gebaand.'

We klommen omhoog tussen de struiken. Boven kwamen we op een smal grindpad, liepen over het kortgeschoren gazon, waar een dikke mango voor onze voeten uiteenspatte. Overrijp vruchtvlees en sap slingerden in het rond.

Daar, tegen de heldere lucht, stond een groot strak gebouw, met gietijzeren ramen en hoge metalen deuren. We gingen naar binnen. In de ruime gangen filterden glastegels het daglicht en kleurden het. Saffraangeel, het rijke robijnrood, het groen van malachiet.

Op de vraag van Bernard legde de archivaris van het Centraal Archief een stapel dagboeken voor me op een tafeltje. Het waren de *diaires* van paters die sinds het prille begin in Popokabaka hadden gewerkt.

'Vroeger heb ik daar ook lesgegeven,' voegde de archivaris eraan toe. Latijn, Frans, aardrijkskunde en ook esthetica. Hij toonde me zijn cursus schoonheidsleer met zwart-witprenten erin: *L'art nègre*, naast een kubistisch portret van Picasso, en Vermeers *Meisje met tulband*. 'Wie vinden jullie het mooiste?' vroeg hij dan aan zijn leerlingen. 'Dat fetisjbeeldje, het gebroken vrouwengezicht van Picasso, of dat Hollandse hoofdje?'

En na het antwoord: 'Wát vinden jullie het mooiste?', om vervolgens te beginnen over de verschillende stijlen.

Drie volle dagen zat ik te lezen in oude dagboeken van de missiepost van Popokabaka, de hoofdstad van Kwango. In de notities las ik hoe paters met demonteerbare stoombootjes de grote rivieren op voeren, ondanks gevaarlijke stroomversnellingen en zandbanken. In de dagboeknotities was nauwgezet geregistreerd hoe hun leven eruitzag, de oogst, de bouwwerken, de catechismuslessen, het rijke parochieleven met de kerkelijke vieringen, afgewisseld met klachten over wangedrag en misdaden van de handelsagenten. De paters stelden het brute regime van koning Leopold II aan de kaak, in persoonlijke verzuchtingen over hun eigen onmacht. Ik las kritische commentaren op de rubberexploitatie door CCB.

Wat ik opmerkelijk vond was dat in de diaires geen notities terug te vinden waren over de periode tussen half 1959 en half 1961. Die jaren ontbraken gewoon. Waar waren de kroniekschrijvers in de cruciale onafhankelijkheidsjaren? Er zat alleen een losse foto bij die pagina's, met daarop de Volkswagen van de bisschop. Op de achterkant stond met vaste hand geschreven: '*A l'époque on se déplaçait en VW à travers tout le Congo.*'

Soms waren er ook foto's in de dagboeken geplakt, bijvoorbeeld van een bezoek van de generaal-overste van de orde. Uit een libelleachtig sportvliegtuig stapten vier mannen, in witte wapperende soutanes. Zij lachten uitgelaten als jongens op een schooluitstap. Close-up: ze droegen de typische Lumumbabril van die jaren en hun baarden waren plukkerige, uitwaaiende sikken. Op een rijtje luisterden ze naar een Congolese onderwijzer met welkomstbriefje. In de lichtrijke kamers van *La Mission* dronken ze koffie, converseerden met de zusters-missionarissen. Ze nipten aan kleine glaasjes.

Daarna volgde het langverwachte bezoek aan het zogenaamd inheemse dorp. De paters als grote witte goden, tussen dansende kinderen in raffiarokjes, een oude vrouw met verschrompelde borsten. Telkens stond daartussen de tengere *père général*, stijf en zedig, met zijn scherpe neus en kale hoofd. Voorzichtig schudde hij de toegestoken handen.

's Avonds, na het archiefbezoek, schoof ik bij de paters van Servico aan, voor het avondmaal. Als enige blanke zat ik tussen tien Congolese priesters en scholastieken. De subminister bediende zelf iedereen aan tafel met soep. Dat vergde tijd, maar dat was ook de bedoeling.

'Wie waren wij vroeger eigenlijk?' vroeg een van hen, wat badinerend.

'Ja, soms vraag je je af wie wij vroeger zijn geweest,' zei de subminister. Hij gaf daarmee de start van het gesprek.

'Negers,' poneerde een van hen. 'Vroeger waren wij negers. Soms ook met een hoofdletter geschreven. Wij waren *les Nègres.*'

'Daarna waren wij *les noirs*,' haakte iemand snel in. 'Soms werd dat eveneens met hoofdletter geschreven, les Noirs.'

'Ik ken er zo nog een,' zei een volgende fijntjes. '*Les Aborigènes de l'Afrique*. Men noemde ons soms ook de verondersteld-primitieven.'

Gegrinnik aan de tafel. De *fufu* werd doorgegeven. Opnieuw stond de subminister erop iedereen persoonlijk bedienen.

'Wij waren *les gens de couleur du Congo et du Ruandi-Urundi*,' probeerde weer een ander.

'Wij waren Bantoes,' zei iemand en hij sprak dat uit als een blanke die de primitieve diklippige zwarte medemens imiteert. Ze proestten het uit.

De eerste vraagsteller, blijkbaar nog steeds niet tevreden met deze opsomming, maakte een ongeduldig handgebaar. 'We waren natuurlijk ook *les indigènes*, de inboorlingen,' zei hij.

Er viel een stilte.

'Eerst,' besloot de subminister, 'waren wij de Belgisch-Congolezen, daarna de Congolezen, vervolgens de Zaïrezen.' Hij plukte tussendoor twee hardnekkige pluisjes van mijn schouder.

Het gesprek bleef vriendelijk en oppervlakkig, maar ik begreep de ondertoon. Er viel opnieuw een stilte. Ik vroeg: 'En wie waren wij Belgen dan, in deze gemeenschappelijke geschiedenis?'

De subminister zei: '*De tous les peuples de la Gaule, les Belges sont les plus braves.*'

’s Avonds, aan mijn bureautje op mijn kamer, las ik Plancquaert opnieuw. Van oudsher, zo schreef hij, werden de Yaka genoemd als oorlogszuchtig. Vooral hun tovenaars waren berucht en gevaarlijk. In Kinshasa noemde men hen ruziezoekers, maar zij hadden de beste genezers en waarzeggers, dat werd alom beweerd. Zo schreef de betreurde Plancquaert.

Ik kon niet snel genoeg vertrekken naar Kwango.

Achtentwintig

Remi had verteld dat hij destijds het archief vlak bij Servico had bezocht. Daarom zat ik er nu ook. De archivaris toonde me de diaires die Remi hier toen had geconsulteerd. De archivaris was natuurlijk niet meer dezelfde, we waren intussen bijna vijftig jaar verder, maar de dagboeken waren wel dezelfde documenten en ook het tafeltje, de stoelen, de gordijnen enzovoort leken alle wegtikkende tijd te hebben overleefd. Alleen werd dat meubilair intussen *vintage* genoemd. In mijn tijdscapsule leek het alsof ik daar de jonge Remi zelf zag zitten, met veel toewijding lezend aan een tafeltje. Ik bedoel: ik zag hem zitten zoals ik mezelf zag zitten.

'Wil jij nu dan ook alle dagboeken van Popo even grondig lezen?' vroeg de archivaris.

Zo fanatiek als Remi was ik niet. Ik bladerde door een volumineus groenbladig fotoalbum, met als opschrift *Nova et vetera*. Het ving aan in 1917, met een reisverslag over kloosters in Kisantu, portretten van devote inboorlingen met hun namen zwierig en attent erbij genoteerd, jonge krachtige stieren, een Mariabeeld netjes geschikt op palmbladeren, nog meer catechisten, een besnijdeniskamp in Kikwit, kinderen met de slaapziekte enzovoort. Op alle pagina's zaten kleine bruine roestvlekken en lijmspatjes.

'Ken jij *Ngando*?' vroeg de archivaris.

Nee, schudde ik, opkijkend.

'Ken jij het boekje *De krokodil*, in het Congolees *Ngando*?' vroeg hij opnieuw.

Ik kende het niet. Remi had me daarover niets gezegd.

‘Het boekje is prachtig, maar delicaat. Er wordt gesproken over bepaalde wreedheden.’

‘Wreedheden? Moord, denk ik dan. Is dat het?’

‘Bijvoorbeeld, soms werden mensen door chefs geslachtofferd om hun ogen, om het derde zicht te krijgen, of lippen, om goed te spreken, of het geslachtsdeel waarin alle macht verzameld is. In oude teksten duiken die verhalen geregeld op: een missionaris krijgt bezoek van een dorpsoudste die hem vraagt of hij “het” al at. Die verhalen bestaan nog steeds. De chefs hebben menselijke offers nodig om tot een hoger niveau van macht te komen.’

Remi had me hiervoor al gewaarschuwd. Hij zei: ‘Het menselijk offer is vooral een krachtig beeld.’

Ik begon meteen te lezen in *Ngando – Le crocodile*, geschreven door de Congolees Paul Lomami-Tshibamba. Voorin stond een foto van de schrijver. Een dertiger in deftige stadskledij, inclusief een wat fatterige pochette in het borstzakje. Voor dit boek ontving Lomami-Tshibamba de prijs van de Foire Coloniale de Bruxelles 1948. In het juryrapport werd zijn fijne, schrandere en grammaticaal juiste stijl geroemd.

In het voorwoord schetst Lomami-Tshibamba zijn eigen leven: geboren in 1914, jeugd doorgebracht aan de oevers van de Congostroom. Acute doofheid maakte hem hypochondrisch, meditatief, en vanaf toen hield hij van de stilte in bibliotheken. Op die plek ontdekte hij de literatuur van Jules Verne en Edgar Allan Poe. Hij leerde typen en vond werk als typist. Verder vertelt de auteur dat hij gehuwd is en dat zijn twee jonge dochtertjes zijn overleden. De introductie van zichzelf eindigt ongemeen triest: ‘*Nous n’avons plus d’enfant et, ce qui pis est, n’espérons plus en avoir…*’

Ik keek op. Ik zag de archivaris aan zijn bureau naar mij staren, terwijl ik ademloos in *Ngando* zat te lezen. Hij zei: ‘Dat boekje gaat over het kwaad. Weet je dat?’

‘Bestaat dat dan op zich?’ vroeg ik. ‘Het kwaad, het Kwaad

met een hoofdletter?' Ik begreep niet goed wat hij bedoelde.

'Ik laat je verder lezen,' zei de archivaris. 'Jij zit daar trouwens zoals de jonge Remi daar ooit zat.'

'Hoe weet je dat?'

'Dat lijkt me gewoon zo.'

Ik las door. In *Ngando – Le crocodile* beschrijft Lomami-Tshibamba de stad Kinshasa aan de Stanley Pool, waar het water van de Congostroom zich verbreedt alvorens met geweld, via tweeëndertig watervallen tussen de bergen Mangengenge, richting Matadi te stormen. Bij de eerste waterval ligt een grote platte steen. Het is de plek waar verdronken zielen zich verzamelen in de vorm van kwade watergeesten. Ze hebben een blank vel. Het zand aan de oevers maakt een vreemd geluid als je erover loopt: het zijn dode drenkelingen die klagen onder je voeten, schrijft de auteur.

De blanken geloven deze zwarte waarheden niet, merkt hij terzijde op.

Bovendien fantaseren Congolezen dat midden in de stroom op het spookeiland de vissers veranderen in halfgeesten en halfmensen. Ze vieren er sabbat, schrijft Lomami-Tshibamba, en de ngando, de krokodil, brengt hun hun slachtoffers. Deze krokodillen laten zich gebruiken door fetisjeurs die binnen in hun romp kruipen, en zo grijpen zij mensen die ze willen verslinden. Wie gegrepen wordt door een krokodil is behekst.

Dit was *gefundenes fressen* voor mijn scriptie. Ik noteerde, maakte foto's van de tekst met mijn digitale camera.

De archivaris en ik dronken nadien een kop koffie in de grote lege salon van de jezuïeten. Er stonden veertien leunstoelen van wit staal, met zwarte imitatieleren kussens. Op het tafeltje in het midden lag de krant *Le Potentiel*; gisteren was er iemand neergeschoten in Kinshasa; een andere man die protesteerde, was ternauwernood ontsnapt aan de kogels.

'Onze president wil de verkiezingen koste wat kost uitstellen,' las de archivaris voor uit de krant.

Achter hem hing een indrukwekkend schilderij van Djilatendo: gestileerde vogels en vissen, mannen met raffiarokken, en daartussen bewogen vreemde figuren met sikkelhanden en één met een groot krokodillenhoofd.

Ik had het in mijn gesprekken met Remi al gehad over de gruwelijke verhalen in de Yaka-etnografie. Zo werden vroeger, had ik gelezen, bij de begrafenis van een chef, ook twee slaven in de put gegooid, eerst onthoofd, of hun armen en benen gebroken. Soms werd de chef begraven met een vrouw die eerst opgehangen was. Zo konden ook zij in het nieuwe leven hun chef verder dienen.

Remi had mij onbewogen, zelfs sceptisch, aangekeken. Thuis op hun boerderij, zei hij, toen hij nog een jongen was, kon hij een kip tussen zijn benen pakken en de kop eraf trekken. Hij hielp vrolijk bij het varkens slachten, stond ook in het bloed, maar in Congo weigerde hij zelfs een kip te doden.

Ik begreep niet goed wat hij daarmee bedoelde.

Hij zei: 'Kannibalisme is een metafoor voor destructie van het sociale zelf.' Hij vervolgde dat alle mensen in elke cultuur dezelfde grote vragen hebben en uiteindelijk hetzelfde grote, diepe onvermogen tot samenleven moeten ervaren. 'Elke generatie begint opnieuw met het uitvinden van de mensheid, maar in elke cultuur is er altijd verminking.'

'Altijd?'

'Ja, altijd. Altijd en overal.'

DEEL 4

KWANGO

29

’s Ochtends om vijf uur verlieten we de hoofdstad, in een oude Toyota. Daarin zaten drie Congolese paters, onder wie Metena, chauffeur Bertin en ik. De wagen was tot de nok gevuld met spullen. Van de hoofdstad naar Popokabaka was het vierhonderdvijftig kilometer.

Eindelijk, dacht ik. Eindelijk ben ik vertrokken. Voor het eerst voelde dat niet meer als een vlucht van de boerderij in de Westhoek.

Onderweg zong Bertin de vervelende refreintjes mee van kerkliederen op de radio. Toen wij om halfacht ’s morgens door een dorp reden, hield een gewapende politieman ons tegen. In het dorp werd de Congolese vlag gehesen. Daarna volgde de groet, omstandig en protocollair.

‘Kleine koloniale erfenis,’ vertelde Metena. ‘Alleen de kleuren van de vlag zijn intussen veranderd. Trouwens, de vlaggenmast was de plaats waar vroeger de chicotte werd gehanteerd.’

Dat klonk melancholisch en vooral zeer politiek.

Kleine jongens boden hun koopwaar aan. Dikke, oliekleurige rupsen. ‘*La route est bonne,*’ lachte Bertin en na veel gemarchandeer kocht hij hun hele voorraad. De mist trok op en wij reden al snel door een lege, zachtgroene vlakte met verre, ijle einders. Af en toe passeerde een man op een fiets die houtskool en waterbidons vervoerde, of kinderen met een machete.

Tweehonderd kilometer verder verlieten we de hoofdweg, die richting Kikwit ging, en we draaiden rechtsaf, naar het zuiden. Onmiddellijk belandden we in een andere tijd. Urenlang reden we over slechte zandwegen, alleen toegankelijk voor terreinwagens met vierwielaandrijving, langs armoedige dorpjes van twintig of dertig rechthoekige huisjes van gras en leem, in omheinde kralen. Binnen in de kraal was de roodbruine aarde netjes geveegd. Mannen en vrouwen staarden ons aan. Onbewogen zaten ze in de schaduw. Kinderen riepen verbaasd '*Mundele*' als ze mij in de auto opmerkten; ze staken hun duim op. Ik zwaaide terug, stak ook mijn duim op.

De brousse was opwindend, afmattend, risicovol. Tussen de slingerende karrensporen liep de weg, soms tien wegen kriskras door elkaar, soms diep uitgesleten in de moerassige grond tussen het groene, waaiende savannegras. In Kwango waren geen andere wegen dan deze. Er waren geen spoorwegen of luchtverbindingen, alleen enige rivieren met zandbanken, watervallen en stroomversnellingen. De rivieren doorsneden vochtige warme woudgalerijen met twintig meter hoge bomen en een licht bladerdek.

Eén keer kwamen we een jonge pater tegen op zijn brommertje. Uit zijn rugzak haalde hij paarsrode vruchten die Bertin met de vingers openbrak. Het waren mangoestans: zoete, plakkerige lycheeachtige vruchten. Bertin toonde me hoe ik ze moest eten. In het volgende dorp riepen kinderen kwaad dat Bertin de vorige keer hun hond had aangereden.

'Dat was ik niet!' schreeuwde Bertin terug. Zijn kreet klonk een beetje benauwd. Hij riep ook nog dat wij haast hadden. Zonder stoppen reden we verder. Bertin verviel in een koppig stilzwijgen. Hij zat de hele tijd te kauwen en zei dan iets over honden, dat ze niet trouw zijn maar serviel, karakterloos, en als ze trouw zijn weet je niet aan wie.

Ik liet mijn ogen dwalen over de zinderende, hete vlakte. Het was een genot, dat verre, diepe kijken in de uitgestrektheid, met hier en daar slechts struiken of een kleine zeldzame boom. In de verte doken de majestueuze blauwzilveren heuvels van Angola al op.

Wist ik wel wat ik daarginds ging zoeken?

We reden langs Ndembla, waar men prompt een feestje voor ons organiseerde. Of was het feest al bezig toen wij arriveerden? Men zette stoelen voor ons klaar. Kleine meisjes van amper acht beeldden een scène uit: de vertoning van de *ngoombo*-cultus, vertelde Metena. Een meisje legde wat spulletjes op een doek, zong en begon heftig te dansen. Andere meisjes sloten zich aan. Het begon onschuldig, maar hun dans werd uitdagender, erotisch zelfs.

We reden verder en zwegen lange tijd, de passagiers achterin dutten, maar ik bleef wakker en bleef geboeid kijken naar het landschap. Niets staat vast, dacht ik. Alles ligt voor mij open, er gebeurt iets onomkeerbaars.

De chauffeur legde uit wat Popokabaka betekende: '"Popo" is het geluid van het hakken, en "kaba" is het vallen van de boom.'

Enkele kilometers voor Popokabaka stopten we bij een halfafgebroken, asgrauw gebouwtje in de savanne. Vroeger was het een wachthuisje geweest; tot voor kort was daar nog een landingsterrein voor kleine privévliegtuigjes. Het waren de tweedekkers van Air Brousse, voor de wekelijkse *vivres frais*-bevoorrading, maar sinds enkele jaren was de dienst onderbroken.

'De Belgen zijn vertrokken uit Popo,' zei Bertin.

Eindelijk arriveerden we in La Mission, het hogergelegen deel van Popokabaka, met de bisschoppelijke gebouwen, het klooster, het weeshuis, het scholencomplex, de kerk die kathedraal werd genoemd. Voor de kathedraal lag een uitgestrekt grasveld, met hier en daar hoge palmbomen, een groot Calvariekruis en een Lourdesgrot. Een slordig geschilderd Mariabeeld zat ingemetseld achter betonijzers.

We werden opgewacht door een graatmagere missionaris van ruim zeventig. Hij verscheen daar voor ons, bleek en knokig, zeer nerveus. Alsof hij wist dat wij op exact dat moment zouden arriveren. Direct polste hij of ik een aperitief wilde, of ik medicamenten nam, of ik niet eerst naar het toilet moest.

Ondertussen schonk hij voor zichzelf al een lauwe whisky in. Hij dronk van het glas met kleine schokjes, zonder ophouden.

'Of wil je bier?' vroeg hij. 'We hebben ook pastis en Poire Williams.'

Hij stelde zich voor als Renard. Renard? Die naam kende ik al. Dat was toch een van de paters die jaren geleden beelden en fetisjen had doorgestuurd naar het kleine Musée du Kwango?

Hij knikte, lachte grappig door zijn neus. 'Ja, dat was ik. Toen ik lang geleden in Kwango aankwam, trokken er groepen meisjes in rode panen door de Wambavallei. Van dorp tot dorp liepen ze, met roodgemaakte gezichten, twijgen om hun heupen gesnoerd, een kleine spiegel in hun mond. In elk dorp eisten ze voedsel van de chef en aten dat op de begraafplaats. Overal verkondigden zij dat de Belgen snel zouden vertrekken. Vanaf toen wilde niemand nog werken voor de verplichte corvee. De mensen smeten hun fetisjen weg; ze vernietigden zelfs hun eigen velden.'

Renard schonk zichzelf een nieuwe whisky in, plukte een verlepte bloem uit de vaas op tafel. Hij zei dat hij ziek was, maar koste wat kost wilde hij in Popo blijven.

'Maar waarom gooiden ze toen hun fetisjen weg?'

'Voortaan zou alles vanzelf gaan. Ze gooiden hun fetisjen op een grote hoop. 's Nachts heb ik de mooiste beelden eruit gehaald. Ze stonken naar oud kippenbloed, de rottigheid van het moeras. Op mijn kamer schrobde ik ze schoon met bleekwater. Sommige curieuze stukken waren goed voorzien.'

Renard proestte het uit, moest verschrikkelijk hoesten. Heftig, dwangmatig wreef hij over zijn jeukende onderarmen. Toen werd hij weer rustig. Hij walste met het bodempje whisky in zijn glas en dronk het op.

'Die oude beelden hadden grote genitaliën, bedoel ik. En ik kon die toch niet zomaar verzenden? Ik zaagde de grootste stukken eraf.'

Hij schonk zijn glas weer vol. 'We staken de hele hoop in

brand en verdeelden wijwater in emmers en grote vaten. In de kerk stonden twee tonnen van tweehonderd liter. Met Ignatiuswater besprenkelde ik de volle buiken van de zwangere vrouwen. Ik heb toen alles gewijd wat men mij aanbood, ook geweren. Veertien dagen later was de wijwaterbeweging voorbij. Ik stuurde de beelden naar België.'

Intussen zat de oude missionaris al aan tafel. Onhandig rammelde hij met borden en bestek en hij at met de gulzigheid van een oude man. Nog voor iedereen klaar was met eten ruimde hij alweer af. Hij moest dringend een dutje gaan doen, zei hij.

Ik at niet met hen mee omdat ik verwacht werd bij de bisschop. Ik ging even rusten in de gastenkamer. Op het brede teakhouten schrijfblad van het bureau stond een ansichtkaart, in een zilveren kadertje. Het was een afbeelding van het schrandere bronzen hoofd van stichter Ignatius. De gordijnen achter mij bolden op in een zachte bries. In een moderne buisstoel leunde ik languit achterover. Ik sloot mijn ogen en bekeek opnieuw dat kaartje met het beroemde Ignatiushoofd.

Dreef ik mee met een kalm stromende rivier? Of was ik zelf degene die helder de keuzes maakte? Wacht maar, zei ik. Nu ben ik werkelijk aangekomen.

De diaken bracht me naar het kantoor van de bisschop. Over zijn bureau lag een geel, dik tafellaken gedrapeerd, met daarop stapeltjes brieven in luchtpostpapier, een kleine ivoren okapi als presse-papier. Aan de muur hing een opzichtige plastic bloemenkrans, foto's van pausen en priesters, een poster van een rode Ferrari voor een Romeins paleis. Ik ging zitten in de lage fauteuil, tussen dikke geborduurde kussens.

In de bisschoppelijke boekenkast stonden alle etnografische boeken over de Yaka, netjes gekaft in doorzichtig groen plastic. Ik herkende een voor een de titels. Er stonden ook doosjes met Agfa-dia's en bruine medicijnflesjes. Na tien minuten schuifelde de bisschop binnen. Een kleine zwarte man van veertig, ingetogen glimlachend, in een schitterend, kleurrijk hemd. Achter hem begon een neonlichtje spookachtig te knipperen. Onmiddellijk draaide de bisschop de buitendeur op slot, zodat het onweer en de wind die opstak de deur niet konden opengooien.

'Wat bijzonder dat jij hier nu arriveert,' verwelkomde de bisschop mij. 'Precies vijftig jaar geleden kwam hier bij ons de allereerste jezuïet. Besef je dat?'

Nee, en ik wist niet meteen wat ik daarop moest zeggen. We wisselden vriendelijke algemeenheden uit. Vooral hij was aan het woord.

Buiten was het snel donker geworden en begon het nu stevig te waaien. De bisschop vroeg me even te wachten in de overdekte gaanderij. Aan de andere kant van het donkere grasveld liepen religieuzen met een zaklamp in de hand; daarboven flakkerden al de eerste bliksemschichten. Tussen het gras dansten glimwormpjes. Tien minuten later reed de bisschop voor, met een zwaar voertuig met vierwielaandrijving. Hij bracht me naar de pastorie verderop, waar ik een kamer kreeg toegewezen. Hij wenste me goedenavond.

In mijn kamer werkte het licht niet. Er was geen muskietennet. De kleine handdoek was schoon, maar tot op de draad versleten. Naast de slaapkamer was nog een kamer, pikdonker en ijzingwekkend leeg, met alleen een immense tafel en één stoel. In mijn hele leven had ik nog nooit zo'n kale kamer gezien. Buiten barstte het onweer in alle feestelijkheid los.

Negenentwintig

In Congo een halve eeuw later. Ik maakte de rit naar het weeshuis in Popokabaka vanuit Kinshasa met een chauffeur van de zusters en we volgden dezelfde weg die Remi ooit had afgelegd. We reden erg snel, zelfs wat roekeloos, zodat ik het gevoel had dat ik hem zelfs voorbij zou steken en voorsprong kon nemen, zodat ik hem vanuit de verte zou zien aankomen. Onzin natuurlijk.

Onderweg van Kin naar Popo zagen we schommelende vrachtwagens, hoog opgeladen met zakken houtskool. Achterop zaten of hingen vijf tot tien mannen, zwart als mijnwerkers.

Af en toe zag ik, vreemd genoeg, telkens dezelfde man lopen. Gebogen houding, voddige kleren, een oude felblauwe cowboyhoed. Hij had zijn lange wandelstok in zijn nek gelegd, liet zijn armen en handen daar lichtjes op rusten. Als wij hem naderden, hield de man stil, draaide zich om en hij keek ons indringend aan. Telkens opnieuw verscheen deze man langs de weg, ook al was dat onmogelijk. Toch was het steeds dezelfde man.

Ik vroeg aan de chauffeur of hij hem ook had gezien. Hij haalde zijn schouders op.

Nee, hij had hem niet gezien, zei hij na enige tijd. En ook de volgende keer zag hij hem niet, maar de keer daarna wel. Ik vroeg me af of ik dit droomde. Op deze lange dagtocht drong het hete stof binnen in mijn gedachten.

De chauffeur somde de diersoorten op die leefden in de savanne. De antilope. De jakhals. Vervolgens de civetkat. De buffels en de wilde varkens.

‘Leeuwen?’ vroeg ik.

‘Nee, die zitten alleen nog in de zoo van Kinshasa.’

Ik vroeg hem hoe dat zat met de krokodillen in Popokabaka. In Kinshasa had ik het verhaal genoteerd dat de Bangala vroeger veel vis vingen in de Kwangorivier, maar toen de Bangala verdreven waren door rebellen zat er plots erg veel vis in de rivier. En dat was de enige reden waarom de krokodillen waren gekomen.

De chauffeur was niet zeer enthousiast om hierover te praten. Hij zei dat er twee soorten waren: ‘De krokodillen, geschapen door God, en de krokodillen die mensen kwaad doen en hen opeten.’

‘Geloof jij werkelijk dat dit verschil bestaat?’

‘De mensen geloven dat,’ zei de chauffeur.

‘En jij?’ drong ik aan. ‘Wat vind jij?’

De chauffeur zweeg en concentreerde zich op de weg.

30

’s Avonds in Popo zat ik met de anderen op de veranda van de pastorie. Er werd verhit gediscussieerd over de politiek, met veel weglatingen en allusies, vaak heel ironisch. De Congolese priesters en paters knipoogden naar me, wanneer ze zagen dat ik het debat niet kon volgen. Maar ze legden het me niet uit.

Broeder Mitete zong zachtjes het liedje ‘Indépendance Cha Cha’ van Joseph Kabasele. De anderen neurieden direct het deuntje mee. Een oude broeder, met zijn hemd half uit de broek, een oude krant opengevouwen op zijn benen, beweerde smalend dat hij nooit eerder in zijn leven zo’n vrolijk wijsje had gehoord.

‘Maar ken je dat dan niet?’ spotte Metena. ‘Was je nog niet geboren bij de onafhankelijkheid?’

‘Ach nee, ik ben het gewoon vergeten,’ schertste de oude broeder. Hoog hief hij het hoofd, stond toen strijdvaardig op zodat zijn krant in losse bladen uiteenviel op de grond. Uit volle borst begon hij het volkslied te zingen.

Debout Congolais, unis par le sort
Unis dans l’effort pour l’indépendance
Dressons nos fronts, longtemps courbés…

Lachend zongen de andere priesters het volkslied mee, sommigen in het Frans, anderen in het Kikongo. Er was ook een Congolees die in het Nederlands zong. Een van hen toonde in een brochure de groen-gele vlag met de toorts van de revolutie. Daarnaast het staatsieportret: *le Président-fondateur* met de luipaardmuts, in zijn hand de ebbenhouten stok met dubbele vogelkop.

Over de president werd verteld dat hij hield van verfijnde Franse wijnen, massage en gregoriaanse muziek, en ook dat hij dronk uit een geheime Chinese fles met gele slijmerige inhoud, met daarin een levende slang. Alleen de president bezat de macht in dit land, alleen hij.

Daarna werd nog wat gekletst. Opnieuw werden merkwaardige verhalen verteld. Alsof ze dat speciaal voor mij deden. Zo was er onlangs een man gestorven in Kinshasa, hij was ginds begraven, maar omdat hij in Popo had geleefd, begroeven ze hier naar gewoonte zijn haar en afgeknipte nagelranden.

En ook onlangs werd de directeur van de lagere school ervan beschuldigd dat hij het kind van een verpleegster had gedood door hekserij. Een buurmeisje van negentien – een waarzegster – had dat beweerd. De directeur had hierop niets gezegd. '*Et voilà*,' zo werd getriomfeerd. Men zag daarmee de schuld daadwerkelijk bewezen en de directeur moest elders werk gaan zoeken.

Deze verhaaltjes werden gedeeld als fait-divers, zonder commentaar of interpretatie, op licht geamuseerde toon. Niemand was erdoor geschokt of verontrust. Alleen de blanke pater Jan zei: 'Och Heer, er is nog werk.' Een ander besloot heel nuchter: 'Wie beschuldigd wordt, is vaak het meest geschikt om de kosten van de begrafenis te dragen.'

De andere paters reageerden niet. Enkelen neurieden of floten de nationale hymne stilletjes verder tussen hun tanden.

De daaropvolgende dagen was ik bezig met waterpompen installeren, onkruid wieden, wat rondlopen op de missiepost. Ik hield me nuttig bezig. Met een van de paters bezocht ik koewachters in de brousse. We leverden er zoutblokken voor het vee af, of hielpen mee met de wasbeurt van de koeien. Tegelijk studeerde ik Kiyaka. Ik had altijd een rudimentaire *grammaire* en een gestencild woordenboek bij de hand.

Dat was wat ik deed.

Zij hadden geduld met mij. Maar allen waren bezig met iets anders dan ik: de bekering, als onderdeel van het uitgebreide beschavingsproject, ooit zelfs begonnen onder grote roerganger Leopold II. Tegelijkertijd waren ze bescheiden. Ze beperkten zich tot het oprichten van scholen en hospitalen; ze organiseerden ook een klein handeltje in zout, schoolgerei en plastic ballen. Soms deden ze op aanvraag een klassieke misviering, of gingen mee tot aan het graf en baden daar een Onzevader. Ze oefenden vooral geduld, drongen niet aan.

De Yaka hadden enkele christelijke rituelen overgenomen, ook het gebruik van medailles, palmtakken tegen blikseminslag, het onvolprezen Sint-Ignatiuswater voor de voorspoedige zwangerschap, en daar stopte het.

De paters voelden best aan dat ik anders was. Sommigen zeiden dat zij ook zo waren geweest in hun jeugd.

'Hoe dan?'

'Zo ongedurig, besluiteloos. Jij hebt geen mededogen met jezelf, dat moet je nog leren.'

's Avonds om halfzeven trokken we ons terug in de kleine kapel. Een van hen deed een kazuifel aan. Dat wit-en-groene gewaad betoverde de paters en broeders. Zowel de oude als de jongere. 'De wereld is groots,' zei pater Metena vooraan in zijn kazuifel en met open armen wees hij breed naast zich, hoger en verder weg van zijn lange lijf, de twee wijsvingers opwaarts.

Als ze zongen voor de Heer wiegden ze allen zachtjes mee. Ik voelde hoe in mijn lijf datzelfde ritme trachtte binnen te komen. De korzeligheid van de voorbije dag verdampte. En ook al kon ik niet zingen, de kracht die dat zingen opriep slokte de hele groep weldadig op, dat zag ik wel – net zoals wij op zondagmiddag bijeenkwamen, iemand verklaarde plechtig '*Au travail*', en samen dronken we een of twee glazen Ricard met ijs.

Dertig

Ik logeerde in het weeshuis van zuster Espérance, aan de rand van Popo, dat had Remi me aanbevolen. Zuster Espérance, die ik eerder al had ontmoet in Limal, en haar Belgische medezuster Beatrice wachtten me op. In een wijde boog waren paarse hibiscusbloemen over de toegangspoort gevlochten. Een schrale hond lag lui te wachten op het erf.

'Hij is kwaadaardig,' waarschuwden de zusters toen ik de hond wilde aanhalen.

Eindelijk kon ik al het geld en materiaal overhandigen dat ze me in België hadden meegegeven. Aan de achterkant van het weeshuis kreeg ik een kamer. Er was een douche, niet aangesloten, maar er stond ook een volle waterton, met een schepkan en een vloerwisser ernaast. In het weeshuis kwamen dertig kinderen nieuwsgierig naar mij kijken. Ze staarden. Ze betastten mijn vingers, vingernagels, de bleekblauwe aders op mijn blanke vel. Met grote verbazing raakten ze mijn adamsappel aan.

Ik speelde domino met hen, of samen wandelden we tot aan het riviertje. De weeskinderen kwamen zelf nooit aan de Kwangostroom, vertelden ze, want daar zaten krokodillen die mensen opaten.

Ik vroeg hen of zijzelf de krokodil al hadden gezien.

Nee, die hadden ze nog niet in het echt gezien. We spraken Frans met elkaar, maar ik leerde hen tellen in het Engels: *one, two, three, four* en dan *high five*.

Op de terugtocht wezen ze me terloops de weg naar de begraafplaats. Pas toen merkte ik tussen het hoge savannegras hier en daar een hoopje stenen, een pan, een kinderschoen boven op een stok. Vooraan lagen twee gelijke zandhoopjes, naast elkaar.

'Het graf van een tweeling,' zei Jean-Baptiste, een jongetje van zes dat altijd graag vlak naast me wilde lopen.

Ik ging me aanmelden en inschrijven bij de burgemeester. Op de deur van zijn kantoor hing een berichtje: '*Pas de réception, ne pas insister.*' Een versleten dakgoot wachtte al enige tijd geduldig om neer te vallen. Op de buitenmuur stond geschilderd: '*Courtoisie, fermeté, honnêteté.*'

De kleine en tengere burgemeester, Alexandre Nsiku, zat buiten op een lage houten stoel naast de vlaggenmast, onder de bomen. In een grote halve boog rondom hem schaarden zich zijn medewerkers. Drie van hen droegen een Kabila-hemd. Burgemeester Nsiku sprak rustig en overtuigend, iedereen luisterde. Ik wachtte tot hij klaar was met zijn vergadering.

De burgemeester was oprecht blij dat ik kwam om te schrijven. Hij schreef zelf ook, zei hij. '*Des lettres,*' verduidelijkte hij.

Achter hem hing een kleurenposter met de vier Congolese presidenten, door de geschiedenis vergevingsgezind naast elkaar geschikt. Haast vertederd bekeek zijn medewerker mijn paspoort, stempelde het af en schreef mijn naam in het register. Dertig dollar. Drie medewerkers met een halslint en een plastic badge staarden me aan. Ik was de eerste en de enige blanke vreemdeling die hier sinds maanden was gezien.

Ik vroeg hoeveel mensen er in Popokabaka woonden. Vermoeid begonnen de handen van de burgemeester te dwalen over het massieve bureau. Ze zweefden magnetisch boven de nota's, die in hoopjes over het bureau waren verspreid. De nota's waren in rode, blauwe en groene inkt geschreven; de kleurrijke balpennen lagen er nog naast. Hij stond erop, zo zei de burgervader mij, het juiste cijfer mee te geven. Na drie minuten voegde hij eraan toe: 'Daarom liet ik recent een studie maken.'

Groot en slank verscheen zijn *adjointe* naast hem, in een oogverblindend blauw-gele wax. Zij wees hem een getal aan op een van de documenten. De burgemeester knikte. Hij zei: 'Onze stad telt negentigduizend inwoners.'

De burgemeester keek op naar mij en zei, met uitgestreken gezicht: 'Wij zijn zeer goed in administratie. Dat hebben jullie ons geleerd.'

Hij legde het document met het getal terug op zijn bureau. 'Het gaat niet zo goed met Popo. Eerst verdwenen de koffieplantages, de *huileries* en de *savonneurs*, nu ook de rijstbouw. Er is wantrouwen tussen de mensen. Er is veel jaloezie, *de la critique stérile*.'

Ik vroeg hem ook of hij wist wanneer precies een zekere Remi hier was gepasseerd. Het was lang geleden, zei ik, bijna vijftig jaar.

Hij stond op en wees met een dramatisch gebaar naar het grote gat in de muur. 'Daar zat de kluis, die de rebellen jaren geleden met springstof hebben vernietigd.'

Vandaag de dag lag de topzware kluisdeur nog altijd op de grond, ostentatief in het midden van de ruimte, als blijvend protest.

'Zat er veel geld in?' vroeg ik.

'Dat niet, maar ze hebben al onze archieven verbrand.'

Het deed hem pijn, elke dag nog. Hij was historicus van opleiding, zei hij als verklaring. Tegenwoordig leek hun geschiedenis wel verdwenen, verdampt, gestolen. In de postbakjes lagen jarenoude, niet afgehaalde poststukken te wachten. Waarom belichtte het tropenlicht dit alles zo ongenadig?

Verwaarlozing en werkloosheid leken hier op onkunde, zelfs domheid of onverantwoordelijkheid, maar het was een banale vermomming van hun armoede. Ik schaamde me, zeker als zij zich vriendelijk en nederig gedroegen ten opzichte van mij. Ik dacht meer pijnlijke details uit hun geschiedenis te kennen dan zij, ook al was ik daar niet zeker van. Ik had Hochschild over de Congolese genocide gelezen. De dwangarbeid, de landbouwquota, de zweep van nijlpaardenhuid. Ik vroeg me de hele tijd af hoe accuraat hun herinnering aan de kolonisatie was. In hun woorden zocht ik naar dubbele boodschappen en ik vond die ook. De burgemeester zei over vroeger: ‘*On ne se fâche pas, mais c'était injuste.*’

’s Avonds was ik doodmoe. Samen met twintig weeskinderen en de twee zusters keek ik naar voetbal op tv, tijdens de grote Afrikaanse Cup des Nations. RDC Congo speelde tegen Zambia, eindstand 1-1.

Voor ik ging slapen, vertelde soeur Espérance over de mannen die naar de rivier gaan, een krokodillenhuid aantrekken en veranderen in een krokodil. Ze vertelde het exact zoals ik het net in Kinshasa had gelezen in *Ngando – Le crocodile*, dat boekje uit 1949.

‘Zo wordt het hier vandaag de dag nog altijd verteld,’ zei Espérance. ‘Vorig jaar kwam onze koning, de Kyaambvu, naar Popo om de krokodillenplaag te stoppen, maar het stopte niet.’

31

Ik stelde vast dat mensen die elkaar niet fysiek ontmoetten, via mij een boodschap aan elkaar doorgaven. De boodschap was subtiel, ontastbaar, als een galm. Het was alsof ik in die transactie een bijzonder, noodzakelijk aandeel had. Men had hiervoor zelfs geduldig op mij gewacht. Mijn hypothese was dat boodschappen zich bedienen van mensen, niet omgekeerd. Mensen zijn vehikels. Wij zijn werktuigen van een hoger, ons onbekend doel.

Het versterkte alleen maar mijn onrust, mijn vlucht vooruit.

In de pastorie vielen telkens weer andere personen binnen. Ik kende hen van haar noch pluim, maar na enkele dagen was het of zij altijd al deel van mijn leven hadden uitgemaakt. Het werkte als een aflossing, een estafette van bereidwillige daimonen.

Zo kwam pater Staf bij ons, zonverbrand, uitgeput en onder het stof. Hij droeg een donkere bril. Zijn halflange, vlasblonde haar droeg hij in een scheiding die hij de hele tijd nerveus betastte. Hij neuriede onherkenbare liedjes – dat was om zichzelf te kalmeren, beweerde hij. Snel schopte hij zijn sandalen uit. Wriemelend met zijn tenen op de warme betonnen vloer vertelde hij, bij een stuk kaas en een fles bier, hoe het in de dorpen was geweest. Wekenlang had Staf rondgetrokken op zendingstocht; elke dag was volgens hem een hoogdag geweest. Hij dronk gretig. Opeens zweeg hij en ging naar zijn kamer. Hij sloot zich twee volle dagen op.

Ik merkte al snel dat Staf liever alleen was. Hij was wantrouwig, broos en zelfs verlegen. Hij praatte met zijn confraters zonder hun kamer binnen te gaan, vanachter een gesloten deur.

'Waarom kom je niet binnen?' vroeg men hem.

Staf kon daar niet op antwoorden. Doodmoe, met hangende armen, droop hij af. In zijn kamer hoorden we hem praten tegen zichzelf. Plots hoorde ik hem roepen: 'Om de liefde Gods.'

Een keer kwam hij mij opzoeken in mijn kamer. Pathetisch gooide hij zijn armen in de lucht en begon aandoenlijk, zonder schaamte, te huilen. Hij bleef maar snikken, herpakte zich, en begon toen opnieuw te wenen. Hij excuseerde zich en zei dat hij wel zou terugkomen.

Na enkele dagen in zijn kamer kwam Staf weer naar buiten. Fris geschoren, in een kraakhelder wit hemd. Hij droeg een hoedje op zijn achterhoofd, ver achteruit geschoven, zoals mijn vader dat vroeger ook deed. Timide en schuldbewust ging hij iedereen goedemorgen zeggen. Zijn depressie was over, zei hij luchtig maar hij lachte verschrikt.

Ik ging hem opzoeken in zijn werkruimte, volgestouwd met brochures, mappen en kartonnen dozen. Aan de muren hingen blauwige, geplastificeerde foto's in stuntelig getimmerde kadertjes. Alles hing er scheef. Door de dikke gordijnen kwam amper zonlicht binnen. Op zijn bureau zag ik notities liggen, tijdschriftartikels over *Gaudium et Spes*, ook poëzie. Er lagen twee oude diaires '1959-1960', en brieven van voorgangers die thuishoorden in het Centraal Archief.

Ik vroeg hem of hij een tekst van pater Michel bezat, over spreekwoorden, aanroepingen en verwensingen.

Staf mompelde iets tussen zijn tanden. Ik had hem niet verstaan.

'Het was een schoolschriftje,' zei ik, 'met koning Boudewijn op de kaft.'

Staf wees naar zijn bureau, met een kort, wat onvriendelijk gebaar. 'Kijk of je daartussen iets van je gading vindt. Maar leg alles terug zoals het er lag.'

Hij stond al achter me, wantrouwig. Hij was geen intellectueel, zei hij terwijl ik voorzichtig enkele documenten oppakte.

Wat ik zag op zijn bureau was een ruimtelijke voorstelling van al zijn gedachten en zijn twijfels. Alle papieren van cursussen die hij ooit volgde verknipte hij meteen. '*A la julienne*,' noemde hij dat. Nuttige stukken tekst lijmde hij op de keerzijde van de nutteloze pagina's. Alles wat ik vastpakte en las nam hij meteen van me over. Hij legde het zeer precies terug op de oorspronkelijke plaats.

Centraal in het midden van de schrijftafel lag een dichtbeschreven blad, met daarop onderstrepingen, doorhalingen en enkele woorden in hoofdletters. Ik las: 'De mens is altijd dubbel. Gaandeweg leert hij zichzelf in handen nemen. Ik probeer een richting, en tegelijk vraag ik me af of ik niet te ver ga, of ik nog terug kan.'

Daaronder had hij de instructie geplakt van de oude pater Hanquet: 'De ouderen nooit bruuskeren, evenmin dwingend fetisjen, geneespraktijken en veelwijverij doen afzweren. Vooral eerst scholen en kapellen oprichten.' Daaronder, in vette kapitalen: 'WANT VIA DE KINDEREN ZAL DE GODSDIENST BINNENDRIJVEN IN DE GEESTEN.'

Staf wees die laatste regel aan met zijn wijsvinger.

Al zijn vingernagels waren nerveus afgebeten, zag ik meteen. Net zo, merkte ik, waren sommige van de documenten aangeknaagd door muizen en termieten. In een collage van kinderraadsels en spreekwoorden herkende ik het handschrift van Michel.

Mona kwaaku, idima kimosi bamonaa kyo ko.
Je kan alles zien, er is één ding dat men niet kan zien.
Mutu mosi wakoonda ndiinga.
Er is iemand die geen stem bezit.

Daaronder had Staf genoteerd, blijkbaar in een moment van vertwijfeling: 'Ben ik wel zeker dat dit gaat over God?'

Ook al was het een rommeltje, dit was het kritische, wanhopige denken van Staf, zo ordelijk mogelijk gerangschikt door hemzelf. Zijn norsheid tegenover mij begreep ik als de terughoudendheid om zijn gedachten zomaar te delen met de jonge passant die ik was. Het schriftje met de getekende Boudewijn, waarover Alain had gesproken, vond ik niet. Staf deed lastig toen ik er opnieuw naar vroeg. Hij haalde zijn schouders op.

'Ach, dat bijgeloof,' jammerde hij. 'Je vraagt je soms af waar je bent. Heel wat mooie fetisjen zijn vernietigd, dat kun je spijtig noemen, maar hoe kunnen wij hier anders onze godsdienst inbrengen?' Hij sprak van 'inbrengen'. Zoals men entstof toedient met een injectienaald.

'Komaan,' zei hij plotseling joviaal en hij trok me mee naar buiten. We stapten in zijn oude jeep. Over het terrein van de missiepost reden we langs de schoolgebouwen, het ziekenhuis en de procure. Blijmoedig floot hij een katholiek liedje van John Littleton, '*Il faut marcher des très longues routes*.'

In het middaglicht straalde de kathedraal als een gele zon. Vlak ernaast stond het polychrome standbeeld van de stichter van de congregatie, een grote blanke man in witte toga, vaderlijk neerkijkend op een zwart broekventje. We stopten even, stapten uit. Eerst begreep ik niet waarom.

'Taata Kisina noemen wij hem hier,' zei Staf, opkijkend naar boven.

Markant: het bovenlijf van het standbeeld was te kort, ook te breed. Er hingen zware, mollige handen aan zijn korte armen. Zijn hoofd was geel als een Chinees.

'Er lijkt iets mis met de verhoudingen van dit beeld,' opperde ik voorzichtig.

'Klopt. Alleen het jongetje en het hoofd van de pater zijn nog authentiek. Toen het beeld was stukgeslagen, hebben wij het opnieuw opgericht. Gelukkig liet iemand ons op tijd weten dat het hoofd van Taata bij hem thuis op de kast stond.'

Ik grinnikte.

'Lach niet,' zei Staf streng. 'Als ik mij niet goed voel vraag ik aan dit beeld: "Jij die hier zo veel hebt rondgelopen, kun jij mij helpen? Kun jij niet maken dat ik weer verder kan?" Een week later is mijn pijn over.'

Nu lachte hij zelf ook. Met luide stem zong hij John Littleton na, zo laag mogelijk.

Il faut marcher des très longues routes
pour rencontrer les fleurs du printemps.
Il faut marcher, traverser le doute
pour retrouver son cœur d'enfant.

We deden een tourtje over het terrein en keerden daarna terug naar de pastorie. De dagen erna sloot Staf zich opnieuw op. Hij was gespannen, excuseerde zich dat hij doodmoe was. Als ik hem opzocht, deed hij weer kortaf tegen me. Als hij buitenkwam sprak hij te luid of onverstaanbaar zacht. Gesprekken met hem aan tafel eindigden in onaangename discussies. Iedereen ontliep hem. Ik herkende die rusteloosheid, ook al kon ik met hem geen zinnig woord wisselen.

Aan tafel hoorde ik dat een albino op een etagère in de zon werd vastgebonden, om hem te laten sterven.

Ik hoorde nog meer van dat soort verhalen. Soms leek het dat ik ernaar vroeg, maar dat was niet zo; spontaan kwamen ze tot me. Een jongen, bijvoorbeeld, was twee jaar geleden van een vrachtwagen gevallen, stierf onmiddellijk en nog steeds waren ze aan het palaveren over wie die dood had veroorzaakt.

Ik vroeg aan Staf waarom.

'Omdat de onverwachte dood altijd de schuld is van iemand in de familie.'

Deze verhalen vergrootten de benauwdheid in mij. Ik vond iedereen aardig, meegaand, maar alleen als ik bezig was met de Kiyaka-studie voelde ik nog geestdrift bij mezelf. Op een onweersachtige avond merkte ik plots hoe de anderen naar mij begonnen te staren, een voor een, met opgetrokken wenkbrauwen. In mijn mond voelde ik een voorwerp groeien. Eerst licht, dan zwaarder en vettig als klei. Opeens wist ik wat het was: de bek van een of ander onbekend fossiel dier die uit mij sprong en zich vastbeet in de monden van de confraters. Ik kon duidelijk voelen hoe mijn mond in hun monden beet. Als een scherp mes in zachte gummi sneed ik daarmee in hun kaken en tongen. Ik schoot wakker uit de nachtmerrie.

Er kwam een brief van mijn vader uit België: hij meldde dat mijn moeder trombose had gehad. Haar linkerkant was verlamd, maar het zou wel weer goed komen, begreep ik uit zijn schrijven, mits de nodige revalidatietijd in acht werd genomen. Daarna volgden nog meer brieven van mijn broer en mijn zus. Die brieven bleven telkens weken onderweg, kwamen soms in pakjes of in de foute volgorde. Ik beantwoordde de brieven, ook al wist ik dat mijn antwoord telkens te laat zou komen.

Deze berichten van het thuisfront verscherpten mijn onrust. Ik voelde een dringende noodzaak, wilde mijn persoonlijke tijd niet langer verspillen. Soms verdween ik te vroeg uit de misvieringen, wat niet werd geapprecieerd. Maar ik moest, ik kon niet anders, omdat ik me beklemd voelde, zei ik. Ik moest dringend verder studeren in het Kiyaka-woordenboek, excuseerde ik me.

Enkele paters fluisterden me discreet, behulpzaam toe: 'Misschien zul jij ons op een dag verlaten.' Ze zeiden dat vriendelijk, alsof zij al beseften wat ikzelf nog niet wist.

Ik vroeg een onderhoud aan met de bisschop. Die ontving me onmiddellijk. Hij liet me niet binnen in zijn kantoor, maar we maakten een wandeling op het grote grasveld. Hij wees naar de gendarmevogels die lawaai maakten boven ons in de palmbomen. Hij bekeek me vaderlijk, vanachter donkere brilglazen. Traag vouwde hij zijn vingers in elkaar. 'Maar wat wil jij dan zelf, Remi?' vroeg hij.

Ik moest toegeven dat ik dat niet duidelijk kon zeggen.

'Wil je misschien terug?'

'Dat is het laatste wat ik wil. Ik wil gewoon verder. Ik heb het gevoel dat ik er al dichterbij ben, en toch ben ik er nog ver vanaf.'

'Jij bent een blanke die zwarter wil zijn dan de zwarten. Over sommige zaken kunnen wij moeilijk met jullie praten.'

Ik hoorde het hem duidelijk zeggen: nog steeds werd 'jullie' tegen mij gezegd.

'Wil je naar de Yaka, Remi? Naar hun dorpen?'

Ik knikte. Ja, dat was het. Dat zou me dichterbij brengen.

'Als dat echt is wat je wil,' zei de bisschop, 'laten we je gaan.'

Eenendertig

De vader van de werkman van het weeshuis was gestorven. Zuster Espérance vroeg of ik meeging. Ik zei ja, natuurlijk, want dit was mijn zoektocht naar Remi's bronnen. De zuster en ik verlieten Popokabaka en reden naar het dorp van de werkman, vijf kilometer verderop.

In een hut vlak bij de weg lag de oude vader opgebaard op een wankel houtstaketsel, onder een apart dak van takken en twijgen. Vlak naast de overledene, op dezelfde wankele constructie, beweende zijn dochter hem. Het dode lichaam was bedekt met felgekleurde lakens, maar het ingevallen gezicht en de magere borstkas waren bloot.

Met Espérance begroette ik de overledene; ik drukte de hand van enkele familieleden. De zuster gaf geld voor de kist en de oude mannen van het dorp stonden ons hun stoelen af. We gingen zitten en keken toe.

Zij keken ook naar ons, een halfuur lang.

Onder een boom stond een deejay met zijn cd-speler, gevoed door een batterij en twee zonnepaneeltjes. Hij speelde rommelige, schetterende rumbamuziek. Vlak bij de overledene begonnen de vrouwen te dansen. Ze hadden witte kleistrepen op het gezicht. Zij dansten en huilden, terwijl de mannen onbewogen hun Primusbier en palmwijn dronken.

Zuster Espérance en ik bleven kijken. Espérance was rustig en ingetogen en ik was koortsachtig opgewonden van de aangrijpende scène.

Een eenvoudige doodskist, binnenin bekleed met een lichtblauwe satijnen stof, werd schommelend het terrein op gedragen. De twee dochters van de overleden man beweenden heftig de lege kist. Kinderen, in slonzige kleertjes en op kleurige teenslippers, gingen rond de treurenden zitten om hen nieuwsgierig te observeren. Opeens stormden tien jongeren het terrein op. Een van hen krijste dat de oude man vermoord was, vergiftigd door zijn eigen familie. Hij snauwde tegen de vrouwen, wilde de hut binnenvliegen, maar de oude vrouwen duwden hem weg. Zij vochten. Andere jongeren vielen nu de vrouwen aan. Te midden van al die kwaadheid, schaamte en ook angst om in de klappen te delen vertrokken Espérance en ik.

Ik wist dat Remi zoiets ook had meegemaakt, zelfs direct bij zijn aankomst. Remi had me geleerd: bij de Yaka sterft niemand onvoorzien of zonder reden.

'Een reden? Bedoelen ze dan een oorzaak?'

'Dat is niet het juiste woord,' had Remi geantwoord.

'Een motief dan?'

'Evenmin,' zei Remi.

'Wat dan?'

'Welja, een plotseling overlijden brengt altijd een boodschap, is een uitnodiging. Na een overlijden moet er iets gebeuren. Genoegdoening, verzoening of bittere wraak, want de dood wordt veroorzaakt door een familieconflict.'

Op een vooravond had ik hierover een lang, genoeglijk gesprek op het gazon voor het weeshuis, met drie zogenaamd goede christenen. Zuster Espérance had ze voor me opgetrommeld: een priester, een jonge leraar en iemand die voor Caritas werkte. We zaten op witte plastic stoelen tegenover elkaar. Ze bevestigden dat niemand zomaar sterft. Altijd vraagt de Yaka zich af vanwaar de dood, het kwaad afkomstig is.

'Het kwaad, dat is de andere, zoals Sartre al wist,' zei de leraar, zeer existentialistisch. 'Het kwaad komt niet van God, maar van een broer bijvoorbeeld. Het is altijd iemand die je kent, die jou wil schaden.'

Ik vertelde hun de krokodilverhalen die ik al verzameld had. Zij knikten. Alles klopte wat ik zei.

'In Kikwit was zelfs een Belgische dokter die zich in een nijlpaard kon veranderen,' zei de man van Caritas. Zeer vergelijkbaar was volgens hem de krokodillenkwestie in Popokabaka. De plaag was al een tijdje aan de gang. Daarom had de Kyaambvu vanuit Kasongo-Lunda een man gestuurd om de krokodillen uit te schakelen. Het probleem was echter dat in Popo iemand woonde die zichzelf kon veranderen in een krokodil.

'Alsof hij andere kleren aantrekt,' verduidelijkte de leraar.

'Waarom doet hij dat?' vroeg ik. 'En wie is die man?'

'Dat weten we natuurlijk niet. Juist daarom konden de mensen van Popo de krokodil niet zelf doden. Onmiddellijk waarschuwden zij de jager uit Kasongo. Omdat krokodillen soms mensen zijn, zeiden ze: "Als je een krokodil doodt, geef ons dan een man."'

Ik kon nu het verhaal niet meer volgen.

’Geef ons het leven van een man,’ herhaalde de leraar. ‘Begrijp je wat er gebeurde? De krokodillenjager voelde zich bedreigd. Hij werd bang en keerde onverrichterzake terug naar Kasongo. De Kyaambvu stuurde geen krokodillenjager meer.’

Ik begreep er niets van.

De man van Caritas zei: ‘Vorig jaar werd hier een krokodil afgemaakt. Het kreng werd opengesneden: ze vonden de romp en de schoenen van een kind. Drie dagen lang werd het kadaver getoond in de haven. Het stonk verschrikkelijk.’

‘Iedereen ging kijken,’ zei de leraar. ‘Een foto ervan verscheen in de krant.’

Dit was het verhaal van het internet, ik herkende het. Maar bewees die foto nu dat de krokodil een mens was? En waren er nog altijd krokodillen in de Kwangorivier?

Intussen was het pikdonker geworden.

‘We snappen dat je ons niet begrijpt,’ zeiden ze. ‘In jullie huizen stonden vroeger ook flessen met opschriften die wij niet konden lezen. Wat zat daarin?’

‘Misschien stond het er in het Nederlands?’ opperde ik.

‘Ongetwijfeld, dat zei men toen ook, maar die geheimhouding stoorde ons. Vroeger woonde er in Popo een blanke man die een palmoliefabriekje bezat aan de rivier. Hij vroeg ons om grint en keien uit het water tot aan zijn huis te brengen om een grintpad aan te leggen. ’s Nachts, als niemand het zag, zeefde hij het grint in zijn garage, op zoek naar diamanten.’

‘Vond hij die ooit?’

‘Dat weten we niet. Maar op een dag was hij weg, terug naar België.’

Ik ging naar binnen, de woonkamer van het weeshuis in. Vier jongetjes zaten tv te kijken, in felrode voetbalshirts. Jean-Baptiste schoof tegen me aan. Gabon speelde tegen Congo-Brazzaville. Eindstand werd 0-1.

32

'Dierbare Remi,' zo schreef nonkel Marcel.

Er was een brief voor me gekomen, zeer verrassend, van mijn nonkel Marcel. Die schreef mij nooit in Congo. In de brief werd ook niets meegedeeld over de trombose van mijn moeder, en daardoor leek dit ene schrijven los te staan van het leven op onze boerderij.

Marcel meldde dat hij na enig zoekwerk Richard in Brussel had teruggevonden. Zijn brief ging verder helemaal over Pius, de zwarte soldaat.

Het voelde onwezenlijk. Terwijl ik me klaarmaakte om eindelijk naar een Yaka-dorp te trekken, kreeg ik brieven uit de Westhoek. Ik was plotseling weer een boerenzoon.

Marcel schreef dat op een kille dag, waarop het onophoudelijk geregend had, hij en Richard hadden afgesproken in een café op de Brusselse Adolphe Maxlaan. Ze hadden lange tijd gepraat bij het drinken van troebele geuze.

Marcel vermoedde, zo schreef hij, dat Pius' complete levensverhaal mij zou interesseren, zeker nu ik in Congo zat. Dat was ook zo.

> *Dierbare Remi*, herhaalde Marcel, *onze Pius, onze zwarte soldaat, is eerst een boy geweest in Congo, toen matroos van de Compagnie Maritime Belge. Hij voer naar België en is daar gebleven. In Brussel was hij straatventer. Hij werd soldaat-vrijwilliger, omdat hij dacht dat de oorlog tegen Kerstmis wel gewonnen zou zijn. Dat was niet zo en zijn keuze viel hem zwaar. Aan het front kreeg Pius chronische bronchitis*

en hij wilde naar Congo terug. Dat heeft niet mogen zijn. Beste Remi, Richard heeft mij hierover voorgelezen uit zijn dagboek. Ik heb dat stuk helemaal voor je overgeschreven.

'Wij zaten buiten op onze strozak, dronken verse koemelk, en later op de dag kregen wij nog kaas en rum. Dan zetten wij onze gasmaskers op en wachtten. Pius spuwde op zijn geweer, en fluisterde in de loop: "Dyeeko phaangu dyasiisa mbvuumbi kaanda kukuluka."'

Richard en ik weten niet wat dat betekent.
Vervolgens had Pius zijn geheime zin opgezegd. Die zin ken je nog wel: 'Carabouya, carabouya, jamais malade, jamais mourir... toudis crever.'
Toen het regiment van Richard en Pius aanviel, knipten zij met draadtangen het prikkeldraad door. Ze gooiden loopplanken over de versperringen. Plots werd Richard de lucht in gekatapulteerd, en stond hij boven op de loopgracht. Als een vod had hij daar staan bibberen van angst, vertelde hij mij. Snel dook hij weer de loopgracht in. Richard was lichtgewond aan zijn been maar kon zich in veiligheid brengen. Helaas was de arme Pius op dat moment al dodelijk geraakt. Zijn buik was opengescheurd door de granaatscherven. Hij liep nog twee stappen, met zijn ingewanden in zijn handen, zo heeft Richard nog gezien, en stortte toen neer. Binnen het kwartier was zijn lichaam toegedekt onder een modderregen, vervolgens met zware kleikluiten. Toen zij hem weken later terugvonden, was niet eens te zien dat deze soldaat een zwarte man was geweest.
Beste Remi, dit is ongeveer wat Richard mij heeft voorgelezen uit zijn dagboek.
Je hebt ook zijn groeten.
Trouwens, carabouya is geen Congolees. Het is de naam van Brussels snoepgoed, zo heeft Richard mij uitgelegd. Het is een

pikzwarte, vastgekoekte mengeling van aangebakken anijs en suiker. Hier in Brussel laten ze die marchandise door de Congolezen verkopen. In de straten aan de Beurs roept een zwarte vent nog altijd: 'Carabouya, carabouya. Alleman moet leven. Wit en zwart. Carabouya.'
Dit is wat ik je kan vertellen over Pius, onze zwarte soldaat.
Ik wil je ten slotte nog iets vertellen, Remi. Ik heb nog even tijd voor de trein vertrekt. Onderweg naar het Noordstation zag ik een schone donkere vrouw. Een mulattin, koffie-met-melk. Ineens voelde ik mij weer zoals toen ik het eerst een zwarte mens heb gezien.
Even dacht ik: ik spreek haar aan. Ik kan moeilijk beschrijven wat dat met mij deed. Ik spreek haar aan, dacht ik, en dan, dan gebeurt mijn hele leven opnieuw.
Maar ik heb haar niet aangesproken. Ik ken geen Congolees. Ik zit hier in het stationsbuffet en heb zonet een laatste geuze besteld.
Maar jij zit nu wel in Congo. Kun jij al Congolees spreken, Remi? Wanneer kom je terug? Doe aan alle Congolezen de groeten van
je nonkel Marcel.

Tweeëndertig

Terwijl ik in het weeshuis verbleef en mijn gesprekken voerde, groeide dag na dag mijn verzameling verhalen over de krokodil. Het vorderde goed, ik noteerde alles wat men me zei. Bij het vertellen ervan gebeurde er iets bijzonders met mijn informanten. Ze lachten onwennig. Ze gedroegen zich geremd, bestudeerden ondertussen voorzichtig elkaars gezicht om te weten hoe anderen over deze kwestie dachten. Hun lach diende vooral om afstand te creëren tussen henzelf en het ongemakkelijke krokodillenverhaal.

Door mijn gesprekken met de oudere Congolezen kreeg ik tegelijk een beeld van het koloniale en het postkoloniale Popokabaka. In 1958, voor de onafhankelijkheid, puilde het centrum van dit stadje nog uit, zo begreep ik, van winkels. Men verkocht er wijn, melkpoeder, corned beef en cassoulet in blik, en rijst in grote zakken. Er was de adjunct-gewestbeheerder André Ryckmans en zijn agronoom, de bouwondernemer Van Caeneghem, de dokter van Foreami. Er was restaurant 'Chez Maes', met bijhorende garage. Een grote melancholie overviel me bij al deze opsommingen. Ik schreef alles op, ook al had dit geen enkel nut voor mij. Ik liet me zelfs de voormalige huizen van Belgen en andere buitenlanders aanwijzen. Ik weet niet of ze dit deden om mij te plezieren, of omdat ze dit uit eigen beweging of overtuiging wilden tonen. De man van Caritas liet me het hogergelegen huis van de Belgische dokter zien, vroeger groeiden er overal frangipanebomen, bloeiende bougainvillea en hibiscus. Er lag ooit een fraaie oprit in een elegante boog, omzoomd met hoge, geurende plumeria's, en elke dag sproeide de boy het gazon. We stonden aan de verfloze voordeur van de dokterswoning. De man van Caritas wees naar de overkant. Daar lag de weg waarlangs vroeger auto's en camions naar de veerpont reden. Maar alles was al jaren weg: de vitale veerpont, de overzetdienst en dus ook de dokterstuin met de bloemperken en de aangeharkte paden.

Sinds de onafhankelijkheid was het terrein rond het Belgische huis eindeloos geveegd. Dagelijks en nauwgezet, met een korte handveger, werden alle blaadjes en takjes zorgzaam verwijderd. Ook rond de fundamenten was alles weggeveegd, zelfs de aanplantingen en steeds hoger kwam daardoor het huis te liggen, om voor de ogen van iedereen te vervallen.

'Zo is het gebeurd,' zei de man van Caritas. Hij maakte een gebaar van onmacht.

's Avonds zat ik weer voor het tv-toestel met de weeskinderen. De kleine Jean-Baptiste zat vlak naast me. Met zijn wijsvinger volgde de kleine jongen de aders op de rug van mijn hand. Ivoorkust tegen Mali, ze speelden 1-1 die avond.

Espérance zei: 'Gek, vandaag kwam hier iemand een kleine krokodil aanbieden. Om op te kweken, om later op te eten.'

'Je hebt hem toch gekocht, Espérance?'

'*Mais non, zotteke,*' zei de zuster.

'Zotteke?' vroeg ik. '*Est-ce-que tu dis zotteke à moi?*'

'*Mais oui, vous dites ça comme ça, non?*' Toen werd ze serieuzer. Ze zei dat er uit de hoofdstad nieuwe geruchten kwamen. Er was een grote optocht geweest voor het Paleis van de Natie, met een onbekend aantal doden, een Chinese winkel was geplunderd in Masina, en verschillende Transco-bussen waren vernield of in brand gestoken.

33

De oude Taata Gabriel droeg een goor blauw hemd over zijn schrale borst en staarde voor zich uit. Hij zat in een lage stoel. Naast hem, op de vloer van aangestampte aarde, lag zijn stok. Pater Staf, die mij vergezelde, rolde de stok zachtjes onder zijn blote voeten, alsof hij zo beter contact kon maken met de oude man.

Staf stelde mij voor aan Taata Gabriel: 'Dit is Remi.'

Hij vertaalde elk woord van het gesprek voor me. Ik kende intussen al een aantal woorden en uitdrukkingen in het Kiyaka, ik had een basis van grammatica, maar een gesprek voeren kon ik amper.

Taata Gabriel was blind maar keek mij doordringend aan. Hij was zesentachtig en bewoog zich met de grootste moeite. Hij verstond goed Frans, maar hij had de taal nooit leren spreken. Hij herinnerde zich nog hoe de Belgen destijds waren gekomen. Iedereen liet zich dopen, zei hij, ook al hadden ze al hun eigen godsdienst. Hijzelf had broeder willen worden, maar de blanke bisschop had hem gezegd: '*Tu vas me conduire.*'

Was hij dan privéchauffeur geweest?

'Ik was zijn camioneur,' zei Taata Gabriel. 'Monseigneur zei dat dit beter was. Ik vervoerde voedsel, bouwmateriaal en koeien. Voor de onafhankelijkheid waren hier veel agronomen en gezondheidswerkers. Ambtenaren, missionarissen, handelaren. Misschien wel dertig in totaal. Ze zijn allemaal een voor een vertrokken. Ook de Portugezen en de Grieken zijn weg. Onze politici hebben de mooie winkels ingepikt, alle handel is stilgevallen.'

Ons gesprek stokte.

'Hebben jullie nog fetisjen?' vroeg ik na enige tijd. Ik voelde zelf dat mijn vraag te snel kwam, dat ik te ongeduldig was en hoe ik nu zelf ook 'jullie' tegen hem had gezegd.

'Mag ik zoiets wel vragen?' vroeg ik, mij excuserend.

Gabriel knikte maar gaf geen antwoord op mijn vraag. Onwillekeurig draaide hij zich om. Boven de zitbank achter hem hing een verbleekte, met tape gerepareerde kleurenposter van een rijk Europees interieur. Daarop stonden bolle imitatieleren sofa's, een gouden spiegel, roze bloemen, opzichtige Versailles-luchters. Boven op de poster was het pelsje van een civetkat gespeld. Gabriel zei niets.

Hij knipoogde naar me, met zijn waterige, rood ontstoken ogen.

We spraken over een Yaka-dorp veertig kilometer verderop, waar ik zou kunnen verblijven. Pater Staf betaalde de oude man en ons gesprek was ten einde.

Twee dagen later verscheen de bisschop bij ons in de pastorie.

'Als dit echt is wat je wil, laten we je gaan,' zei de bisschop. Hij had ook een brief voor me bij zich. Het was een neutrale enveloppe, met daarin het overlijdensbericht van mijn nonkel Marcel. Bovenaan prijkte een tekst, onmiskenbaar afkomstig van een Engelse begraafplaats: '*Gone from us but not forgotten.*' In het briefje dat erbij zat, schreef mijn vader dat Marcel gestorven was als gevolg van een longontsteking. Het was allemaal zeer snel gegaan. Die longontsteking had nonkel Marcel opgelopen bij zijn bezoek aan Brussel. Intussen al drie weken geleden, rekende ik uit.

Ik wist niet wat te zeggen, tranen welden op. Met mijn linkeroog zag ik plots lichte, uiterst wendbare kleursliertjes. Het was zoals in Kinshasa, voor ik vertrok naar Popo: donkere inkt loste zich frivool op in water, tekende bewegende patronen. Ik wreef in mijn ogen, zat er iets op mijn netvlies, of was het toch iets zwarts dat zich aan me wilde tonen? Toen was het alweer weg, en zat ik weer voor de bisschop, met het overlijdensbericht van nonkel Marcel in mijn handen. Ik barstte in tranen uit.

Ik kon alleen maar zeggen: 'Hij was een goed mens. Mijn peetoom en ik hebben veel samengewerkt op de boerderij.'

'Dan heeft hij veel voor je betekend,' zei de bisschop. 'Wij zeggen: *Tweenda taata, mwanaaku.*'

Het spreekwoord dat Lecompte had vertaald. Ik vulde aan: '*A taata, phiingila, mwanaaku.*'

Drieëndertig

Terwijl Remi vijftig jaar geleden optrok met paters en priesters, ging ik nu mijn weg met zusters. Na het middagmaal gingen zuster Espérance en ik wandelen over het terrein van La Mission. Bij het weeshuis wachtte de kleine Jean-Baptiste ons op. Hij stak direct zijn handje naar mij uit en liet me niet meer los.

'Tweelingen kunnen wij maar zelden in leven houden,' vertelde Espérance nogal stil. 'Vaak sterft een van de twee.'

Toen we koffiedronken vertelde Beatrice het complete verhaal. 'Twee maanden geleden heeft zuster Espérance hier aan tafel een akelige droom verteld.'

'Geen gewone droom,' zei Espérance. Zij had gemerkt dat de poort van hun domein openstond, en op het moment dat ze dat zei, belandde ik weerloos in de droomwereld, de gedachten en overtuigingen van Espérance. Ik dacht niet eens aan wat Remi me op het hart had gedrukt voor mijn vertrek. 'Luister, tracht zo ver mogelijk mee te gaan in het verhaal.'

Espérance ging naar de openstaande poort, vertelde ze me, en vanuit de duisternis sprongen vier of vijf grote zwarte honden op haar af en stootten haar omver. Deze droom was uitermate reëel en had haar erg verward.

Twee dagen na die droom, in het holst van de nacht, was hun nachtwaakster in de slaapzaal afschuwelijk begonnen te gillen. Espérance en Beatrice kwamen aangesneld. Buiten zinnen van angst schreeuwde de vrouw, haar handen in de lucht. Ze had gezien hoe in een bedje, tussen twee slapende kinderen in, een grote zwarte hond lag te slapen. Toen de nachtwaakster dat ontdekte, was de hond uit het kinderbed gekomen en vertrokken, de nacht in.

‘Had jij je droom van de honden aan de nachtwaakster verteld?’ vroeg ik, zo neutraal mogelijk.

‘Nee,’ zei Espérance. ‘Dat heb ik niet gedaan.’

‘Of aan iemand anders?’

‘Nee,’ zei Beatrice.

Dit incident van de hond en de gillende nachtwaakster had alle kinderen van het weeshuis sterk beroerd. De ochtend erna vernamen de oudste kinderen op school dat er ngaanga’s waren gekomen in Popo.

‘Ja, *ngaanga nkisi*,’ zei Beatrice. Alle kinderen hadden hun valiezen uitgestald in de slaapzaal. De vloer van de hele ruimte stond vol open koffers. Beatrice liep naar de vicaris. Die meende dat de droom van de honden iets anders betekende.

‘Wat dan?’

De twee zusters gaven niet meteen antwoord.

‘De vicaris heeft het hele weeshuis gezegend met wijwater. Alle kinderen waren daarbij aanwezig; ze gaven toe dat zij te weinig baden. Opnieuw werd de kinderslaapzaal grondig behandeld met wijwater. De week erna stierf de kleine Jean-Jacques, zes jaar, kort nadat hij was gaan zwemmen. De doodsoorzaak was onduidelijk, ook al zei de dokter dat het een normale dood was.’

‘Jean-Jacques?’ vroeg ik.

‘Jawel, het tweelingbroertje van Jean-Baptiste.’

‘Zo is het gebeurd,’ zeiden de twee zusters. ‘Daarom gedraagt die jongen zich zo aanhankelijk.’

Espérance legde uit hoe de hekserij werkt: ‘Wie zich afkeert van de ouders of de familie, wie de regels niet volgt, wordt beschuldigd van hekserij.’

‘Was er dan een probleem in de familie van de tweeling?’

‘Ja natuurlijk.’

‘Jij doet alsof de heksen echt bestaan?’

‘Natuurlijk bestaan zij,’ zei Beatrice. ‘De heks draait zich onzichtbaar rond het slachtoffer. Ze zuigt het slachtoffer leeg, vernietigt het onzichtbaar. Niemand ziet het. Daarom zegt men dat de heks vergeestelijkt kan vliegen. Ze stuurt ziekte naar een persoon, naar een huis, of onweer naar een naburig dorp. Een heks verlaat altijd de misviering voor de zegening.'

Ik stond perplex van dit verhaal. Ik had hierover gelezen in oude of etnografische boeken, maar dit was plotseling erg dichtbij en beklemmend. Dit ging over de kleine Jean-Baptiste die mij altijd opzocht. Ik dacht opnieuw aan wat Remi had aangeraden: toekijken, vol overgave luisteren, trachten te begrijpen hoe vanuit de lokale overtuigingen een eigen ontologie, een zijnsleer wordt vertaald. Remi sprak van 'een ontologie die het harde interpersoonlijke veld bespeelt en bewerkt'. Ik kon alleen maar vaststellen hoe ik me daar plotsklaps middenin bevond.

Om vijf uur 's avonds vond een viering plaats in het weeshuis. Dertig witte plastic stoelen stonden klaar op het grasveldje. Een plastic tafel was het altaar. Alle netjes gewassen kinderen, in propere kleren, schoven aan. Met fluwelen stemmetjes zongen ze. Na de communie vroeg de priester aan God om iedereen gehoorzaamheid en vroomheid te schenken. Dat laatste was een kleine reprimande.

Intussen trok de diaken zijn kazuifel al uit, vouwde die op en stopte hem in zijn rugzak. Onmiddellijk barstte het onweer los. Uit de savanne woei een forse wind die ruw de plastic tafel omver gooide. Iedereen scharrelde stoelen mee en vluchtte naar binnen, de speelzaal van de kinderen in. We aten beignets en verse pindanoten.

Toen de kinderen in hun bed lagen, vertelde Espérance over de rellen in Kinshasa. Veertien doden, vooral jongeren, zo werd gezegd. Voor morgen werd een nieuwe optocht aangekondigd.

34

Bijna vijfhonderd kilometer ten zuidoosten van de hoofdstad, in Yitaanda vlak bij de grens met Angola, had de zoon van chef Taanda Kapata de doodskist al besteld. In zijn hut lag de oude man gelaten te wachten op de dood. Hij ontbood nog enkele mensen, onderbrak hun gejammer en gaf hun een laatste boodschap mee. Ik werd tot bij hem geleid en voorgesteld aan hem.

'Mijn naam is Remi,' zei ik in het Kiyaka. Onwennig, zeer eerbiedig, groette ik de oude chef en gaf hem een medicament tegen de koorts. Dat deed Taanda Kapata goed.

Na de begroeting kreeg ik een kamertje in een armoedig huisje verderop. Het was een ruimte van twee bij twee, met muren van takken en leem. Ik kon bijna geen adem halen van opwinding, dit was exact wat ik wilde. Nog even bladerde ik in mijn woordenboek en toen was het donker. Ik ging slapen. De nacht was erg onrustig door de geluiden van buiten en ongedierte dat over me heen kwam sluipen.

's Ochtends kreeg ik hulp en uitleg van Albert, een jongeman die als enige in het dorp enkele Franse woorden kende. Ik probeerde hem zo weinig mogelijk aan te spreken. Vanaf de eerste dag wilde ik het proberen in het Kiyaka.

De mensen woonden in kleine rechthoekige huisjes, drie bij vijf meter. De muren waren gemaakt van stokken en leem, het dak van palmbladeren en gras. Overal in het dorp liepen varkens rond, ook geiten en vooral veel kippen. Boven de verspreide woningen zweefden sperwers op zoek naar kuikens.

Ik droeg op dat moment al niet meer het zilveren kruisje op mijn hemd. Ik wilde geen extra afstand scheppen tegenover de

Yaka door dat symbool te dragen. Ik bewaarde het in mijn huisje; op een bepaald moment zou ik trouwens vaststellen dat het weg was. Gewoon verdwenen.

Ik wachtte en ik keek. Gulzig snoof ik de geuren op van mijn nieuwe omgeving. Ik moest de hele tijd denken aan nonkel Marcel van wie ik geen afscheid had kunnen nemen. Toen de wolken verwaaiden, zat ik plots in de smorende hitte van de zon, zodat de kinderen me kwamen zeggen naar de schaduw op te schuiven. Ik begreep hen eerst niet. Ik gehoorzaamde. Dit was de essentie van mijn opleiding en inzet: ik zou mezelf verliezen, aanpassen, eindeloos leren. De ander imiteren en hem zo van binnenuit ontdekken, dan zou ik misschien ontvankelijk zijn voor het echte leven.

’s Middags begon het alweer te donderen. De oude Taanda Kapata kreeg hoge koorts en ijlde. Het medicament van de dag ervoor hielp nu niet meer. Kapata’s zoon kwam mij vragen om vlak naast de oude man te waken. Zittend naast de oude chef, met zijn naakte, zwoegende borstkas, dacht ik de hele tijd aan mijn nonkel Marcel. Plots stokte zijn ademhaling.

De oudste zoon zei, zonder dramatiek: ‘*Taata fuudi*, onze vader is gestorven.’

Onmiddellijk trad er een man binnen met om zijn lenden een witte doek, dichtgeknoopt tussen zijn benen. Het was de eerste keer in mijn leven dat ik een priester-genezer zag. Hij merkte mij niet eens op. Zijn ogen waren hard, ook in zichzelf gekeerd.

De genezer sprak tot de overledene: ‘Zucht jij maar, laat jij maar je laatste zucht, adem een laatste keer uit.’

Het was ook de eerste keer dat ik echt de dood in de ogen zag. De dood was, begreep ik voor het eerst, een kwade schaduw, een noodtoestand, een niet te vermijden somberte. Het was niet iets wat slechts aan anderen gebeurde.

Alles wat ik zag, klopte met de etnografische beschrijving van De Beir, en ook wat daarna gebeurde kon ik zelfs gedetailleerd voorspellen. De overledene werd uitgekleed en gewassen, opnieuw aangekleed en men legde hem in de open kist. De familie stond erop dat ik de hele tijd aanwezig bleef. Bezoekers kwamen af en aan, stapelden lakens en doeken op het doodsbed. Buiten maakten de vrouwen hun gezicht en hun bovenlichaam wit met as. Ze weeklaagden en gilden. De sfeer was verwarrend, vreemd genoeg ook erotisch.

Onweer barstte los en met een hels lawaai sloeg de bliksem in op de woning van opvolger N-noongu. Die brandde helemaal uit. Er ontstond paniek in het dorp. Men was overtuigd dat de overleden chef Kapata het niet eens was met de keuze van de opvolger. Pas toen de avond viel, keerde de rust terug. De vrouwen van de overledene weeklaagden in stilte, de mannen vlochten matten. Af en toe barstte een vrouw in tranen uit, en ze dansten weer, schudden hun rijpe buik en heupen. In refreinen herhaalden ze wat de priester-genezer hun voorzong, tot ze in slaap vielen bij het vuur. De ouderen bleven maar palmwijn drinken.

'
s Ochtends verklaarde de mogelijke opvolger N-noongu plechtig dat ik hun voorouder Taanda N-leengi was, die in 1938 was overleden. Ik begreep het eerst niet, maar Albert vertaalde de bevreemdende boodschap voor me. Ik was een *revenant*, een herborene, meenden zij, ik was de teruggekeerde voorouder.

'Maar ik ben wit,' zei ik toen ik hen eindelijk begreep. 'En jullie zijn donker van kleur.'

'Natuurlijk,' zeiden ze, 'maar onze voorouders in de aarde zijn ook wit. Wit als beenderen. Zij zorgen voor het wild, de vruchtbaarheid van onze vrouwen en de oogst. Het is goed dat jij op dit moment bij ons bent.'

De oudste zoon van chef Kapata vroeg me mee te bidden op het graf. Ik stond naast hem, bij de notabelen, als enige blanke met mijn bleke doorzichtige huid. Ze gaven mij de pheembe. Met witte pijpaarde trokken ze een forse streep op mijn armen. Het was precies hetzelfde gebaar, datzelfde teken als de Congolese zuster me in Brussel had gegeven.

Verder verstond ik niets van wat deze mannen vertelden. Als ik om uitleg vroeg, herformuleerden ze behulpzaam, maar in andere woorden. Ze waren vriendelijk maar wachtten af. Ik observeerde hen en zij observeerden mij.

Het leven in het dorp was rijk, overvloedig en vooral onbegrijpelijk. Ik zag hoe de mannen terugkwamen in het dorp als ze net een stuk bos hadden ontgonnen. Ze waren bezweet en uitgelaten. Wat later kwamen ook de vrouwen, hun hak over de schouders. Sommigen van hen hadden vissen bij zich, anderen droegen stookhout en maniok in hun korf op de rug, of een jerrycan met water op het hoofd. Als ik met de mannen mee ging jagen, slaagde ik er niet in om stil door het hoge gras te sluipen. Dus bleef ik in het dorp, en zat ik meestal bij de kinderen en de vrouwen, om de taal te leren spreken.

Vlak bij mij stierven op korte tijd verschillende mensen. Een tweejarig meisje, dat op een bedje te slapen lag, rekte zich uit; ze maakte af en toe vreemde keelgeluiden. Ondertussen versierde de moeder het voorhoofd van het kind met een kroon van witte knoopjes. Om haar halsje legde zij een parelsnoer. Het was een geduldig, onschuldig spel. Maar toen begon het kinderlichaampje spastisch te schokken. De moeder trok het kind dicht tegen zich aan. Het lijfje schudde. Het sidderde en beefde, het bleef maar sidderen tot de laatste energie was weggevloeid. Luid kreunde de moeder met onverwacht lage mannenstem. Ze begon te huilen en luid te gillen.

Ik kon niets zinvols zeggen tegen haar, ik leek wel doof en onverschillig, en schaamde me daarvoor. Het kind werd vlak achter het huis begraven. Kleine kinderen keren terug, werd me gezegd.

Kort daarna gebeurde hetzelfde met een oudere vrouw. Flegmatiek legde zij zich neer op bed, at kleine brokjes uit een dunne soep, en ineens stierf ze. Ik keek toe hoe haar man begon te huilen. Opnieuw stond ik daarbij onbeholpen toe te kijken. Op geen enkele wijze leek de overleden vrouw op mijn moeder, maar ik dacht aan haar en ik wist dat de kans groot was dat zij de volgende zou zijn die stierf.

Vanaf dat moment wilde ik alles over hen weten. Zij konden mij leren hoe het menselijke leven in elkaar zat, met zijn gebreken en verlangens, gewoon omdat ik nu zag hoe de man zijn overleden vrouw teder omarmde en onhandig haar ogen sloot. Dan kwam de oom haar haren knippen. Hij strekte voorzichtig haar ledematen, oliede haar armen en benen met palmolie en rode aarde. Op haar voorhoofd plaatste hij witte en rode tekens. Buiten gooiden enkele vrouwen zich schreeuwend op de grond, en vervolgens boven op het dode lichaam. Ook hier verscheen de genezer, en zingend besprenkelde hij de overledene: 'We zullen je respectvol begraven, wij willen het goede, dat weet je.'

Ze wikkelden haar in stukken katoen en rolden haar in een kuil. De genezer sprak tot haar: 'Als je onrechtvaardig gestorven bent door bliksem of in je slaap, dan mag jij je komen wreken. Bliksem de schuldige neer, maar laat ons met rust', en met dekens werd haar dode lichaam toegedekt.

Vierendertig

'De krokodil-mens is mystiek,' zei Diff tegen me. Diffs volledige naam was Mbaya Désiré, maar ieder noemde hem Différent sinds zijn zestiende. In zijn jeugd was hij altijd al elegant en welgemanierd geweest, verklaarde hij. 'Ik wist hoe mij te gedragen. Ik kon met iedereen overweg, ik was anders, vandaar.'

Diff en ik zaten buiten voor zijn huis te praten, op oranje plastic stoelen, over de krokodillenkwestie. Hij liet bier brengen door zijn vrouw, die met de drie dochters verderop zat. Diff was zichtbaar vereerd met mijn bezoek. Hij gedroeg zich tegelijk nederig en uitbundig.

‘*Chez nous la mort est provoquée*,’ zei hij, maar over de krokodillen kon of wilde hij niet veel vertellen. ‘Wij noemen dat *mystique*, de dingen die we niet begrijpen. Ons land is door de vorige president verkocht aan de hekserij. Congo is in de greep van een mysterieuze wereld en ook het omgekeerde is waar. Onze fetisjen liggen nu in de grote musea overal ter wereld. Je kunt je afvragen wat de invloed daarvan is.’

Diff stelde voor om deze kwestie te bespreken met de *chef coutumier* van Popokabaka.

‘Maar eerst toon ik je onze haven,’ zei hij bereidwillig. We liepen langs een door erosie diep uitgeslepen weg, doodlopend op de rivier. Van de vroegere haven was amper iets te zien. Er lagen drie prauwen, gemaakt van uitgeholde boomstammen.

Hij wees een plaats aan, links van de weg. ‘Hier werd die krokodil opengesneden en een week lang getoond’, en iedereen van Popo was vol afschuw komen kijken. In de verte, aan de overkant, zag ik de andere aanlegplaats. Die was al net zo uitgespoeld en onbruikbaar.

We liepen langs de brede rechte wegen, die de Belgen in Popokabaka hadden aangelegd.

‘Dit was de Rue Matadi. Vroeger hadden al onze wijken een nummer, er waren bloemenperken en straatnaamborden, onze huizen hadden nummers. Zoals in Tervuren, waar ik ooit op bezoek ben geweest.’

Ik knikte. We kwamen aan bij Mathieu Mbemba Nawesi, de tachtigjarige *chef de groupement*. Hij zat binnen in zijn huis. Zijn lippen waren dun en grijs, zijn glimlach was mistroostig. In zijn hand hield hij een wandelstok met ivoren knop.

‘De prins ben ik,’ zei de stokoude man om te beginnen. ‘De Kyaambvu heeft mij aangewezen.’

Diff en ik gingen naast hem zitten in een lage stoel. Een venster was gerepareerd met karton. De muren van het woonkamertje hingen vol historische, soms honderd jaar oude foto’s.

‘Onlangs kwamen vier of vijf ngaanga’s naar de Cité van

Popokabaka. 'Zingend liepen ze hier rond. Ze vleiden de mensen, toonden hun krachten. Ze beweerden dat de katholieke priesters de echte heksen waren. Ik heb hun palmwijn gegeven, maar ik liet me daarvoor niet door hen betalen. Ze zijn weer weggegaan.'

'En de krokodillen?'

'Dat probleem lijkt nu opgelost te zijn,' zei de oude prins.

'Zijn er dan nog krokodillen in Popo?' vroeg ik.

'De problemen zijn zeldzaam geworden,' wimpelde hij af en hij weidde uit over zijn prinselijke afkomst. 'Wij zijn de Balunda van Katanga, het hof van Koola in Shaba. Driehonderd jaar geleden kwamen wij hier.'

Hij wees op een grote, op karton gelijmde foto achter hem. 'Papa heeft ons hierheen gebracht, Jean-Baptiste Mbemba, geboren in 1853.' De man op de foto, een *chef médaillé*, droeg een uniform met grote, geel ingekleurde medailles. Het portret hing midden in een collage van presidenten en gouverneurs, lokale machthebbers en daartussen en daaroverheen massa's kiekjes van klein- en achterkleinkinderen.

De prins onderhield me over dynastieke kwesties waarvan ik niets begreep. In zijn verhaal schoven de eeuwen constant door elkaar en hij vertelde alsof hij er zelf altijd bij was geweest. In het begin van de vorige eeuw kwam in Popo een boot met bemanning op zoek naar lianen voor rubber. Hardvochtig verplichtten de blanken alle mannen en vrouwen lianen te verzamelen.

'We lieten ons niet omkopen,' zei de oude prins, 'niet met faienceborden of met gelakte kommetjes. Wij waren toen al handelaars. We voerden handel met Angola en het Congolese achterland.'

Zijn vrouw bracht ons Primusbier en verse pinda's. In een gedeukte blikken pot zette ze de nootjes op de tafel. De prins schonk het bier uit. Ik stak hem geld toe. Zijn vrouw begon Latijnse kerkzangen te zingen, Diff neuriede die mee.

Ik kauwde de kleffe, natte pindanootjes.

'Ik heb gestudeerd,' zei de prins op gejaagde toon. En ook: 'Ik houd van het schaakspel.'

Waarom zei hij zoiets? Hij kneep zijn ogen dicht. Blind somde hij de namen op van alle Belgen die ooit in Popo waren geweest: een zekere Carlos, ene Joseph, natuurlijk de adjunct-gouverneur André Ryckmans met wie hij nog gevoetbald had en die de taal van de *tambour-téléphone* had bestudeerd. En Manche le Colon die een huis bouwde aan de Office des Routes. Opeens hoorde ik hem ook Remi's naam noemen.

'Wat weet u over hem?' vroeg ik.

'Hij was slechts even in Popo, herinner ik me, toen vertrok hij naar Yitaanda. Men zei dat hij goed kon dansen, of vergis ik me?'

Dansen? Remi had me gezegd dat hij geen muzikaal talent had. Ik zei de oude man dat hij zich waarschijnlijk vergiste.

Vervolgens begon hij over de politieke problemen in Kinshasa. Ook al had hij zonet een uur lang over eeuwenoude geschiedenis gedebiteerd, nu bleek hij evengoed de actualiteit van de hoofdstad te kennen. Men had het internet en sms-verkeer in het hele land uitgeschakeld. Vliegmaatschappijen uit Brussel en Parijs hadden hun vluchten geannuleerd, en ministers in Europa uitten hun bezorgdheid. De Congolese autoriteiten spraken van vier doden, de opposanten van vijftien.

Plots was het pikdonker. Diff bracht me snel terug naar het weeshuis. Ik zag geen hand meer voor ogen en onderweg mocht ik Diff bij zijn mouw pakken.

Met de kinderen van het weeshuis keek ik naar het voetbal. Tunesië tegen RDC Congo, gelijkspel 1-1. De kleine Jean-Baptiste, weer vlak naast me, keek me aan. Hij vroeg of *la guerre* begonnen was in Kinshasa.

35

Ik zat op mijn heuvel in de savanne, in het dorp Yitaanda dat voor mij de navel van de wereld was. Het leven was prachtig, intens, hard. Ik was erdoor verdoofd. Voor de allereerste keer voelde ik me alleen en gelukkig, op een gevaarlijke wijze. Als mij hier iets ernstigs overkwam, zou niemand me redden; ik hield van dit zelfgezochte, koortsige risico. Tegelijkertijd bestudeerde ik het leven door eraan deel te nemen. Ik krabbelde notitieboekjes vol die voor mij alleen dienden om alles op te slaan en te begrijpen. Soms kon ik aanvullende uitleg vragen aan Albert, wiens vader de *juge coutumier* van de regio was.

’s Morgens begon een jonge man luid te gillen. Hij klauterde op het hoogste dak van het dorp, terwijl hij twee stukken hout op elkaar sloeg. Plotsklaps verzamelden en verdwenen de kinderen naar het besnijdeniskamp. Ik wist wat er nu ging gebeuren. Ik voelde geen drang of noodzaak om hierbij aan te schuiven, zoals Maurice me had aangeraden in zijn chique huis.

Ik leerde zoals ik nooit eerder had geleerd. Hun gebaren, hun woorden: ik verzonk daarin, en toen ik de juiste taal, gebaren en het respectvolle handgeklap enigszins begon te beheersen, benaderde ik voorzichtig de oudere mannen. Ik trakteerde hen enkele keren op whisky. Ze spoelden omstandig hun mond met de gemene drank, slikten en zeiden ‘ahwoom’. Hun tongen kwamen los.

Om te beginnen vertelden ze over pater Michel, die een overleden waarzegger had geslagen. Ik knikte.

Steeds deed ik wat Ignatius had geïnstrueerd: luisteren, blijven luisteren, zwijgen, waardig en weloverwogen spreken, nooit iemand ontevreden achterlaten.

Ik knikte opnieuw. In de verte klonk een trommel.

'Hoor,' zeiden de oude mannen. Met korte en lange, scherpe en holle signalen gaf de grote tambour-téléphone de namen door van de clanvaders. De hoge en lage tonen articuleerden de voorouderlijke namen. Welwillend spelden de oude mannen de namen voor mij: Ngete, Kasa, Buuka en Mayoomba. Ik schreef ze op in mijn boekje.

Ik zei dat ik niet getrouwd was, maar dat ik in Europa wel een kind had. Ik toonde hun een foto van het pasgeboren zoontje van mijn oudere zus. Dat was een leugen om bestwil, anders zouden zij mij nooit voor vol aanzien. Toen ouderen me vroegen naar mijn stamboom, moest ik diep nadenken, maar ik wist niet de naam van mijn overgrootvader. Hoofdschuddend keken ze me aan. Ook al gedroegen ze zich in het algemeen hoffelijk, soms zelfs onderdanig, ik schaamde me. En omgekeerd ook, zelfs als ik mijn voet stootte tegen een boomwortel verontschuldigden zij zich.

'Waarom excuseer jij je nu?' vroeg ik.

'We hadden je moeten waarschuwen,' antwoordden ze beleefd. Als ik in mijn eentje naar het woud wandelde, liepen ze met me mee uit bezorgdheid. Ook al wilde ik daar alleen zijn en uitrusten achter een drooggevallen waterval. Op een keer vond ik het pad niet meer terug. Het was zes uur in de avond, het was al donker. In paniek kwamen de dorpsgenoten mij zoeken. In het duister zag ik het geflikker van hun ogen. Ze waren boos op me, vroegen dat nooit meer te doen. Pas toen besefte ik dat zij zich voor mij verantwoordelijk voelden.

In de vooravond, zolang er nog zonlicht was, wanneer een lauwe warme wind het dorp omspoelde, stelde ik mijn vragen aan de oude mannen. Omdat ze mijn nieuwsgierigheid wantrouwden beweerden ze eerst: 'Wij hebben je niets te vertellen.' Daarna kletsten ze maar wat, lusteloos en superieur. Ze zeiden: 'Wij zijn jong, onze voorouders hebben ons niets nagelaten.'

Beetje bij beetje vroeg ik uitleg over ongebruikelijke woorden in liederen of spreekwoorden. Ze gaven die dan. Soms zeiden ze ineens dat ze een kip nodig hadden. 'Let op, Remi, nu moet je komen kijken.'

Voor mijn ogen voltrok zich een ritueel. Eerst volgde een aantal gebaren en woorden, een kip werd geofferd, weer een aantal handelingen. Ik verstond de woorden die ze uitspraken, maar ik begreep er niets van. Ik kon geen uitleg vragen zonder het gebeuren te verstoren. Als ik naderhand om uitleg vroeg, konden ze het antwoord niet meer geven. Het ging blijkbaar om kleine momenten met daarin bewegingen, gebaren, soms slechts het ritme van een zin.

Elke maand keerde ik voor drie of vier dagen terug naar Popokabaka, om mezelf te verzorgen en extra etensvoorraad in te slaan. Ik ging langs bij de bisschop, die polste hoe het met mijn studie stond.

'Voortreffelijk,' zei ik. 'Ik converseer al vlot in het Kiyaka. Ik wil die taal zo goed kennen dat ik de genezers versta.'

De bisschop lachte, een beetje ongerust.

Ik liet mijn snor groeien, voor het eerst in mijn leven. Elke ochtend maakte ik er uitgebreid werk van om me te scheren. Ik deed dat net als nonkel Marcel, met kwast, scheerschuim, schaartje en geurwater. Het was mijn verlate eerbetoon aan Marcels zelfzekerheid, zijn raffinement. In mijn scheerspiegel zag ik zelfs de snor en mond van mijn nonkel.

De malice van nonkel Marcel. Denkend aan mijn overleden oom ging ik op bezoek bij de waarzegger-genezer Kha Nkoongu, om kennis te maken.

Kha Nkoongu keek amper op toen ik bij hem ging zitten. Hij had een strakgespannen, benig gezicht en op zijn hoofd droeg hij een krans, gevlochten uit de pels van aap en civetkat. Hij had streepjes pijpaarde aangebracht op zijn geolied gezicht. We wisselden enkele woorden. Soms verscheen er schuim om zijn mond, merkte ik, alsof hij een lange redevoering had gehouden.

Geleidelijk aan stond Kha Nkoongu toe dat ik met hem meeging. Ik zag hoe een jonge moeder bij hem op bezoek kwam met haar pasgeboren kind. De jonge moeder en de waarzegger-genezer zaten op twee matjes tegenover elkaar. De vrouw vroeg: 'Wilt u me uitleggen wat mij overkomen is?'

Kha Nkoongu antwoordde: 'Ik zal je zeggen wat de voorouders zeggen.'

De vrouw vertelde haar droom en de wijze man peilde op zijn beurt wat er gebeurd was in de familie. Ze betaalde hem. 's Nachts droomde de waarzegger. De ochtend erna onthulde hij wie als kwalijke kracht in haar familie opereerde, welke vloek deze had uitgesproken.

Kha Nkoongu antwoordde niet op de vragen die ik hem stelde. Glimlachend keek hij me aan. Hij kon niet uitleggen hoe hij het deed, tenzij door het te doen. Na een tijdje zei hij: 'Maar eigenlijk weet je het al. Er kunnen inderdaad bepaalde formules, krachtige woorden, uitgesproken worden. Er bestaan ook dreigementen met een dodelijke precisie en woorden om te beschermen.'

Zo vertelde ik het achteraf ook aan de bisschop.

'Dus kun je al praten met die Yaka-genezers?' De bisschop zuchtte.

'Ik denk dat ik het kan, maar ik wacht geduldig tot zij het ook willen.'

De bisschop krabde achter op zijn hoofd. Hij trok zijn schouders op. Met zijn duim trok hij een lange streep op mijn linkeronderarm en overhandigde me de brieven van het thuisfront. Er zat een spottend lichtje in zijn ogen toen hij zei: 'Ik ben ook Yaka. En tegelijk ben ik je magister en je postbode.'

Deze keer was er een brief bij van mijn moeder, die goed herstellende was. Ze meldde dat de grote volksschrijver Stijn Streuvels op zevenennegentigjarige leeftijd was overleden te Ingooigem.

Het was een rare brief. De lichaamsmotoriek van mijn moeder was sinds de trombose hersteld, maar haar handschrift was veranderd. Het ronde van haar schrift was hoekig geworden, zelfs onherkenbaar. Het was daardoor alsof een vreemde de brief van mijn moeder had geschreven. Wat ook gek was: veel te gedetailleerd beschreef ze hoe ze naar de begrafenis van Streuvels was geweest. Het doodsprentje en het krantenartikel zaten erbij als bewijs.

Op een hete zomerdag half augustus hadden zevenduizend mensen in het West-Vlaamse dorp de schrijver de laatste groet gebracht. Van Streuvels' woning trokken zij in een stoet naar de kerk, achter de dorpsfanfare aan. Majorettes, met een slepende roffel op hun trommeltjes, de wind spelend in hun dwaze witte pluimen. Ik zag het allemaal voor me zoals zij het beschreef in haar brief. Streuvels' kist lag op een witte huifkar. Vooraan in de stoet de weduwe en de zoon, daarachter de drie zwart gesluierde dochters, samen met ministers en hoogwaardigheidsbekleders. In de kerk sprak de priester: 'Zijn lenteleven was kort en hard, zijn zonnetij en zijn oogst waren des te weelderiger.'

Vijfendertig

'Zeg niet hut, spreek liever over een woning,' had Remi me nog gezegd voor ik naar Congo vertrok. We zaten in zijn werkruimte genaamd 'de praktijk', en hij schonk een glas rode wijn voor ons in.

'Maar hun huizen zijn toch gebouwd van takken, boomstammen en wat gedroogd gras?' zei ik. 'Dan spreek je toch van hutten?'

Het ging om het respect, reageerde Remi formeel. 'Spreek dus liever niet van hutten,' drong hij aan. 'Spreek ook niet zomaar over oude mannen. Zij zijn de invloedrijke figuren in het dorp. Zij beheren het onzegbare, het collectief onbewuste, al wat je beleeft in je dromen. Als je zo iemand ontmoet, ontstaat een andere wereld, *pluricentrisch*. Een ontmoeting wordt een transfusie.'

Ik noteerde het in mijn Muji-schriftje.

Remi was ervan overtuigd dat ongeveer elk gebeuren met enig effect of nasleep een teken kan zijn, dat alles dan weergalmt in een groter symbolisch geheel, dat wellicht niets toevallig gebeurt (achteraf gezien). Dat je naar jezelf kunt kijken als onderdeel van een stamboom van de mensheid. Dat je vertrouwen mag hechten aan verbindingen met het verleden, omdat alles en iedereen, als ze invloedrijk zijn, zich in enige mate herpakken en terugkeren. En ten slotte, dat je om je heen kijkt, maar tegelijkertijd in jezelf leert zien.

Dit schreef ik letterlijk op. Zo leerde ik zelf ook patronen zien en soms begrijpen, wat niet betekende dat ik ze kon verklaren. Want veel tekens blijven in de schaduwzone, zijn onbeduidend, of gewoon onbegrijpelijk.

Remi vertelde dit op een avond, in zijn flat vierhoog, waar je uitkeek over de stille stad. 'Van toen is er iets bijzonders in mij gebleven,' zei hij. 'Een verlangen om aan het vlakke, rimpelloze heden te ontsnappen, altijd weer naar Congo en de Westhoek. In mijn dromen keer ik terug naar die plaats en die tijd.' Hij verzonk even in stilzwijgen.

'Het was het grootste geschenk dat ik ooit in mijn leven kreeg,' vervolgde hij. 'Ik was welkom in het Yaka-dorp. Men deelde me mee dat ze wisten dat ik ging komen. In hun dromen hadden zij me al gezien.'

Hij glimlachte, kneep even in mijn knie. 'Zelfs mijn sigarettenpeuken werden door de Yaka-kinderen opgeraapt en gebruikt als geneesmiddel. Het is zoals schaduwen die elkaar raken. Het is zoals de lichaamswarmte die je achterlaat in een stoel. Soms wordt dat een grijpbare kracht.'

Hij zei ook: 'Denk niet dat zij primitief zijn. Wij onderschatten de omgang met het onzichtbare en het onzegbare, of het schuldgevoel tegenover de overledenen.'

Remi was slechts zevenentwintig geweest, en bij zijn aankomst had men hem de voorganger van hun grote chef genoemd. Geregeld werd dat in het dorp herhaald: deze jongeman was de blanke die Taanda N-leengi was, een geest teruggekeerd uit het verleden.

Op het moment dat Remi in het afgelegen dorp verbleef, werden overal in Congo de Portugese en Griekse winkels beroofd. Politie en soldaten hielpen bij de plunderingen. Er waren invallen van Angolese rebellen. Het was extreem gevaarlijk.

'En toch voelde ik me daar thuis, veilig geborgen in dat minimale vlekje op de wereldkaart,' zei Remi. 'Dat was mijn plek. Ondanks de lange nachten en de versuffende hitte vond ik nieuwe wortels op een plaats die niets te maken had met mijn West-Vlaamse afkomst.'

Hij ging staan en keerde zich naar zijn boekenkast. Hij zocht naar een boek.

‘Wat zoek je?’

‘Jacques Lacan. Om precies te zijn, de “late” Jacques Lacan’, maar hij vond het boek niet.

‘Want er is dat ene in ons,’ zei hij. ‘We moeten ver van huis gaan en anderen ontmoeten om erachter te komen. We hebben een bevreemdende spiegel nodig. Juist in vreemde woorden weerklinkt het. Eindelijk herkennen we dan het onherkenbare, het onzeglijke in onszelf. Het donkere in ons resoneert met het donkere van de ander. Het is hetzelfde ritme, dezelfde rusteloze melodie. Als dat gebeurt, halen de Yaka de palmwijn tevoorschijn. Ze zwijgen, ze schenken in en drinken samen. Je hebt het gevoel dat je diep hebt gecommuniceerd.’

Remi vroeg of ik nog wat wijn wilde.

‘Ahwoom,’ zei ik.

36

Toen de zon opkwam boven Yitaanda dampte de wereld. Alles in het dorp was kletsnat, vloeide over van de onopgemerkte, nachtelijke gebeurtenissen. De Yaka weet: er is een zichtbare wereld en er is een onzichtbare wereld. Daarom is hij altijd gespannen, beklemd en alert, soms ronduit bang. In zijn leven wordt hij altijd weer uitgedaagd door tekens, hij spiedt om zich heen, want een mens leeft nooit zijn eigen leven alleen. Daarom is de Yaka solidair en gastvrij en heeft hij respect voor de ouderen. Hij moet wel.

Ik leefde er al meer dan een halfjaar. Een maand na de besnijdenis kwamen de jongens het dorp weer in geparadeerd. Jongens van tien of elf jaar waren mannen geworden, zelfs jagers. Ik herkende de schitterende maskers die ze droegen, ik had die al gezien in Brussel bij Maurice, en in het Musée du Kwango des Pères Jésuites. Binnenkort vertrokken sommige van de jongens naar Kinshasa om daar de kost te verdienen.

In het dorp sloop een zwarte hond rond tussen de huisjes. Op hoge poten kwam hij recht op mij af, schichtig. Ik had hem nog nooit gezien. Hij leek op Baron, de hond op onze boerderij, met zijn donkerbruine spleetogen vol valse sluwheid en pret.

Even kwam de hond mij groeten, zo leek dat. Hij keek me aan en liep weer verder, beducht. Maar de dorpsbewoners waren gealarmeerd door de verschijning en reageerden zeer angstig. Met knuppels sloegen ze de hond onmiddellijk, onverbiddelijk dood. Nog diezelfde dag overleed een oudere man in een nabij dorp, beweerden ze.

Het verhaal hierover werd me als volgt verteld. Een kwaadaardige ouderling stuurt een dier. Soms, zegt men, is dat een mestkever, soms een sprinkhaan of een pad. Het dier dringt binnen in het lichaam van het slachtoffer en gaat recht naar zijn ingewanden; hij of zij moet dan sterven.

Steeds beter begon ik de genezers en waarzeggers van de Yaka te begrijpen; ze zijn uiterst gevoelig en intelligent, alle tekens interpreterend, werkend met malice, tegelijkertijd beproefd door hun eigen diepe angsten, wonden of innerlijke kwetsuren. Ofwel wordt de genezer gek van het experimenteren met de onzichtbare krachten, ofwel geneest hij zichzelf.

Ik ontdekte dat een genezer anderen kan genezen van de ziekte die hijzelf heeft overwonnen.

Ik was aan het rusten in mijn huisje. Er kuchte iemand buiten aan de ingang. Het was de priester-genezer Kha Nkoongu. 'Remi, er gaat iets gebeuren,' zei hij vriendelijk.

Ik trok mijn kleren aan en ging naar buiten. Verderop zat Kha Nkoongu met klanten.

De genezer had een hele verzameling fetisjen om zich heen. Het was de eerste keer dat ik zijn beeldjes allemaal mocht aanschouwen. Ik herkende hun zure, kwade gezichtjes, de gekke wipneuzen en opkrullende slurfjes. Sommige hadden grote geslachtsdelen. De beeldjes leken bedekt met roet, zwart steenkoolgruis. Haast alle waren bedekt of ingepakt met veren, touw en raffia. Als poppetjes waren ze aangekleed, zoals de smokkelaars vroeger op onze boerderij in hun propvolle jassen. Er kwamen nog meer mensen bij ons en zij begonnen te dansen. Het ritme van hun dans werd driftig, ging tegen het hartritme in. Dit was niet onschuldig; enkelen raakten in trance. Ik keek toe, wilde ontdekken wie echt in trance was en wie slechts deed alsof.

'Maar om in trance te raken moet je eerst doen alsof,' zei Kha Nkoongu.

Een jongeman nam twee dode ratten, sneed de harten eruit en verwisselde die; hij voegde er een snuifje *pfula* aan toe. Hij toonde de ratten aan het meisje dat hij had uitgekozen en gaf één rat aan haar vader, de andere aan haar moeder. Wanneer ze die aannamen, accepteerden zij dat het meisje voortaan aan de jongen toebehoorde.

Hier werd een huwelijksaanzoek gedaan, begreep ik. Het meisje lachte verlegen, stond op, nam nog een geschenk aan van de jongen. Het was een mes. Het meisje keek weg en glimlachte vertederd, beschaamd. Later, toen ze zich terugtrokken, hoorde ik hen in hun huisje ademen. Ik hoorde hun gedempte, haast vochtige fluisteren.

Bij mijn maandelijkse bezoek aan Popokabaka ging ik opnieuw langs bij de bisschop. Deze vroeg: ‘Hoe staat het daarginds met het onontwarbare?’

‘Het gaat goed vooruit met het onontwarbare.’

De bisschop trok enkel het linkerooglid op. Mijn antwoord stond hem niet aan. Hij vroeg: ‘Heb je het ware gezicht van het leven al gezien?’

‘Ja, en dat is zwart.’

‘Je moet je niet laten vernégeren,’ zei de bisschop wrevelig. Hij herinnerde mij eraan dat hijzelf ook Yaka was. En vervolgens, in alle ernst: ‘Doe nooit smalend over waarzeggers en de mensen die hen bezoeken. Een waarzegger spreekt met iemand die zich achtervolgd voelt door een slecht lot. Hij ondervraagt hem, begrijpt hem tenminste.’

‘Dat weet ik wel,’ antwoordde ik.

‘Kun jij het onnoembare dan al benoemen?’ vroeg de bisschop.

‘Nee, dat nog niet, maar binnenkort zal ik zeggen hoe het heet.’

‘En voor de rest?’

‘Ça va,’ zei ik en ik vertrok weer naar het dorp.

Zesendertig

Nog even over die trance: die fascineerde me zoals ze ook Remi had gefascineerd. Hij zei daarover het volgende: 'De handen, je hoofd en je hartslag hebben een eigen ritme, en de trance doorbreekt dat. Goede trommelaars halen je uit het evenwicht. Je neemt afstand van jezelf, de trance betovert je. Het is gevaarlijk. Men zegt: "Zie dat je er niet in blijft."'

Op een avond at ik mee in de pastorie Saint-Sauveur, in de cité van Popo, bij curé Ghislain en curé Eddy. Het was de plaats waar ook Remi ooit had verbleven, al kon men de exacte kamer van destijds niet aanwijzen.

Op het bijzettafeltje stonden bier en *sucré*, whisky en amarula. We keken uit op de brede, vredige pastorietuin. Ons gesprek kwam weer vanzelf op genezing en orakels.

'Bij de Yaka is alles in de wereld een teken, maar dat was ook zo voor de apostelen,' zei curé Ghislain. 'In de Bijbel staat: alles is door de Geest gezonden. Het geluk en het lijden, de geslaagde maar ook de mislukte ontmoeting. Alles is door de Geest gezonden.'

'Hoe zit dat dan met de hekserij?'

'Vergis je niet,' zei Ghislain. 'Als wij daarover spreken is het in een symbolische taal. Het is een manier om te reageren, het is een zienswijze maar het is geen bevestiging van *forces substantifiées*. Vaak is het een keurslijf waarin we opgesloten zijn.'

Ik noteerde in mijn schriftje. Ik toonde Ghislain ook de pagina's met de krokodilverhalen die ik intussen had verzameld.

'Maar heb jij eigenlijk al in de Kwango gezwommen?' vroeg hij.

'Ik durf niet meer. Vanwege de krokodillen.'

'Heb je die krokodillen dan gezien?'

Ik schudde het hoofd.

'Als de mensen gezien hadden dat jij in de Kwango zwom, zelfs maar even pootje had gebaad, dan hadden zij iemand gezien die niet bang was.'

'Ik heb te veel krokodilverhalen gehoord,' opperde ik.

'Je had erin moeten zwemmen,' zei ook curé Eddy, die zich kwam mengen in het gesprek. Eddy was een dikke jongeman, amper dertig, met een hoge falsetstem. Hij had theologie gestudeerd in de VS. Elke avond basketbalde hij zich in het zweet met de wijkjongens, zoals hij in Chicago deed. 's Avonds organiseerde hij achter de parochiekerk live-vertoningen van de voetbalmatches. Hij vertelde dat er gisteren in Kinshasa honderdvijftig doden of gewonden waren gevallen. Dat werd zo beweerd. De Belgische ambassade gaf een negatief reisadvies voor Congo. Sommigen zeiden dat de president van Congo naar Angola was gevlucht.

'Hoe weet je dat allemaal?' vroeg ik.

'Er zijn geruchten, verdachtmakingen, beschuldigingen. Maar exact zullen we het nooit weten.'

Achter de kerk hoorden we de ambiance van de supporters. Daar stonden minstens vijfhonderd mensen te kijken naar het grote witte doek. Kameroen tegen Ivoorkust. De uitslag: 0-1.

37

Ik legde contact met verschillende genezers en waarzeggers, onder wie de als gevaarlijk bestempelde Khuundzi. Soms kreeg ik of kocht ik hun fetisjen, of gaf ik er een geschenk voor in ruil. Ik bewaarde deze krachtvoorwerpen in een droge, goed afgesloten metalen koffer.

Van een ngaanga buloki kreeg ik een plastic zak, met daarin verschillende voorwerpen. In feite was het maar een rommeltje: twee kogels, gele en rode elektriciteitsdraden, een blikken Goodyear-asbak, slakkenhuisjes met geneesmiddelen. Verder kalebassen, een klein kookpotje en nog enkele fetisjen. Steeds zwarter en morsiger kwamen de voorwerpen uit de zak. Ik moest denken aan de fetisjen die ik bij pater Michel had gezien.

Ik voelde de fysieke beklemming al bij me opkomen.

Een vrouw kwam me een witte ampul overhandigen, gewikkeld in een lange, morsige strook van zilverpapier. Dankbaar omhelsde ze me toen ik het gevaarlijke object van haar aannam. Van de Mexicaanse broussepater Paricio, die de grootschalige fetisjenverbranding, de *autodafe*, nog had meegemaakt, kreeg ik een hele reeks oude beeldjes. Het klassieke verhaal: ook hij had destijds de mooiste exemplaren uit de brandstapel gered of geraapt.

Voortaan benutte ik elke gelegenheid, dag en nacht, om deze genezers en waarzeggers te volgen in een tiental dorpen rond Yitaanda. Ik slaagde er steeds beter in om met hen te converseren. Ik zat gewoon naast hen. Ik gaf soms de voorwerpen aan, als een assistent van een chirurg. Ik begon het uitvoerige, breedsprakige palaveren te beheersen, met de herhalingen en de uitwaaierende Kiyaka-retoriek.

In mijn jachtige zoektocht verwaarloosde ik mijn gezondheid. Ik nam mijn kinine tegen malaria onregelmatig in, omdat mijn oren daarvan suisden. Ik rookte veel, zo'n anderhalf pakje per dag. 's Nachts lag ik in mijn bezwete kleren op de brits, zonder deken en zonder vuur te maken. De kou kwam binnen door de dunne wanden. De hele nacht zweette en rilde ik. Ik kreunde luid, wat kinderachtig, om met dat geluid mijn eenzaamheid te verjagen. Soms slopen meisjes naar me toe en ze trachtten me te verleiden. Ze vroegen om sigaretten, rookten die giechelend op vlak bij mijn gezicht.

Voor het eerst had ik last van heimwee naar de scherp getekende, zuiverwitte stapelwolken en de zuurstofrijke lucht van de Westhoek. Om me te vermaken somde ik de gehuchten op van mijn geboortedorp: de Geldzak, de Haai-Baai, de Clachoire, de Bonte Hond, de Molenwijk en Den Abeele, waar onze boerderij zich bevond.

In gedachten liep ik alle straten van ons dorp in en uit, steeds opnieuw. De fluisterende, rokende meisjes naast mij keken me niet-begrijpend aan. Een van hen sprak me na, imiteerde mijn geheimzinnige formule: '*Gaaibaaide klokaare, bouya tenonte molewie ndebele.*'

Ze giechelden. De meisjes meldden me dat de gevaarlijke Khuundzi rondsloop in het dorp. Van hem werd beweerd dat hij zich door de lucht kon verplaatsen, dat hij moeiteloos over de Kwangorivier liep, dat hij zelfs al een blanke pater had meegenomen naar Kinshasa, gewoon door zijn zwarte pink achter diens blanke pink te haken.

Khuundzi zag ook dingen die alleen hij kon zien.

'Kun je mij dat ook leren?' vroeg ik hem.

'Jazeker, je legt enkele vleermuizen te weken in een met water gevulde kalebas. Van dat vocht breng je enkele druppels in je ogen. Gedurende drie dagen zit er een vlies over je ogen en pus in je ooghoeken. Even ben je zelfs blind. Daarna zul je zien wie de heks is.'

‘Ik zal er eens over nadenken,’ antwoordde ik.

‘En dit is nog maar een deel van de initiatie,’ zei Khuundzi. ‘Het is een gave die je alleen erft langs de moederlijke lijn. Pas als je voorganger sterft, wordt de gave bij je gewekt. Heb jij hier moederlijke voorouders?’

‘Nee.’

‘Zo dus,’ besloot Khuundzi. Hij zei nog dat de initiatie zes tot negen maanden duurde, in afzondering. Hij draaide zich om.

Ik moest denken aan de afzondering in mijn noviciaat en mijn relatie met de magister. Ik begon in te zien dat de droom en de ziekte de verhalen zijn van het lichaam. De waarzeggers, de genezers zien daarin uiterst precies de onzichtbare conflicten. Zij tonen het geweld daarin aan; daardoor kunnen zij het gevaarlijke, het troebele bedwingen.

’s Nachts droomde ik dat mijn vader in een lang wit slaapkleed voor mij verscheen. Hij was klein en dik geworden. ‘Ik drink te veel karnemelk,’ excuseerde hij zich en somde al het werk op dat nog op het land moest gebeuren. Met stekende hoofdpijn en een nog groter schuldgevoel schoot ik wakker.

Wat deed ik hier? Hadden ze mij thuis niet nodig?

Mijn vader had in de droom Kiyaka gesproken, realiseerde ik me.

In mijn scheerspiegel merkte ik dat er iets mis was met mijn oog. Het was rood doorlopen: een gesprongen adertje. Veertien dagen later gebeurde dat opnieuw, met het andere oog. Mijn bloeddruk was te hoog, dat voelde ik zelf al de hele tijd.

In een volgende droom verscheen Khuundzi aan me, blaffend als een kwade hond. Hij nam me mee naar een macabere vergadering. Gonzend landde een mestkever op mijn arm en daarna veranderde deze kever in een man. Er viel een vleermuis uit een boom pal boven op mij, en ook een slang en een uil, en ook zij veranderden in mannen die me bedreigden. Er ontstond een gewelddadig feest. Men ruilde er mensenogen, mensenvingers, sponsachtige vliezen en een hart. Zij aten alles op met rode monden en ik stond daartussen. Er klonken tromgeroffel, geweerschoten, donderslagen. Toen begonnen ze een gevecht op leven en dood met elkaar. Ik schoot wakker, overweldigd door een angst die ik nooit eerder had gevoeld.

De dag erna wilde ik Khuundzi opzoeken. Ik wilde hem een fles whisky aanbieden om hem gunstig te stemmen en mijn angstdromen te bezweren, maar mijn drankvoorraad was op. Ik bleef binnen, omdat ik me duizelig voelde. In de loop van de dag kwam men ongerust informeren hoe het met me was.

Op datzelfde moment, meer dan vierhonderd kilometer daarvandaan, kwam er een telefoontje in Servico, in Kinshasa. Het was een dokter die rechtstreeks uit de Westhoek belde. Vanuit het ziekenhuis vroeg hij dringend naar mijn overkomst. Mijn moeder was ernstig ziek, zij ging snel achteruit.

Twee dagen later stierf zij al, zonder dat het eerste bericht mij had bereikt. Kort daarna kwam het overlijdensbericht aan bij de bisschop in Popo, die mij de boodschap persoonlijk wilde overbrengen in Yitaanda. Hij vertrok de dag erna.

De bisschop arriveerde in het Yaka-dorp, vergezeld door een Belgische pater en diens jongere zus, toevallig op bezoek bij haar broer.

Ik zat in het donker van mijn hut. Ik was al enkele dagen niet meer buiten geweest. Mijn buren waren ongerust over me, maar ik was verloren in mijn koortsdromen. Ik had hen telkens weggestuurd. De bisschop en zijn gezelschap troffen mij aan in complete verwarring en verwaarlozing. Verontrustend lang duurde het voor ik mijn ogen kon openen. Mijn handen waren verweerd en vol beten; mijn ongezonde, lange haar stond in plukken. Ik had een dikke snor en een volle baard gekweekt. Bovendien had ik mezelf met een lang touw vastgebonden aan mijn bed. De reden daarvoor wist ik zelf niet meer.

Ik werd wakker geschud door de bisschop. Eindelijk stond ik op van de brits. Ik had geen adem meer, mijn hart bonsde en met slepende stappen verscheen ik in de buitenlucht. De bisschop vertelde me het nieuws van moeders overlijden.

Ik, met bonkend hoofd en knipperende ogen, was meteen ontnuchterd. Voor deze boodschap was ik altijd al bang geweest, bekende ik hun. Ik zag mijn moeder voor me, zoals ze was geweest: een gekwetste, bezorgde, soms al te mistroostige ziel in een lichaam dat even tenger was als het mijne. Ik rook haar geuren: anijs, muguette, eau de cologne. Daarna ook de aardse geuren van het erf. Ik zag mijn moeder in de koele, halfdonkere woonkamer staan. Vervolgens zag ik haar zitten, lezend in een boek, kijkend door het raam waar niets te zien was. Ik leek sprekend op haar, zag ik nu duidelijk. Ik was ontsnapt aan die wereld. Ontsnapt? Ja, zelfs gevlucht in alle dubbelzinnigheid, om alles in mijn leven te veranderen.

Ik had veel angst gehad, zei ik, ineens in het Kiyaka. Ik zei ook dat het werk opschoot.

'Welk werk dan wel?' vroeg de bisschop, in het Frans.

Op die vraag kon ik niet antwoorden. Pas toen merkte ik dat de bisschop niet alleen was gekomen. Naast de bisschop stond een pater en die had een jonge vrouw meegebracht. Zij droeg een lichte linnen jurk.

Wat doet die vrouw hier, vroeg ik me af, en die vraag eiste nu alle aandacht die ik op dat moment kon opbrengen.

Ze was opvallend bleek, vond ik. Ze heette Anna, hoorde ik, ze had feilloos blauwe ogen. Korenbloemen, dacht ik meteen. Niet-begrijpend keek zij me aan. Ik trok mijn smerige, potsierlijke hemd recht, verwijderde snel het dwaze touw van mijn been. Ik handelde onbeholpen en opgewonden; ik gaf toe dat ik al enkele dagen koorts had, misschien door griep of pneumonie. Ik hoestte ook bloed op sinds een week.

De bisschop verplichtte me onmiddellijk mee terug te gaan. Van de tocht naar Popo herinner ik me amper iets. Op de missiepost maakte een Baskische zuster zich kwaad over mijn roekeloosheid. Ze gaf me een spuit met penicilline, die ze voor straf extra diep in mijn bil stak. Ik bleef daar drie weken.

Anna, de blonde jonge vrouw, kwam elke dag bij me langs. Ik ijlde, maar als ik wat rustiger was vertelde ik haar over de mensen met wie ik daar samenleefde.

Een ijlende patiënt nooit tegenspreken, dacht Anna en ze zei dat ook. Ze lachte.

'Ik wil je uitleggen wat ik geleerd heb over de geest.' Ik ijlde niet. Integendeel, mijn hoofd was helder en ik verkondigde haar mijn grote theorie van de geest, de genius en de daimon. Het moment was goed gekozen, mijn hoge koorts hielp mij zo helder mogelijk te formuleren.

'Je zei iets over een geest?' fluisterde Anna.

Ik knikte. 'Ja, de geest. Dat is de familiegeest, de geest van de familie waartoe je behoort. De geest maakt je, besmet je. De geest beïnvloedt jou je leven lang, genetisch maar ook door gesprekken en oude familiehistories die rondom je worden verteld. Soms zijn dat kleine souvenirs, typische uitdrukkingen of manieren waarop iemand iets zegt, maar ook de grote, toegedekte trauma's van de familie die niemand noemt, maar waar iedereen haast dagelijks aan denkt.'

Ze depte mijn voorhoofd.

Ik vertelde haar van mijn fragiele, gekwetste moeder, mijn dappere vader, de malice van mijn oom. 'Dat is de geest,' zei ik, 'de familiegeest. Al is dat slechts voor een enkele seconde, je wordt er elke dag opnieuw door overgoten als met een emmer water.'

Anna vroeg of ik iets wilde drinken.

'Dan de genius,' zei ik.

'Genius?' reageerde ze belangstellend.

'De genius,' zei ik, 'is de plaatsgeest, de *genius loci*. Hij staat voor de plek, in mijn geval de grensstreek waar ik vandaan kom. Voor mij is dat het lege vlakke land van de Westhoek, met zijn zwaarmoedigheid en het duistere zwijgen. Er zijn bij ons honderdduizenden jongens en mannen gestorven. Elke maand worden er nog opgegraven, toevallig omdat een boer wat dieper ploegt. Die mannen en jongens zijn allemaal met mij vergroeid.'

Was deze patiënt toch aan het ijlen, zag ik Anna zich afvragen.

'Welnu,' vervolgde ik, 'om de genius of plaatsgeest te herkennen en enigszins van zich af te schudden moet men op z'n minst verhuizen. En dan nog kan niemand ooit zijn genius verliezen.'

Anna dwong me te drinken van het glas water. Ik dronk.

'Maar wij zijn niet zomaar wie wij zijn,' zei ik, luider nu. 'Soms raken mensen elkaar aan, omdat plotseling blijkt dat ze zich in dezelfde stroom bevinden.'

'Een stroom?'

'Ja, ik kan niet anders die openheid, de uitwisseling, de beweeglijkheid tussen mensen beschrijven. Zelfs door één enkel gesprek raken levens voorgoed vermengd.'

Ik vertelde Anna over mijn novicemeester, Vanhove en Lecompte, de halfblinde pater Michel in Kimwenza, de genezers en waarzeggers in Kwango.

'Al deze bijzondere mensen zijn aan mij verschenen,' zei ik. 'Zij zijn mijn daimonen.'

'Demonen?' vroeg ze een beetje verschrikt.

'Nee, Anna, daimonen. De daimon is niet het kwaad. De daimon is de halfgod in de goddeloze wereld. Hij is de boodschapper en hij komt je iets zeggen. Zijn mededeling keert je helemaal om. Als je een daimon tegenkomt, blijkt dat hij of zij geen voorkennis heeft. De daimon gedraagt zich onbeholpen, loopt je in de weg, maar tegelijkertijd zul je vaststellen dat hij of zij recht naar je toe is gekomen. Je moet wel naar de daimon luisteren, hun ongevraagde raad opvolgen. Niets is nog hetzelfde.'

'Waarom?'

'Nee, vraag hun dat niet. Er is geen oorzaak, of die kennen ze niet, maar ze wijzen je naar een bron, een betekenis. Daarover hebben ze ongebruikelijke gedachten. Ze sturen je een kant op die je nooit van jezelf zou vinden.' Ik zat rechtop in mijn ziekbed, nu ongeveer in trance.

Ik vroeg: 'Wat betekent dat, Anna, dat jij hier zit? Wat kom jij hier doen? Wie ben jij eigenlijk?'

Anna vertelde dat ze gewoon haar broer bezocht. Als een toerist. Elke avond keek ze op de veranda de donkerte in. Zoiets had ze nog nooit van haar leven gezien. 'Hoe gitzwart de nacht hier kan zijn, hoe die absolute zwartheid van de nacht hier alles absorbeert, hoe...'

Ik vroeg Anna om dichterbij te komen. Ze was al zo dichtbij. Ik ijlde, zoveel was zeker. Hartstochtelijk, onstuimig zei ik: 'Genezen, de mensen genezen. Mensen genezen pas als ze de genezer herkennen, en als je niet oplet en het teken niet geeft heb je de genezer pas herkend als het al te laat is, ai.'

Pijn barstte als een grote gasbel open in mijn longen.

'Ai,' jammerde ik, 'ai, ai ai ai', en in die openbarstende pijnscheuten voelde ik al de opluchting en de genezing. Ik was verlost, zei ik gillend en lachend, en ik dacht al aan de tijd die voorbij zou zijn. Ondertussen zag ik hoe de gracieuze Anna straalde. Zij lachte de hele tijd terwijl ik stierf van de pijn.

Anna dacht: genezen? Genesis? Waar heeft die zieke jongen het eigenlijk over?

Of ik nu kon genezen, vroeg ik haar opnieuw, met nadruk. 'Kan ik genezen?'

'Jazeker kun jij genezen,' zei Anna, met de stelligheid van een helderziende. Met dat inzicht, of dat misverstand, viel ik in een diepe slaap.

Toen na vier dagen de koorts eindelijk was geweken, was mijn grote talent voor somberheid, mijn ziekelijke drang om alsmaar te vluchten eenvoudigweg verdampt.

Zevenendertig

Curé Ghislain, curé Eddy en ik reden vanuit Popokabaka zuidwaarts, richting Kasongo Lunda. Voor mij was dit een belangrijke, laatste uitstap, want het was in de richting van Yitaanda, waar Remi ooit verbleef, bijna vijftig jaar geleden. Onderweg gaven we een lift aan een magere vrouw, met een uitgeput kindje op de heup. Ze was onderweg van haar maniokveld naar het dorp en had een klein bruin flesje in de hand. 'Tegen de malaria,' legde Eddy uit, met zijn hoge stem. We namen de vrouw mee naar haar dorp op de heuvel, waar we uitkeken over de Kwangorivier. In de verte zagen we de zilverkleurige heuvels van Angola liggen. Onder de wijde hemel nam de brede bruine rivier haar statige bocht.

'Daar zitten jouw krokodillen,' zei Ghislain.

De vrouw zei iets wat Eddy voor me vertaalde: 'Men zegt dat krokodillen geen blank vlees lusten.' Aandachtig keek ze op naar mij, ze wilde zien hoe ik daarop reageerde. Een brede lach ontblootte haar volmaakte tanden.

Na een rit van vijfenveertig kilometer over moeilijk terrein kwamen wij aan in Lutondo, Itenga, op de hoogvlakte tussen de Kwango- en de Wambarivier. Père Alejandro wachtte ons op. Hij was een Bask van zeventig jaar, ook een fanatiek supporter van Barza. Hij was de rechterhand van de vorige bisschop geweest, studeerde in Ath veeartsenij en begon hier in '67 met koeien. Intussen had hij een veestapel van drieduizend stuks.

Hij toonde ons zijn veeteeltbedrijf, loslopende koeien in de savanne, begeleid door herders. Hij bekende dat hij tegenwoordig geplaagd werd door pessimistische gedachten: hij had zware, netelige discussies met de overheid. De nieuwe politiechef was pas nog een koe komen opeisen. 'Ik gaf die hem niet,' zei Alejandro, 'want dat zou ofwel zwakheid, ofwel corruptie zijn.'

'Denk je soms aan opgeven, Alejandro?'

'Daarvoor ben ik te oud.' Elke avond plaatste Alejandro zijn stoel voor het schuurtje. Vanuit zijn koninklijke zetel, zo noemde hij die, keek hij naar zijn fruitbomen met daarachter de brousse, en dan filosofeerde hij. Hij bad en dronk een glas. 's Morgens en 's avonds waste hij zich in de rivier. Dat volstond om vol te houden.

We bezochten de school die hij had opgericht. Op het grote lege dorpsplein stonden vier of vijf eenvoudige schuurtjes, armoedige klaslokalen, met daarin lage smalle bankjes. Iedereen veerde recht toen wij binnenkwamen. Er hingen vier of vijf zelfgetekende, ingekleurde didactische panelen op karton. Daarop een landkaart van Congo, het schema van het spijsverteringsstelsel van de koe, 'Stanley ontmoet Livingstone'.

De kinderen van de drie laagste klassen voerden een nummertje op. Ze stonden in formatie op het grasveld. Ze waren zeker met honderd. Met gesloten ogen, in hun blauw-witte uniformpjes, zongen ze een gebed.

'Ogen dicht,' vermaande de directrice nog. Streng sprak ze hen toe: 'Wat moesten ze zijn?'

'Braaf!' riepen ze op commando terug.

En wat nog? 'Intelligent.' En ook? 'Beleefd.'

Want anders komt Sint Nicolaas niet. 'Nee, dat willen wij niet.'

En willen we dat hij dit jaar niet komt? 'Nee.'

Willen we dat? 'Nee, wij willen dat niet.'

Daarom zijn wij? 'Braaf.'

En wat nog meer? 'Intelligent.'

En ook? 'Beleefd.'

De kinderen sprongen, bogen en bukten. Vervolgens zongen ze het schoollied, terwijl ze ter plekke marcheerden. Het ging over *la Jeunesse catholique*.

Curé Ghislain vroeg hun te bidden voor de bewoners van Kinshasa. Dat hun gebeden het hart van de president mochten verzachten. Er was die dag in de hoofdstad weer een demonstratie geweest, vertelde de curé, en opnieuw waren er mensen doodgeschoten.

De schooldirecteur vroeg naar mijn boodschap voor de kinderen.

'Ik?' vroeg ik verrast.

'Welja, je boodschap voor onze kinderen.'

Ik vertelde aan dat gewillige legertje van kinderen dat ik in de voetstappen liep van een zekere Remi, die hier lang geleden bij de Yaka had geleefd, dat ik daarover wilde schrijven.

'*Il écrit des livres,*' voegde de directeur eraan toe en toen schreef hij met zijn ene hand in de andere. Ik kreeg er applaus voor.

Nadien vroeg ik aan de directeur of hij Remi had gekend. Yitaanda was tenslotte slechts tien of vijftien kilometer in vogelvlucht daarvandaan, ook al was er geen rechtstreekse weg naartoe.

'We kennen hem wel,' zei de schooldirecteur, 'maar ik heb hem zelf nooit ontmoet. Hij kon voortreffelijk dansen, hoorde ik.'

Hij bekeek me van kop tot teen. Toen vroeg hij of ik de zoon was van Remi.

Even stond ik met mijn mond vol tanden. Ik moest denken aan een artikel van Remi dat ik ooit had gelezen, over de cultus van de *mbwoolo*, met daarin de beschrijving van een schrikwekkend houten beeld, ingepakt van kop tot teen met witte linnen kleren, met een helm en schoenen. Het verbeeldde de blanke man, die lijkt op de herboren voorvader. Zo kenden de Congolezen de blanke: rijk en machtig, soms beminnelijk en respectvol, soms opvliegend, en overal dringt hij onbeschaamd binnen. Deze blanke werd *n-hyooka* genoemd, wat ze eveneens van varkens zeiden. Die snuffelen ook rond, veel te nieuwsgierig, en lopen verder van huis tot huis.

Wat deed ik daar in hemelsnaam in Congo? Wie was ik dat ik zo moest zoeken naar een schim in het verleden?

38

Overal ter wereld wachten enkelingen op een verre, vreemde plek, tot ze het sein krijgen dat ze mogen vertrekken. Dat gold ook voor mij in dat Yaka-dorp in Kwango. Mijn moeder was intussen een goede maand geleden gestorven en begraven. Door de laattijdige boodschap en mijn langdurig herstel had het geen zin meer, zo had ik voor mezelf uitgemaakt, om nog halsoverkop terug te vliegen naar huis, naar de Westhoek. Dit was geen onverschilligheid, zei ik ook nog tot mezelf.

Ik was hersteld, ik was zelfs genezen. Geëmotioneerd had ik gezoend met Anna, die terugkeerde naar Europa. Aan de bisschop meldde ik dat ik nog één keer naar Yitaanda moest. Slechts één keer, minstens één keer.

De bisschop staarde me met wijd open ogen aan.

Nog dezelfde dag dat ik weer aankwam in Yitaanda zocht ik priester-genezer Khuundzi op. Ik zei dat ik hem dringend wilde spreken. Het begon te regenen en de oudere mannen die rond Khuundzi gingen zitten wachtten af. Na de bui vroeg ik wanneer het ging beginnen. 'We zijn al begonnen,' zei Khuundzi met een schamper lachje.

'Het gaat dus over genezen,' zei hij. 'Pas als de schuldige is gevonden kan de genezing beginnen. Begrijp je dat, Remi?'

De genezer goot ondertussen water in een putje in de grond. Met een hoge stem, half zingend, zei hij: 'Ach, als het niet is zoals het is, dan is niets zoals het is. Dan zou ik liegen, dan zou mijn vader mijn vader niet zijn. Dan zou mijn zoon niet vader tegen mij zeggen.'

Plots kraaide Khuundzi als een haan, luid en schrapend. Hij

begon te dansen op het ritme van een kleine trommel waarop hij zelf sloeg.

Ik vertelde hem de droom van mijn vader die Kiyaka had gesproken. Ik zei hem ook dat mijn moeder zopas was gestorven.

'Wat wil je dat ik nu zeg?' vroeg Khuundzi op een onverwacht bitse toon. 'Ik ken je familie niet, jij bent niet van hier. Wil je dat ik je zeg terug te keren? Is het misschien dat jij moet terugkeren, omdat je vader je hier in een droom heeft teruggevonden? Is het dat wat je wil dat ik zeg?'

Khuundzi zweeg. Hij zette een streep met rode aarde op mijn voorhoofd. 'Jij bent ontrukt aan je familie, Remi. Misschien ben je gewoon iets wat langskomt en nieuwsgierig aan ons komt snuffelen. Slechts dat.'

Een varken liep achter ons langs.

Samen gingen we naar de begraafplaats van het dorp en met zijn blote handen begon Khuundzi daar in de grond te graven. Als een hond. Hij duwde zijn gezicht in de aarde. Hij snoof. Huppelend en zelfs kwijlend liep hij rond, zuchtend en mompelend, maar hij leek niet te vinden wat hij zocht.

Er stonden gevorkte boomstammen op de graven, maar dat waren niet die van mijn voorouders. Khuundzi werd driester. Hij riep over mijn hoofd heen: 'Ik hoor een rat knabbelen, ik hoor een krekel en iemand passeert om te jagen, en terwijl jij verder praat en vragen stelt, Remi, heb ik ze allemaal al gehoord.'

Ik klemde mijn handen om mijn hoofd; er drukte een zwaar gewicht op mijn schouders.

'Er is nog iemand in het spel,' zei Khuundzi. 'Ik zie iemand die ik niet ken.'

'Wie dan?' Ik wreef over mijn pijnlijke schouders.

De priester zei: 'Ik zie een oude man boven op je linkerschouder zitten. Wist je dat?'

Ik keek op, perplex. Boven me zag ik het gezicht van mijn oude zwijgende vader. Vervolgens ook van nonkel Marcel, die voor de verandering Engelse grafopschriften voorlas, en voor mijn ogen dansten zwarte kleurslierten, die breed naar alle kanten uitwaaierden. Ik zag daarin zelfs de zwarte soldaat verschijnen, zoals mijn oom die ooit had beschreven, Pius, die boven op de schouders zat van nonkel Marcel, en nonkel zat boven op de schouders van mijn vader.

Door die toren van mannen boven op mij werd ik verpletterd. Met een klap viel ik achterover. Ik viel hard op mijn rug, als werd ik neergesmeten, en bleef liggen met mijn ogen dicht. Ik mompelde: '*Dyeeko phaangu dyasiisa mbvuumbi kaanda kukuluka.*'

Khuundzi schrok daarvan: 'Zeg dat nog een keer, Remi.'

'*Dyeeko phaangu dyasiisa mbvuumbi kaanda kukuluka.*'

'Waar heb je dat vandaan? Ik begrijp niet dat jij die woorden kent.'

Ik krabbelde overeind en ging naast hem zitten. Ik vertelde dat lang geleden, voor mijn tijd, in de Eerste Wereldoorlog, een zwarte man naar de Westhoek kwam. Hij had *un message* of *un mensonge*, maar misschien was het een *musaasu*, een bezweringsformule.

'Misschien heb je die spreuk gelezen in een van je intelligente patersboeken,' zei priester Khuundzi. 'Sommige van onze ouderen waren loslippig als ze palmwijn dronken.'

'Ik weet zeker van niet,' zei ik.

De avond viel. Het was volle maan, hij was oranjerood als roest. Na een tijdje zei Khuundzi: 'Lang geleden is ooit een jongeman uit Yitenga meegegaan met een Portugese handelaar.'

'Heette hij Pius?' vroeg ik.

'Nee, hij had een andere naam,' zei Kuundzi. 'Hij was de zoon van een chef en zou terugkomen met het geheim van de blanken. De jongeman keerde nooit meer terug. De ouderen zeiden dat hij het geheim van de blanken vond, maar dat hij het voor zichzelf heeft gehouden. Anderen beweren dat de blanken hem niet meer lieten gaan.'

Toen verhief de priester zijn stem: 'Jullie hebben hem gedood. Een dode veroorzaakt een palaver, en als het palaver niet goed uitgepraat wordt, vernietigen de afstammelingen zichzelf: *Dyeeko phaangu dyasiisa mbvuumbi kaanda kukuluka.*'

Hij zette een schaal met water tussen ons in. Hij zei: 'Remi, jij bent leergierig. Als je wil, zal ik je nog één ding leren.'

Ik knikte, enthousiast.

'Maar weet dat dit het uur is van de nacht. Je moet beseffen dat als je verder gaat, dan is wat je ziet in het water voor mij.'

Ik begreep eerst niet wat hij daarmee bedoelde.

'Je mag in het water kijken,' zei Khuundzi minzaam. 'Maar je moet weten: wat je zult zien, is voortaan van mij.'

Ik twijfelde. Plotseling werd ik bang. Wat zou ik in die schaal met water zien? Ik wist niet wat daarin nog voor me verzwegen werd. Ik besefte dat ik altijd een vreemde zou zijn, ook voor mezelf.

'Ik stop nu,' zei ik en ik draaide me om. Ik had besloten niet te kijken.

We bleven tegenover elkaar zitten. We zwegen. Wat later dutten we beiden in. Toen het dag werd, werd ik opgelucht wakker. Khuundzi was al vertrokken.

Ik zei: 'Ik sta op en ik zal nu weggaan', en vertelde dat ook aan de dorpsbewoners.

De genezer Kha Nkoongu strooide witte as op zijn hoofd als teken van rouw, omdat ik vertrok.

Hij sprak: 'Je hebt ons de woorden van de zwarte soldaat teruggebracht. Jij bent blank hier gekomen en zwart zul je vertrekken. Jij bent van ons, geef maar toe dat je van ons bent', en toen begon iedereen te dansen. Het ritme van de trommels verscheen ook in mij. Ik voelde het neerdalen, hoe het zinderde in mijn lijf. Ik dacht aan nonkel Marcel, die op de tractor perfect aanvoelde hoe onder hem de soldaten nog steeds hun tunnels groeven. Mijn handen trilden.

Ik danste, ik danste tot ik omviel, en ik stond weer op en danste voort. Terwijl ik danste, vuurden de mannen van het dorp zevenentwintig schoten af. Uitzinnig van vreugde, omdat hun voorouder was teruggekeerd. Hun voorouder: ik.

Mijn afscheid van het dorp verliep verder in alle soberheid. Er werd geen enkele toespraak gehouden; er werd door niemand iets beloofd of besloten, en dat was goed want het was niet samen te vatten wat er gebeurd was.

De reis terug door de brousse, eerst naar Popokabaka en toen naar Kinshasa, verliep voorspoedig. Alleen toen chauffeur Bertin onhandige manoeuvres maakte in Kinshasa, op de Boulevard du 30 Juin, riep een taxichauffeur mij toe: '*Espèce de Flamand.*' We kwamen aan in Servico, dooreengeschud, bezweet en draaierig van de hitte. In de refter lag een briefje op tafel, '*La bouteille est au frigo, à votre soif.*'

Aan het koude flesje in de koelkast hing een papiertje, '*Réservé pour Remi.*'

Ik vertelde aan de rector wat ik zelf reeds al die tijd had geweten: mijn beslissing om uit te treden.

'Ik wist dat natuurlijk al,' zei de rector. 'Wij allemaal trouwens.'

De paters zeiden: 'Misschien heb je het gewoon gezocht. Je bent tussen hen in gaan wonen.'

Ik gaf hun allemaal gelijk. Ik zei: 'Misschien ben ik ingetreden om uit te treden.'

Ik had vaak aan dit moment gedacht. Ik had me de uittreding altijd voorgesteld als een kille, ongelijke woordenwisseling, een grote mislukking van mijn kant. Ik zou verslagen het hoofd afwenden, maar dat gebeurde allemaal niet. Het was van me afgevallen, haast zonder dat ik het had gemerkt. Ik tekende de noodzakelijke papieren, ik werd ontslagen van mijn gelofte.

In de *Constituties* heeft Ignatius over dergelijk ontslag geschreven: 'Het dient zorgvuldig te gebeuren, eerder vaderlijk dan juridisch.'

Er lag een brief voor me klaar, afkomstig van Anna. Ze zei dat haar broer ook was uitgetreden en ze vroeg of we elkaar nog konden terugzien.

Ik bezorgde twee grote koffers met zeldzame, krachtige fetisjen aan de Musées Nationaux, op de Mont Ngaliema in Kinshasa. Vlak voor ik vertrok naar de luchthaven van Ndjili, zag ik nog hoe een Congolese jongen aankwam in Servico. Achttien jaar, schatte ik hem, en hij trad in als novice. Hij werd vergezeld door zijn beide ouders en zijn oom. Bij het afscheid spuwden de vader en de oom kort in de handen van de jongen.

Achtendertig

De ochtend van mijn laatste dag in Popo schoor ik me zorgvuldig. Het was nog vroeg. Ik trok mijn witte zondagse hemd aan en zette, net als père Alejandro, mijn leunstoel buiten op de veranda van de pastorie. Ik observeerde de zwaluwen, beluisterde hun brutale, haast elektronische lawaai. Achter de grote pastorietuin klonk kindergejoel, een tamtam.

Ik besefte heel goed dat mijn hele reis slechts zogenaamd over krokodillen ging. Meer nog was dit mijn zoektocht naar de zoektocht van Remi. Hoe die wilde leren mensen te genezen, en daarmee zichzelf genas, of was het omgekeerd. Of ook hoe verhalen mensen drijven en begeesteren, en zelfs resoluut hun leven kunnen sturen.

Ik ging naar de misviering. Vooraan verscheen curé Eddy in zijn feestelijk groene kazuifel. De curé zong voortreffelijk. Ik zat op de achtste of negende rij naast de man van Caritas en Diff, beiden net als ik in een wit hemd, maar Diff droeg er een Schots geruite spencer over. Curé Eddy preekte langdurig en indringend in het Kiyaka. Diff stootte me even met zijn elleboog aan. In zijn Franstalige missaal wees hij op de lezing: over Jona die de stad Ninive doorkruist en waarschuwt dat God de stad zal vernietigen. Maar, zo bezwoer Eddy nu pathetisch de parochianen van Popo, als de stad tot inkeer komt, zal God beslissen om deze te behouden.

Het koortje met zijn schelle, snerpende stemmen werd ondersteund door een grappige elektrische gitaar. Iedereen wiegde of schuifelde en ik deed met hen mee. De gelovigen maakten spontaan handgebaren van lof voor God en overgave. Na de misviering liepen mensen de pastorietuin in. Ze droegen rotsblokken en stenen, soms verbazend groot en massief, gewoon op hun hoofd, met eronder een pluk gras, of gewikkeld in een doek. Vorige week had de curé opgeroepen om samen een grote Lourdesgrot te bouwen naast de kerk.

Op de terugreis naar Kinshasa zat ik voorin naast Eddy. De weg was weer zo leeg als het landschap. Af en toe zagen we een opgetuigde motorfiets, altijd met twee mannen erop. De chauffeur vertelde me wat het volk vorige week in Kinshasa had gescandeerd tegen Kabila: volksbedrieger, dief van de volksstem, oude krokodil!

De wind waaide door onze wagen, volgeladen met maniok. Onderweg kochten we lege gele benzineflessen en ananas. We zongen zachtjes mee met de radio. Aan Pont Kwango aten we in een volks *restaurant de fortune*, in feite een hut met wat groene gordijnen ervoor. Op het lage tafeltje stonden diepe borden met sardines, riviervis en kip.

In de vooravond kwamen we aan in Kinshasa. De politieke rust, en dus ook de drukte in de straten, was teruggekeerd. Na drie dagen van heftig oproer, intussen al omgedoopt tot *Les trois glorieuses*, was de institutionele dialoog opnieuw begonnen, zo werd plechtig gezegd. Sinds één dag waren de winkels en de luchthaven weer geopend. Langs de kant van de weg zag ik een uitgebrand wrak van een Transco-bus. Hoeveel doden en gewonden er precies waren gevallen was niet bekend.

’s Avonds speelde Congo-Kinshasa in de kwartfinale tegen Congo-Brazzaville. In de wachtruimte van luchthaven Ndjili volgde ik de match op het grote scherm. Ik zat tussen de andere wachtende reizigers. In de pauze kwam de manager me toevertrouwen dat hij bij de vorige Worldcup supporter was van België. Er was maar één ding dat hem had gestoord. Hij vroeg beleefd toestemming om het te zeggen.

‘Maar natuurlijk, zegt u maar.’

‘Dat de Belgen zich *les diables rouges* noemen. Dat kan toch niet?’

‘Het is maar een spel,’ zei ik.

‘Dat weet ik.’

‘Voetbal is niet echt.’

‘Dat weet ik. Maar de duivel is wel echt. Hij is het kwaad, *tu sais*.’

De match was ongemeen spannend. Een halfuur voor mijn vliegtuig vertrok, barstte de feestvreugde los: Congo-Kinshasa won de kwartfinale tegen Congo-Brazzaville, 4-2. Wiegend en dansend zong ik het Congolese volkslied mee met de Congolezen.

DEEL 5

TERUG, IN DE WESTHOEK

39

‘*Bonjour*, *mbote papa*, hier ben ik,’ zei ik tegen mijn oude vader. Ik kuste hem en in een opwelling trok ik hem vaster in mijn armen. Dat voelde raar. Alles aan mijn vader was gekrompen en rond geworden. Zijn dunne, wat pluizige haar stond verwaaid boven op zijn hoofd en met zijn rechterhand trachtte hij het plat te strijken. Dat lukte niet. Onwennig stonden we buiten, de lucht opsnuivend. Alsof ik eerst elk afzonderlijk geurpartikeltje van de Westhoek moest identificeren.

‘Ik heb voorgoed afscheid genomen van de compagnie,’ zei ik.

‘Weet je dat zeker?’ vroeg mijn vader.

Ik knikte. Volstrekt zeker was ik daarvan.

‘Is alles in orde met je?’

‘Alles is in orde met mij.’

Vader keek me aan met zijn blauwgrijze ogen. Opgelucht haalde hij adem. Hij was verouderd, maar ook veranderd: zijn werklust, zijn vastberadenheid, ook zijn typische eergevoeligheid als boer waren verdwenen. Ik vond hem mild geworden; zijn starheid, zelfs zijn zwijgzaamheid had hij afgelegd.

‘Het zal hier ’s avonds veel langer licht blijven dan in Congo,’ zei mijn vader losjes, die zich dat detail herinnerde uit mijn brieven.

‘Het zal hier ook minder onweren,’ antwoordde ik.

In de woonkamer vond ik de kleine voorwerpen terug die nog altijd op hun vaste plekken stonden. Ik herkende daarin de zorgzame hand van moeder: een bronzen hertje uit de Ardennen, de koperen herdenkingsmedaille van missionaris Petrus

De Smet, twee parelkleurige schelpen uit Oostende. In de brievenmap met edelweiss-tekening zaten al mijn Congolese brieven bij elkaar. Het waren er meer dan ik me herinnerde.

Op de marmeren schouw stond een groot zwart-witfotoportret van mijn moeder. Ik moest denken aan haar eau de cologne, haar mantelpakjes, haar zuchten. Ik wilde nog vragen wat haar laatste woorden waren, maar deed het niet. Vader zei dat ze niet had geleden.

Mijn zus en broer schoven ook aan, rond de grote tafel. Mijn zus had haar kindje mee; mijn broer was vergezeld door zijn verloofde, binnenkort zouden die twee gaan trouwen.

'We konden niet weten wanneer moeder zou sterven,' zei mijn broer.

'Plots ging dat heel snel,' zei vader.

Ik veegde wat kruimels van de tafel, stak een sigaret op.

Mijn zus: 'En jij hebt toch altijd je zin gedaan.'

'Waarom zeg je dat nu?' zei ik, verstoord.

Mijn zus opnieuw: 'Geef toe dat jij altijd je zin hebt gedaan.'

'Ja. En tegelijk heb ik altijd gehoorzaamd.' Ik verwijderde de laatste denkbeeldige kruimel. Onhandig morste ik koffie op mijn overhemd.

'Geef toe dat je bevrijd bent,' drong mijn zus aan.

Ik knikte. Ik, de verloren zoon, was bevrijd. Boven ging ik een schoon wit hemd aantrekken en samen dronken we verder onze koffie. Mijn zus had taart gebakken. Voor het eerst nam ik haar kindje op mijn schoot. Ik was niet geneigd veel over Congo te vertellen; ze vroegen er ook niet naar.

Daarna bezocht ik het graf van mijn moeder. Ik deed dat het liefst in mijn eentje, gaf ik meteen aan. Met de auto van mijn vader maakte ik eerst een ritje langs de wegen, door de weilanden en de akkers. De laatste hagen tussen de akkers waren weggehaald. Op sommige plaatsen was het landschap verwoest op haast industriële wijze.

Ergens stopte ik aan de kant van de weg. Ik draaide de vier autoraampjes open, en zuiver waaide de westenwind door de auto. Een waterhoentje steeg op uit een sloot. Ik luisterde naar de leeuweriken, een dorsmachine was in de verte aan het werk. Ik snoof de honinggeur op van rijpe gerst. Ik dacht terug aan Congo: als prachtige filmbeelden met diepe kleuren. Nu stond ik hier, in deze licht deinende, bleke zomerhitte van de Westhoek. Er leek amper iets gebeurd in mijn leven. De zon warmde mijn gezicht.

Ik kom van ver, zei ik tegen mezelf. Ik doezelde weg in de stilstaande wagen.

Na een hazenslaapje schoot ik wakker, omdat het zonlicht plots fel schitterde op de wijzerplaat van mijn horloge. Ik bezocht het graf van mijn moeder. De dorpspastoor, die net op dat moment de kerk verliet, liep mee om de begraafplaats te wijzen. Die had ik zo ook wel gevonden. Er lagen verregende kransen en bloemen. Mijn moeders naam, Bertha Mabesoone, stond op een voorlopig houten kruisje.

Daar lag zij.

Hier stond ik. Ik was van ver teruggekeerd en vroeg me af of ik het voldoende op me had genomen: de schuld van mijn vader, de opdracht van mijn oom, de erfenis van al die soldaten en nog meer spanning die in het leven zelf zit? Had ik de opdracht uitgevoerd?

Was ik ver genoeg gegaan?

'Ik wil samen met je bidden,' bood de priester aan.

'Hoeft niet,' bedankte ik vriendelijk. De priester vertrok. Mompelend, zachtjes in mijn handen klappend, in een loepzuiver Kiyaka zoals ik dat had geleerd van de oude mannen in Yitaanda, met alle bevallige stijlfiguren en noodzakelijke herhaling, zei ik ongeveer het volgende:

Als de mens ons onverschillig is, mag hij onopvallend sterven.
Als hij niet van ons is, is de dag snel voorbij; morgen komt een nieuwe dag. Zo gaat dat, zo is het dan.
Maar als de overledene ons eigen bloed is, dan sleept de dag zich voort, tot de dag dodelijk uitgeput in de huid kruipt van de nacht. Noem ons verdriet onmenselijk om de nacht nog langer te laten duren. De nacht is lang, zo gaat dat, zo is het dan.
Als wij niet van elkaar zijn, schudden we het korte verdriet snel van ons af. Het went, omdat alles went. Zo gaat dat, zo is het dan.

Ik bevochtigde mijn hand met speeksel en liet deze rusten op het houten kruisje van mijn moeder, dat nu zelfs even leek op de voorouderlijke *makhulu*-boom in Kwango. Ik ging verder met mijn gebed. 'Maar, ik zeg: als wij elkaar toebehoren moeten we luid huilend afscheid nemen en zelfs dat noodgedwongen afscheid weigeren we, tot we uitgeteld zijn, en daarna beweren we opnieuw dat wij het afscheid zullen weigeren. Tot we uitgeteld zijn en het opnieuw zullen weigeren.

Sommige dierbare mensen kunnen of mogen niet sterven.

Het rouwen zal nog jaren duren en dan nog is het verdriet niet ten einde. Sommigen zullen niet verdwijnen, nooit. Zo gaat dat, zo is het dan.'

En alsof er toeschouwers waren voor deze onverstaanbaar gefluisterde, eindeloos door mij in Yitaanda geoefende toespraak, alsof deze volmaakt uitgesproken, retorische woorden daadwerkelijk het verdriet zouden bezweren, vervolgde ik: 'Want voortaan, ja, voortaan is het de nacht die tot ons deze woorden spreekt: als je niet in mijn macht bent, ga weg in vrede, maar als je van mij bent, weet dat ik je ook zal vernietigen. Zo gaat dat. Zo is het dan.'

Woorden van deze strekking sprak ik daar en het scheen mij toe dat ik hierop zelfs mijn hele leven lang had geoefend.

Vervolgens bezocht ik het graf van nonkel Marcel in het dorp verderop, en ook daar zei ik mijn gebed, net zo mummelend en zachtjes in mijn handen klappend. Het was zweverig en teder. De Kiyaka-woorden stroomden in een vloeiende beweging en ze gonsden op het kerkhof.

Terug op de boerderij bladerde ik in oude fotoalbums. Ik meende mijn eigen gezicht te herkennen op jeugdfoto's van andere familieleden.

'Wij lijken allemaal op elkaar,' zei mijn vader, die achter me stond.

Vader had geen enkele koe meer. Alle goede landbouwgrond van onze hoeve was verhuurd, verpacht of verkocht. Samen bekeken we de inhoud van de ijzeren koffer, waarin hij alle oude eigendomspapieren en akten bewaarde. Hij spreidde de vergeelde, soms licht gescheurde documenten uit op tafel. Nieuwsgierig vouwde ik ze open. Vader wees een voor een daarin de akkers aan, het hooiland, de vette graasweiden van Lampernisse. Op die manier verscheen op het tafelkleed de boerderij nog één keer in haar volle glorie, zij het op oud papier.

Wat me opviel was dat toen we met z'n tweeën aten, vader eerst een kruisteken maakte. Ik deed dat niet.

'Er zijn veel dingen die ik voel,' zei hij, 'maar ik kan niet zeggen wat. Ik begrijp dat men in de kerk over God wil praten, ze doen maar, maar wie kan ons zeggen wat er is?'

'Niemand, vader.'

'Ik ben niet vroom, jongen, nooit geweest.'

'Ik nog minder, vader. Het is wat het is.'

'Dat het is wat het is, dat is het,' antwoordde hij. 'De boeren weten alles en de boeren weten niets. Tegenwoordig bid ik dagelijks, want ik hou van sommige gebeden.'

Ik ging naar buiten waar de avond uitgebreid de tijd nam om te vallen. In de verte aan de kim zag ik vaag het zwaailicht verschijnen van de vuurtoren van Duinkerken. Misschien was het leven van vader toch geslaagd: hij was geboren op zijn eigen boerderij en hij mocht daar ook sterven. Dat volstond. Vader zei nog dat we later geen ruzie mochten maken over grond of geld.

Daar zouden we op letten, beloofde ik. De boerderij zou verkocht worden aan een buitenstaander. Misschien zou ik twee houten wielen en een dissel meenemen, wat oude planken, misschien zelfs het roze marmer van de schouw. En als dat enigszins lukte, wilde ik ook Marcels timmergerei erven, zijn hamers, schaven, zijn beitels vooral. Zeker ook de oude vulpen van moeder, want haar oude, sombere dagboekje was verdwenen of vernietigd.

Naast de kachel, op een ruwe deken, sliep de hond Baron. Die was op een dag even raadselachtig teruggekeerd als hij op een dag verdwenen was. De hond was grijs geworden en er zat een lelijke knip in zijn linkeroor. Met zijn grote lijf lag hij onbeweeglijk opgerold, zijn lange poten recht vooruit. Hij leek wel dood, maar zijn bruine ogen waren wijd open, klaar om nieuwsgierig in de nacht te loeren.

'Zo,' zei ik tegen Baron, 'en nu heb ik een afspraak met iemand die ik ontmoette in Congo. Een zekere Anna.'

Negenendertig

Thuisgekomen heb ik mijn scriptie snel afgemaakt. Ik had meer dan vijftig verhalen, of kleinere verhaalelementen, over de krokodil in Kwango verzameld. In Congo had ik geen enkele levende krokodil gezien, maar dat was niet eens mijn opzet geweest.

Remi zei me hierover nog dit: 'Achteraf bezien weet ik niet of de krokodil het best mogelijke onderwerp voor je is geweest. Zo'n exotisch cliché als *le croco*? Het is een gruwelijk dier, hij verslindt de kinderen, trekt de volwassenen mee. Hij is net als de luipaard en de bliksem, die ook mensen opeten. Het zijn gevaarlijke totemfiguren van de macht, van de chefs, zoals de president die laat schieten op zijn eigen burgers in de straten.'

Met mijn scriptie haalde ik een grote onderscheiding.

Voor de volledigheid nog dit. Een jaar na onze intense ontmoetingen zocht ik opnieuw contact met Remi. Dat gebeurde bij het opruimen van oud papier op mijn bureau.

Een tijdje na Remi's vertrek uit Congo had de postbode hem nog een bericht bezorgd van de bisschop, helemaal uit het verre Popokabaka. Het was een ouderwets pastelkleurig, zelfs kinderachtig wenskaartje, '*Joyeuses Pâques*'. Op de postzegel stonden twee okapi's in hun kostbare bruinfluwelen verschijning, op een fletse, blauwige achtergrond van een tropisch oerwoud.

Op dat kaartje had de bisschop aan Remi én Anna alle persoonlijk geluk toegewenst, en hij verwees uitgebreid naar de aangename, filosofische gesprekken die zij samen hadden gehad. In zijn precieuze, ingewikkelde Frans schreef de bisschop het volgende:

Maar wij kunnen toch moeilijk akkoord gaan met Freud: hoewel hij aan de homo sapiens wel de mythen en dromen toekent als primair proces van het kennen, maakt hij van de mens een soort monster, of althans een gehavend wezen, maar geen bekwame mens met gezond verstand. Al moeten we ook toegeven dat die mens enige belemmeringen ondervindt in de middelen om zijn gedachten uit te drukken. En dan was er nog dat zonderling geval dat ze jou te Yitaanda beschouwden als een mythisch verrezen voorvader van het net gestorven dorpshoofd. Dat blijf ik toch enigszins bevreemdend vinden.

Dit ouderwetse paaskaartje, met de gelukwensen en de filosofische, wat gelijkhebberige argumentatie tegen Freud, had ik gevonden als bladwijzer in een boek, dat ik van Remi te leen had gekregen. Blijkbaar was dat paaskaartje achtergebleven op mijn bureau en toevallig verzeild geraakt in het manuscript van mijn scriptie. Toen ik een jaar later al mijn kladjes en schema's opruimde, viel het eruit. Netjes op de grond naast de papiermand.

Ik wilde dat kaartje terugbezorgen aan de rechtmatige eigenaar, bij wijze van allerlaatste bezoek aan mijn professor.

'Ben je daar weer?' vroeg Remi.

'Ja,' zei ik, 'zoals alles gaat over weggaan en terugkeren.'

'Ja, en over geven en teruggeven. Een pater zei me ooit: "*Nous sommes tous des revenants.*"'

In ruil voor dat ene terugbezorgde kaartje kreeg ik van Remi een bijzonder Yaka-krachtvoorwerp als cadeau. Het is een vruchtbaarheidsbeeldje met een tweezijdig hoofd. Het staart mij hier aan op mijn bureau, met duistere ogen.

40 / *Veertig*

Soms, en voor sommigen, is een roman een vorm van onderzoek. Dat geldt zeker voor *De mensengenezer*, dat ik dankbaar opdraag aan Renaat Devisch en aan zijn familie. Zeer genereus gaf Renaat mij inzage in zijn leven; in volledige vrijheid mocht ik daarmee mijn gang gaan. Ik besef dat ik hiermee een kostbaar geschenk van hem ontving, dat ik hem bij dezen teruggeef.

Het boek stopt abrupt, zou men kunnen zeggen, maar de belangrijke dromen van Remi zijn uiteengezet. De sporen liggen open. Terugspringend naar het leven van Renaat Devisch kan men stellen dat deze dromen en sporen hebben geleid naar het doorgeven van Congo- en Yaka-ervaringen in boeken, lezingen en films, als antropoloog aan de universiteit, en als psychoanalyticus, in het spoor van Freud.

Ik draag dit boek ook op aan de boeren van de Westhoek, aan de jezuïeten en de Zusters van Maria, en aan de Congolezen die ik in België en Congo ontmoette. Zij vertelden me over hun fascinerende levens. In onze gesprekken ervoer ik hen als open en welwillend, krachtig, minzaam en gastvrij. Zij zijn de vriendelijke daimonen die me de weg wezen naar dit verhaal. De lezer is gewaarschuwd: ze zijn allen versmolten tot mijn personages.

Ik dank Renaat Devisch en Maria De Leeuw, Johan Devisch en Lieve Rabaey, Maria Devisch en Michel Goudezeune, Fernand Decroos, Franklin Delanote, Hubert Cossey, Jozef Deleu, Tom Houtman van 'Het Lijsternest', Dirk De Geest en Wim Chielens.

Ik dank de jezuïeten in België en in Congo: Wauthier de Mahieu, Robert Hermans, Fernand Boedts, Sus Feyen, Antoon Baert (†), Piet Ruttenberg (†), Sus Rens (†), Bob Albertijn, Marc

Cortembos, Fons Swinnen, Johan Allary, Marc Buysse, Jan Evers, Metena N'teeba, Gérard Triaille, Henri de la Kéthulle (†), Gerard Verbraeken (†), André Rosier, Léon De Saint Moulin, bisschop Louis Nzala, Ntima Nkanza, Eddy Lundemba, Ghislain Kabamba Mulumba, Albert Bisweko Lenza Mukadi, Anicet Ngoy Manzanza, Alejandro Aldanondo en de andere paters van Servico, Kinshasa.

Ik dank de Zusters van Maria te Brakel, Popokabaka en Brussel, met Lieve Leenknecht, Ya Paul Kayolo (†), Françoise Opsomer, zusters Beata en Gonzague, Espérance, Marguerite Mbutulu, Béatrice Zeyesi, Isabelle Itsiaki en de andere zusters.

Ik dank in België Paul Raymaekers, Zana Etambala, Luc Bouckaert, Timothé Mbambu, Mon Nijs, Philippe De Leener en de twaalf antropologen van Die Keure.

In Congo dank ik Pierre Bouckaert, Taata Gabriel, Marcel Mitete, Nuenge Alexandre, Ferdinand Itsungila, Désiré Mbaya, chef Mathieu Mbemba Nawesi, Déo Katulanya, Anatole Mangala, Denis Kutelama, Thierry Nlandu, Eric Method Nkayilu en chauffeur Bertin.

Opnieuw mijn vriendelijke waarschuwing: ondanks de namenlijst hierboven is elke gelijkenis in dit boek met werkelijke personen toevallig.

In januari 2015 reisde ik naar Kinshasa en Popokabaka, met steun en facilitaire hulp van het Vlaams Fonds voor de Letteren en BRS. Ik kreeg reistips van Lieve Joris, Maarten Couttenier, David Van Reybrouck en Guido Gryseels.

Mijn kennis over de Yaka en de Kwangostreek haalde ik uit alle in de roman genoemde bronnen, maar vooral uit het antropologisch oeuvre van Renaat Devisch. Het personage Michel is een mengeling van de paters-etnografen Michel Plancquaert en Leon De Beir, beiden jezuïeten die werkten bij de Yaka, en Leo Bittremieux, die werkte in Mayombe. Het personage van de soldaat Pius is geïnspireerd op de Congolees François Mabilla, die voor de oorlog in Laken woonde, korporaal werd bij de 9de Linie en sneuvelde tijdens de slag om Merkem in 1918. Griet Brosens schreef over hem in *Congo aan den Yser*.

Ten slotte, voor iedereen die deze Congoroman goed wil begrijpen, ik wil met dit verhaal geenszins het zogenaamd zwarte, het primitieve, het hart van de duisternis in 'hen', in Afrika aanduiden, maar veeleer wil ik het scherp aanwijzen in 'ons'. Dat betekent: in de lezer en in de schrijver. Want eenieder zoekt op elk moment van de tijd, op elke plaats ter wereld, zijn eigen duistere raadsels uit.